倾城之心

伍家格格 /著

重庆出版集团 重庆出版社

第十二章_____
现今，一场一笑，一泪一殇

走下飞机，裴衿衿一眼就见到了从黑色汽车边朝自己迎来的施南笙，朝阳下的他看上去格外精神俊秀，身姿匀称修长，气度出众。被人这样接待，本该内心欢喜，可她却高兴不起来，在飞机上时还忐忑了一路，接受他的安排，妥吗？

"裴叔叔，阿姨。"施南笙率先向裴四海和袁莉打着招呼。

裴四海和袁莉回应之后，施南笙挪步到裴衿衿的面前，双手动作舒展而自然地抬起，轻轻扶上她的双臂，声音温柔如水。

"累了吧？来，上车，我送你去医院。"

裴衿衿微微仰头，看着施南笙："施南笙……"

施南笙的表情很平静，好似在接一个再寻常不过的朋友，说话和行为都很得体大方，稍稍侧过身子扶着裴衿衿朝早已等候在一旁的汽车走去。

"有什么话到了医院再说，赶早班你应该累了。"

看着施南笙对自己女儿的体贴照顾，袁莉满心欢喜，她就说施家公子肯定喜欢她家的衿衿，不然哪里可能如此心疼她。只是，相对于袁莉的开心，裴四海却心中带愁，施南笙对小妞的态度，明眼人都能看出，天阙那孩子更不可能傻到连自己女朋友被其他男人盯上都感觉不到。而且，尽管小妞没有正面承认施南笙是她的前男友，但那次在C市市一院的病房，施南笙的话几乎就是公开了他们是前恋人的关系。时隔多年，出手帮助前恋人的人不是没有，有些情侣分手时和平且达成共识，大家还能继续保持朋友关系，可从小妞的态度看得出，她并不想和施南笙再有瓜葛，这样强行把她和施南笙扯到一起，会没事吗？若她感情坚决也就罢了，若因此和天阙之间产生什么矛盾，可真是……麻烦啊。

*

在家吃过早饭后，凌西雅拎着提包去上班，将车从车库里开出来还未出小区，手机响了。

　　因为小区门口出入上班的车辆不少，大门口有些小堵，凌西雅将车停到旁边，让其他的车主先开过去，自己接起电话。

　　"喂。丽丽，怎么了？"

　　白丽在那端似乎心情不错，笑着问凌西雅："你就那么肯定我给你电话是有什么事？"

　　"呵呵……"凌西雅笑笑，"这么早给我来电话，如果不是有事，你肯定还在床上和周公打情骂俏吧。"

　　"哈哈……算你了解我。"

　　凌西雅握着电话，看着前面小车都走得差不多了，准备结束电话开车出去，问道："哎，说说，到底怎么了？"

　　"告诉你一件大事。"

　　听到白丽说话的口气，凌西雅顿感好笑："呵呵，你搞什么啊，神秘兮兮，赶紧说吧，我这还得去上班呢。"

　　"我保证你听到我说的事情后，今天上班会像打了鸡血一样，精神百倍斗志昂扬，做什么什么给力，看谁谁都顺眼。"

　　凌西雅越发觉得白丽在逗自己玩儿了，道："行行行，要真有这么劲爆，你赶快说，让姐姐我打打鸡血，看看我能高兴到什么程度。"

　　"哎，你别一副不信我的感觉啊，我告诉你。"白丽故意停顿了一下，吊起凌西雅的好奇心，"咳咳咳，听好了啊。爆炸大新闻，施南笙和孙一萌分手了。"

　　乍一听白丽的话，凌西雅还没反应过来，谁和谁分手了？

　　凌西雅拧起眉头，问："你说谁分手了？"

　　"施南笙和孙一萌啊。"

　　"好端端的，他们怎么突然分手了？"凌西雅并不敢相信白丽的话。

　　电话那端的白丽在床上翻了一个身，懒洋洋地说道："也不算突然吧，我是刚知道就给你打电话了。"

　　"你听谁说的？"

　　"文夕啊。"

　　"文夕？"

　　"嗯。昨天晚上，文夕和司南他们一起吃饭，饭后在 KTV 唱歌的时候，尹家瀚去了，一群人在聊天中听尹家瀚说出来的，听说他向施南笙求证过真实性，施南笙亲口承认了他们分手的消息，而且，分开有一个多星期了呢。呵呵，还真是瞒得紧，居然过了这么多天才被我们知道。"

凌西雅又问："那尹家瀚又是怎么知道的？"

"尹家瀚那个花花公子你还不知道啊，他不是和孙一萌的好闺蜜彭云琪玩得不错吗，两人在一起喝酒，听到那个大嘴巴彭姑娘说出来的。"白丽笑着道，"之后尹家瀚那个好奇鬼居然跑去问施南笙是不是真的，真是笑死人了，你说，一大男人，怎么那么八卦啊。不过，也幸亏尹家瀚同志的好人缘和八卦心才让我们得知这么劲爆的消息。"

凌西雅暗道，彭云琪说出来的？如果是从她嘴里漏出的，那便错不了了。

"嘿，西雅，高兴吧？"

"关我什么事？"

白丽直接挑白了话："啧啧，别装了，你对施南笙的心意我们大家还不知道吗。这下，他和孙一萌分手了，你就有机会了，乘虚而入，直接拿下。说不定啊，他们的分开是老天爷给你的机会，你痴心爱恋施南笙这么多年，很快就要守得云开见月明了。"

凌西雅勾起嘴角，笑了。很快，她想了另一个人，那个人在五年前不费丝毫心思就得到了施南笙的真心，五年之后，难保逆袭成功的人还是她，那人对施南笙来说太特别了，他表面再平静她都不信他真的完全忘记了那人。再者，这次施南笙和孙一萌的成功分手，很大的因素说不定就是那个女人，如果真是她，她的胜算又能有多少？

"好了，丽丽，我去上班了，你也别睡太迟，早点起来吃点东西。"

白丽伸伸懒腰："嗯，我再眯一会儿就起床，回头再和你好好聊聊。"

"嗯。"

"拜。"

一个上午，施南笙和孙一萌分手的消息在他们各自的朋友圈子里传开了。相对于施南笙手机的安静，孙一萌的电话可谓是多得令她烦躁，生活圈里的友人电话一个接一个，每个人都向她求证，要她一遍遍地承认她和施南笙分开，无疑是用尖刀在她心口一次又一次地戳，以至于到最后，她索性关了机。可是，手机能关机，办公电话却没法切断，有些工作中有交集的朋友将电话打到她办公桌上的固话上，担心自己错过公事电话，她只得耐心一个也不漏接，打起精神与每个人讲话。她不懂，这并不是什么好事，那些人怎么就不会向旁人问询，难道每一个人都喜欢在她的伤口上撒盐吗？这样的事情，难道不该顾及当事人的心情而悄悄问她身边的朋友吗？一个个毫不客气地问她，到底是有多觉得这个事情不像真的？是，从她的角度看，她和南笙分开真的很不可能，如此万里无一的绝佳男友她没理由放开，可现在的问题并不是她想分开，而是人家不想要她了，那些打来电话问她是不是真的女人，不就是想趁机下手吗？

啪的一声，孙一萌重重地扣下固话听筒，看着电话，她真想把电话线给拔了。

将疲惫的身子朝后靠，孙一萌沉沉地叹了一口气，她和南笙分开的事情怎么就会泄露出去了呢？她这边闹成这样，他那也是一样吗？原本想悄悄地挽回他，现在可好，大家都知道他们恢复了单身，那些平时有贼心没贼胆的妖精们可有了下手的机会了。

"南笙说出去的么？"孙一萌自言自语道，"不太像，他没八卦的习惯。"

孙一萌皱眉，对付一个施南笙已经够她头疼了，如果再来一群虎视眈眈的女人，她真怕自己会失败，尤其……凌西雅。

　*

省军区医院。

施南笙开车将裴衿衿送到医院，早已安排好的医师和护士将他们接进医院大楼。

在一间主任办公室，主治医师华昕看完裴衿衿在市一院的病历和各次检查报告，让人领着她去做一次细致的全身检查。

"又检查？"裴衿衿看着华昕，"不检查行不行？"

华昕扬起嘴角，"不行。"

"衿衿，走吧，听医师的。"袁莉拉着裴衿衿跟护士走出房间。

待到裴家三人走出办公室，一身白袍的华昕看着沙发上的施南笙，一记狡笑。

华昕，医大高材生，比施南笙大两岁，是他亲舅舅的长子，还有一个妹妹比施南笙小一岁，在医学世家的华家，华昕的妹妹华朵绝对算是一个异类，她对学医完全没有兴趣，整天只想着怎么成为一个出色的时装模特，正因如此，华家长辈将继承家业的重任全部压到华昕身上，让他们欣慰的是，华昕不负众望，不仅成绩斐然，而且是真心很喜欢当医生，凭借自己的实力，成为省军区医院最年轻的主任医师。

施南笙交叠起腿，靠进沙发，看着华昕："她问题大不大？"

"呵呵……"

华昕笑得更狡黠，将身子慢慢融到黑色大班椅里，反问道："你想她问题大还是小？"

"你不会真要我叫你一声表哥才说实话吧？"

"哈哈，你不说实话我怎么知道你要听实话呢？"华昕嘴角勾起，"如果你愿意叫一声表哥，我会很乐意听到的。"

施南笙笑："说吧，几天能出院？"

"实话就是，她完全不用来我这。"

施南笙双眉一挑："直接出院？"

华昕点头，从他刚才观察的情况来看，那个受伤的女孩根本无需他出手诊治，根本不必转院，她完全可以在一两天之后就从那边的医院办理出院手续，在家吃吃药，然后等着哪天照镜子发现该买祛疤产品涂涂抹抹了。

"她的检查报告都没有出来你就这么肯定？"

"我的施大公子，你若不相信我的医术又何必给我连打三个电话叫我治她呢？"

兄弟几十年，他还能不了解他吗？能让施家公子亲自出手帮助的人，一只手都能数得过来，尤其是女人，这要算是第一次。他给他电话的时候，他还以为是什么特别重量级的人物，现在看来，是一个很寻常的女孩子嘛。再说了，又不是真的病得危在旦夕，他有必要如此费心费事将她从C市转到这里来吗？他可不信C市的市一院还治不好这样小儿科的伤。

施南笙从沙发上站了起来，踱步到华昕的办公桌前，长腿轻轻靠着桌沿，"哎，帮个忙呗。"

"什么忙？"

施南笙转头朝门口看了下，说道："这里是你的地盘，留个人就一句话的事。"

华昕乐了。

"搞了半天，你小子是想让我帮你制造追人家姑娘的机会啊。"

"我没说。"

"你不用说，哥哥我从你猥琐的目光里已经看出来了。"

施南笙笑道："猥琐？你们这里妇科里的男医生才配得上这个词，我离得远着呢。"

"你想让我帮你将人留多久？"

施南笙想了想，他也不确定自己需要多少时间，而且，将她弄到Y市，初衷真不是为了追她，只是觉得和她相处能找回曾经奋发向上的自己，他需要她来帮他重新恢复那种正好状态，只要他恢复了，他会立即放开她，让她去过自己想过的生活，哪怕是和余天阙结婚，他也不拦着。

"能留多久你就留多久。"

华昕将施南笙上下看了几遍，说道："小伙子还真舍得下本钱啊，她住院费用都是你在负担吧，要是我留个半年一年的，这医院怕也要赚你不少的钱吧。"

施南笙斜眼看着华昕："我记得你还没结婚吧，怎么就这么会精打细算起来了，怎么，怕我赖医药费啊？"

"那倒不是，施公子医药费肯定付得起，我只是觉得没必要花在医院。你说，你喜欢人家姑娘，直接追她不就完了，这么大费周章把她弄到我这来，不觉得大煞风景不浪漫？"

房间里突然静了几秒钟，听见施南笙声音平平地说着。

"她在C市，我在Y市，不方便。"

"你让她到Y市工作不就行了。"华昕不以为意道，"这年头，人是活的，爱情可以随着人坐飞机。"

"她有男朋友。"

"啊?!"

听到施南笙的话,华昕确实吃惊不小,施南笙的为人和品格自然是不用多说,除了有些自以为是的少爷脾气和极不爱出手帮人的习惯,其他方面都非常优秀,当小三,抢人家女朋友的这种挖墙脚事情,他应该做不出。

华昕收起脸上的笑意,认真看着施南笙,试图从他的神情里分析出他话的真假。

"刚才陪她来的是她父母吧?"

"嗯。"

"她男朋友知道她来这?"

施南笙耸了下肩:"应该知道。"

"她真有男友?"

"嗯。"

"确定?"

"嗯,我们还见过。"

华昕无语了,望着施南笙好一阵子没有说话,天底下真有知道别的男人在抢自己女朋友还把人送到对方地盘的男朋友?送羊入虎口的事情还真有人干?

"南笙啊,这事……"华昕从椅子上站了起来,走到施南笙的身边,和他挨着站在一起,颇有兄长的姿态,语重心长道,"女孩子到处都是,有时候,眼光得转转弯,别太盯着一个地方,容易疲劳。你看看,疲劳驾驶不允许吧,为什么?因为容易出事。"

施南笙笑了:"我知道你的意思。"

"人,我帮你留着,没问题。但,不建议你下手。"

"我没说下手啊,我一直就没说我要追她啊。"

华昕道:"你对人家这么上心还不是想追求人家的意思?"

施南笙一下被华昕的话问住了,他不是傻子,从裴家父母和裴衿衿的眼中他看得出,所有人都觉得他想追她,甚至裴衿衿还严防死守地拒绝他,总以为他想复合。其实,他自己都不明白现在的所作所为到底是为什么,是为了复合两人五年前的感情,还是想借助她对他的特殊找回失去的自我?他分不清楚。他只知道,现在的他,想把她弄到身边,看着她在他眼皮子底下生活,看到她,他才感觉每天睁眼过日子是有意义的,每天不再像行尸走肉,开会签字谈判吃饭睡觉,现在他心里会多一项事情,那就是想她。想她在同一时间在干什么,想她和余天阙的感情进展到什么地步了,想她是不是也会猜测他在干吗,这感觉和五年前与她恋爱时的心情是一样的,他在研究生办公室时会想她在课堂上是不是认真听讲,看书时有没有走神想他,下课了是不是飞奔着跑来找他,只是,如今的他不承认

他又一次对她动心了。一个对他玩弄心机的女人，他怎么可能还会喜欢动情，肯定不会。

"有时候，对人好，不一定就是想追她吧。"

华昕点头："这点我认可，还有可能就是有求于人。"

但说出来谁信呢？施南笙要求一个普通老百姓？

"你求那个女孩什么？"

话虽这样问，但华昕完全不认为施南笙求裴衿衿什么，他喜欢就喜欢呗，虽说两人的差距有点大，但喜欢一个人不丢脸，不管贫穷贵贱高矮胖瘦，他年纪不小，喜欢美女很正常，他只是不赞同他招惹有主的女孩，那样就容易带出些不必要的麻烦。

施南笙又耸了下肩，没答华昕的话。

"哎，不对啊。"

华昕想起了什么。

"我记得你是有女朋友的人啊，和你在一个公司工作，名字我忘记了，姓'孙'是吧？"

"分了。"

"什么时候的事？"

"上个星期。"

华昕皱眉头："南笙，我记得你和孙小姐恋爱有几年时间了吧，怎么突然分了？是不是……因为她？"

"没有，不是因为她。"

施南笙轻叹，"全是我的错，耽误了一萌的时间，希望她能找到一个比我好的人。"

本来裴衿衿转院到Y市的事情除了她的家人和施南笙再没人知道，可事情偏偏就有那么巧，她转院的第三天，白丽因为身体不舒服到省军区医院看病，吊完水之后想到华昕的办公室就在楼上一层，便想去看看大帅哥，走到他办公室门口时听到里面传出一个男声。白丽一愣，施南笙？

*

周五晚上，凌西雅的房间。

不同于平时一大群人聚会，今晚几个女孩子将聚会的地点改在了凌西雅的闺房。

白丽从厨房冰箱里拿了一个苹果啃着推开凌西雅的房门，见文夕和凌西雅抱着零食在床上吃，鄙视着："不是我说你们，天天喊减肥还天天不禁嘴，看看你们吃的都是些什么垃圾食品，现在是晚上啊晚上，大姐们，很容易长胖的。学学我，吃水果。"

文夕笑了："你说吃水果好，那你怎么不多拿两个进来，就拿自己的，真不够意思。"

"我怕我拿进来你们不吃。"

凌西雅和文夕同时道："切。"

白丽心情不错，走到床边挤着凌西雅坐下，蹭了她几次之后，对着她挤眉弄眼，"哎，凌老板，最近是不是很开心啊。"

"呵，我有什么值得开心的事情吗？"

"没有吗？"

"有吗？"

"真的没有？"白丽继续挤眼睛。

凌西雅将一块巧克力送进嘴里，又剥了一块塞到白丽嘴中："没有。"

"呸，呸呸呸，巧克力啊，晚上我绝对不吃甜食，太容易发胖了，我好不容易减到一百斤，再努力一把就变成两位数，你们别害我前功尽弃啊。"

白丽像是躲瘟神一般地从凌西雅身边转到了文夕这边，不用说，她知道凌老板最近肯定暗自高兴，施南笙和孙一萌分手现在大家都知道了，这还不是最关键的，最关键的是孙一萌已经不到西雅会所嘚瑟了，以前每星期至少来两次，现在可是好几天都不见她那高傲的"孙式微笑"了。

一向文静的文夕在凌西雅和白丽面前话才会稍稍多一些，好不容易碰到她俩，想了想，将心里的好奇问了出来："听说是施南笙甩了孙一萌，你们觉不觉有点不厚道啊，毕竟那么久……"

"什么厚不厚道啊，爱情本来就是一个愿打一个愿挨的事情，孙一萌既然敢碰施南笙这尊爷就应该也做好被他伤的准备。这么多年，他施南笙又不需要攒钱买房买车买钻戒，要想结婚早就和孙一萌结了，到了这年头，她孙一萌是太傻才会看不出施南笙的心思。"白丽看向凌西雅，"你说对吗，西雅。"

凌西雅看着对面两个好姐妹，想了想，说道："这事不好说。现在是他们分手了，我们就说看得出南笙不爱孙一萌，但他们要是没分开，我们谁也猜不准南笙的意思。他和孙一萌结婚，我们不意外；他和孙一萌分手，我们也不意外；这事后诸葛亮大家就别再做了。"

文夕和白丽认同地点点头，确实，施南笙脑子里想的事，她们说不准。

"哎，施公子和孙一萌分手的事咱们不说，那我来爆一个更八卦的吧。"

"呵呵，你还有什么八卦？"

白丽似是同情地看着凌西雅："西雅，别说我泄你的气啊，这几天你晚上在被子里偷着乐了不少时间吧，今晚可能笑不出来了。"

凌西雅伸手拍了一下白丽："乱说什么呢你。"

"孙克星虽然从施南笙身边除掉了，但又来了一个，而且，这个威力明显比孙克星要

强大得多。孙姑娘顶多就是挂了一个正牌女友的名，有名无实，不足为惧。这次出现的这个，没名分是真，但后盾可是你朝思暮想的……施家少爷。"

听到白丽的话，凌西雅差不多猜出是谁了，利用她打击孙一萌时她就想到了，若把她引进南笙的生活，后患肯定有。但她有致命伤，出身不行，能力不行，比起获得施家长辈认同的孙一萌，她根本不需她出手，施家夫人绝不可能接纳她。

"我告诉你们，裴衿衿在 Y 市。"

*

余天阙到省军区医院看裴衿衿，相比起和自己的爸妈相处，裴衿衿显得更加放松，比起妈妈，他不会逼她做自己不想做的事，比起爸爸，他不会屈服在老妈的淫威之下随声附和，最重要的，她说的话做的选择，他都能理解并支持。

住院部楼群间的花园里，余天阙牵着裴衿衿的手慢慢散步，一个星期不见，她的气色比在 C 市医院里更好了，看着她的侧脸，有那么一瞬间，他似乎能够理解施南笙为什么想抢她，如今这个社会不缺美女，可以是化妆品掩饰过的，也可以是手术刀雕琢过的，施南笙身边肯定不缺让人赏心悦目的女人，但是不是有像他手中的这个纯天然美女，那就不见得了。

"哎，衿衿，怎么我极少见到你化妆啊？"

裴衿衿不解地看着余天阙："住院化什么妆？"

"我说的是平时。"

其实她底子很好，如果化妆，肯定更加引人注目。

"怎么，素颜时很不好看吗？"

余天阙连忙否认："当然不是。你素颜很漂亮，大美女一枚。"

裴衿衿放开余天阙的手，在鹅卵石小道边的长条石凳上慢慢坐了下来，是不是美女她没有想过，只要没有明显的身体缺陷就没事。当然，她也不能太假，如果明明是一张漂亮的脸，肯定不想爬满吓人的伤疤，爱美之心人皆有之，她也不例外。现在的她，不敢细照镜子，怕自己把自己惊悚了。

"天阙，你这次哄人失败了。"

其实，话一出口余天阙就知道自己说错了话，夸一个正在治疗火灾烧伤的女孩是大美女确实有点讽刺的意味，但他真是无心，在他眼中，任何时候的裴衿衿都是十分好看的女孩。

余天阙挨着裴衿衿坐下，抓过她的手在掌心攥着，真诚地扬起微笑："有句话不是说吗，情人眼里出西施，你就是我的西施。"

"呵呵……"

裴衿衿看着在花园里散步的其他病人，忽然间就说了一句："范蠡和西施的结局是怎样的？"

当初，越王勾践卧薪尝胆一心想打败吴国一洗耻辱，对吴王夫差使用美人计，大夫范蠡为勾践遍寻全国美女，在浣纱江畔对家在古苎萝村西边的施夷光（西施）一见钟情，但最终他却以自己所谓的原则，用"爱国"的名义，背叛、出卖了他和西施的爱情，亲手将她推离自己的怀抱，放弃了她。

裴衿衿正想问问西施被范蠡用他口中的民族大义放弃的时候，她的心，疼吗？

余天阙笑着："好端端的，怎么扯到范蠡身上去了？"

裴衿衿自顾自地说道："野史说，范蠡帮助勾践兴越国，灭吴国，一雪会稽之耻，功成名就之后急流勇退，变官服为一袭白衣与西施西出姑苏，泛一叶扁舟于五湖之中，遨游于七十二峰。期间三次经商成巨富，自号陶朱公，是中国儒商的鼻祖。世人赞他：忠以为国；智以保身；商以致富，成名天下。天阙，你觉得范蠡配吗？"

"嗯？"

余天阙不解。

"一个亲手毁掉自己心爱女人一生最美好时光的男人，配拥有一个美好幸福的结局吗？古人已死，无从考证，谁知道当初范蠡送西施去吴国时是不是在心里做了衡量呢，在仕途和女人之间，他选了官运亨通。时隔十七年，他从夫差身边找回西施时，又是什么心态？"

她想，不是所有的爱情在分开之后还有重来一次的机会。她宁愿相信另一个关于西施的结局，吴国被灭之后，未免她红颜祸国，被越王的王后沉水溺死。

听到这些话，余天阙若再不联想到什么就真对不起他那颗聪明的大脑了，看着裴衿衿，轻声问她。

"如果你是西施，你会回到后来找你的范蠡身边吗？"

裴衿衿对着余天阙笑得很欢乐，好像他说了一个很好笑的笑话。

"哈哈，天阙，你能让我穿越到战国时期吗？就算我能生活在古代乱世，也肯定不是西施。"

这一刻，裴衿衿觉得自己很矛盾，她一方面想着范蠡和西施的故事，一方面又逃避天阙借着他们的故事来试探自己对施南笙的态度，单纯看范蠡西施的故事，若她站在西施的角度，肯定不会在成为夫差的妃子之后再接受范蠡，历史记载，夫差在近十七年的时间内对西施疼爱不已，六千二百多天的时间，她相信西施对范蠡的爱情早被夫差取代得差不多了，眼见夫差之死，她真不觉得西施和范蠡在战后和平的时光里能过得多幸福，心若被捆，外界环境再怎么美好都没用，爱情故事之所以会出现大团圆的结局是因为人们的生活

里有太多的不如意，大家将寄托放在传奇人物身上，满足自己的臆想而已。

"衿衿，我不知道西施范蠡怎么想的，但我肯定，夫差是肯定不会放弃西施的。"

目光触到余天阙的眼睛时，裴衿衿渐渐勾起自己的嘴角，是啊，范蠡到底是怎样一个人并不重要，重要的是，西施身边的夫差对她深恋真真呵护有加，就像现在她身边的天阙，未必是最好的，但一定是最合适的。

两人在花园里闲聊了一会之后，余天阙带着裴衿衿回病房，从她康复的情况来看，明天晚上他飞回C市时说不定能带上她。

刚出电梯，裴衿衿眼尖地发现从自己病房里走出一个人，而且，对方似乎也在第一时间见到了她和余天阙。

施南笙站在门口，看着余天阙带着裴衿衿走过来，她这个男朋友对她倒是挺用心的，明明很忙还抽出时间飞来看她。他查过他，家底清白，家境也不错，抛开父母给他的条件，个人资本也很亮眼。只是，这个周末他不应该出差去SH吗？怎么会来Y市看傻妞？

"施先生。"余天阙友好地看着施南笙，主动打招呼，"你来看衿衿吗？"

"是啊，周末嘛。"

余天阙抬手轻轻了揉裴衿衿的头发，十分宠爱她的模样："这姑娘啊，就是劳人操心。听说这次转院是施先生帮忙的，谢谢。"

"余先生不必客气，我很乐意照顾她。"

裴衿衿听着两个男人十分客套的谈话，很想问他们一句，何必这么假呢，俩都看对方不顺眼，但又不想在她面前失了风度，也不嫌累。

"好了，进去说吧。"

裴衿衿的话音还没落下，一道诧异的声音传进他们的耳朵。

"施南笙？！"

病房前的三人转头看去，白丽扶着凌西雅一瘸一拐地走了过来。

施南笙看着一只脚踝上包着层层纱布的凌西雅，问道："你脚怎么了？"

"昨晚不小心崴到了。"

"严重吗？"

凌西雅笑着摇摇头："没事，住几天就能出院。"

说完，凌西雅的目光转到裴衿衿的身上，见她的模样，大吃一惊道："衿衿吧？"

裴衿衿笑着点点头，"凌老板，你好。"

"你，你这是怎么了？"凌西雅瘸着腿走到裴衿衿面前，将她上下关切地查看了两遍，"发生什么事了？你怎么满身都是伤啊？谁欺负你了？"

"呵呵，没人欺负我，一次意外。"

"你这情况可挺严重的，怎么这么不小心呢？"

裴衿衿笑了笑："对了，介绍一下。这是我的男朋友，余天阙。这位是凌西雅，Y市有名的西雅休闲会所老板。这位是凌老板的好朋友，白丽小姐。"

余天阙和凌西雅、白丽三人相互认识之后，凌西雅和白丽到裴衿衿的房间与她又闲扯了一会儿，然后惊喜地发现，两人住的房间只隔了一套病房。

"衿衿，以后有时间，你常到我那坐坐，或者我来这看看你。"凌西雅看着余天阙，说道，"免得你男朋友不在时孤单寂寞。"

"呵呵，好啊。"

从凌西雅出现在走廊里的一瞬间起，裴衿衿就不觉得是个好现象，她和凌西雅虽无冤无仇，但两人的气场怎么都合不到一起，没过多久，她的直觉就应验了。

上午还没有过完，来医院看望凌西雅的人就一波接着一波，几乎是这一批还没走又来一群探望的朋友，裴衿衿病房里的客厅达到了访客满座的境地。

是了，没有错，是在裴衿衿的病房。凌西雅没回自己的病房，来的人又无一不认识施南笙，索性大家也就没换房间，凑到一起海侃胡吹了。人数一多，裴衿衿和余天阙走进里间卧室的背影除了施南笙，恐怕没有人再注意到。

裴衿衿坐在床上，余天阙搬了把椅子放到床边，坐她对面，两人四目相对，傻傻发笑。

"你个傻子。"裴衿衿笑着评价余天阙。

余天阙也不客气地打击裴衿衿："你个呆子。"

"你看看你现在的样子，真的很傻。"

"姑娘，难道你认为你此刻的模样看上去很机灵？"

裴衿衿扬扬下巴，故意摆出傲气的姿态，五年前她就见过凌西雅这帮人群魔乱舞的模样，她倒没什么，只是委屈了天阙，辛辛苦苦跑来看她，结果在"他们的地盘"被一群妖魔鬼怪们"驱赶"到角落里陪她这个呆子你看我我看你。其实，终归也不是凌西雅的错，她还没这么大魅力能让一群人都聚集在她这里，关键因素在施南笙，他这尊大佛杵在她的房间里，那些人就算去了凌西雅房间也会跑到这边来向他打招呼，到时说不定还会问些让她尴尬的问题。现在一窝蜂聚在这里也好，要来一起来，待会要散一块散。

只不过，来的人多了，总有些人会串到里间来，见裴衿衿和余天阙相对而坐，大感不解，瞧看几秒之后退出去，向客厅里的人问道。

"哎，里面那对儿，谁啊？"

有人好奇地问："里间还有人啊？"

"有啊，一公一母。"

人群立即爆发出一阵大笑声，不少的调戏声响起。

"人一雄一雌在里面你也去打扰，不怕被人砍啊。"

"现在一男一女已经没什么看头了，要是双雄才有味道。"

"哇，口味好重。"

有人邪笑出声："嘿嘿，现在到哪儿不是重口味的东西啊，味儿不重没看点。我跟你们说，那天我……"

凌西雅怕自己的朋友将玩笑开得太开，连忙出声打断："好了好了，话题别扯得太远了。里面的人应该是衿衿和她男朋友吧。"

"谁是衿衿？"

一群人完全没反应过来，他们这圈人里有叫衿衿的吗？除了，白丽。

"衿衿就是……"凌西雅看着白丽，还是她来说吧。

接到凌西雅眼神的白丽干脆利落地说道："南笙的前女友。"

尹家瀚快人快语地接话："施南笙的初恋女友不就是一萌吗？除她之外哪里还蹦出一个什么前女友衿衿？"

"尹家瀚，忘了吗，孙一萌五年前失踪过一段时间，她消失的时间里南笙身边不是有个女朋友吗，就她，裴衿衿。"

这下，房间里安静下来，大家你看看我，我看看你，最后的目光都落到了施南笙的身上。不会吧，时隔五年，他们都不记得那个女孩了，可她居然又出现了。而且，施南笙竟然和她还有联系，这真是太让人匪夷所思了，以施南笙的个性，丢弃掉的东西不可能再捡回来，他是一匹不吃回头草的汗血宝马。

施南笙微微笑了下："都这么看着我干吗。"

"南笙，你不会吧？"

莫非和孙一萌分手就为了要和裴衿衿复合？这不科学。放着堪称完美的妻子人选不要，去找一个条件非常一般的女孩，不科学，太不科学了。

凌西雅拉了拉身边的朋友，低声道："强子你别乱猜，衿衿和她男朋友都在里面呢，要是让他们听到什么，不误会才怪。"

众人这才松了口气，刚才漏听了，裴衿衿是和她男朋友在里面，人家名花有主，那施南笙就没戏了，都知他是个非常有原则的人，不可能去抢着当小三，这事儿，他绝对干不出来。

"西雅，你什么时候和她这么熟了？"

凌西雅否认道："没有啊。"

"那她还跑来看你。"

"呵呵，她不是来看我，这是她的病房，她意外遭遇火灾，在这里治疗。我的房间在隔壁的隔壁，正好我和她在聊着的时候你们就来了，大家凑着凑着，就挤满了她的房间。"

尹家瀚道："搞了半天我们占了别人的地儿，走走走，去你的屋里。"

凌西雅笑着点点头："好啊，估计我们在这里也吵得她休息不了，走吧，大伙到我那边去。"

说着，凌西雅站了起来，白丽扶着她走到里间的门口，轻轻敲门，听到里面喊了"请进"才推开门。

"袊袊，不好意思啊，一群人在这里打扰到你和你男朋友了，我和他们一起到我那边去，你要不要一起过去？"

裴袊袊摇头："不用了。"

"那你有时间过去找我。"

"嗯。"

将门关上之后，凌西雅看着一直站在窗边没有移动的施南笙，问道："南笙，你要不要一起过去？"

"不了。你好好休养，祝你早日康复。"

凌西雅望着施南笙片刻，笑了笑，语气有些干巴巴的："谢谢。"

他都和孙一萌分手了，对她居然还是这样冷冰冰的，难道他想和裴袊袊复合吗？可人家有男朋友，感情看上去还很不错，他真要不顾自己的形象抢人吗？裴袊袊值得他这样做吗？现在一干朋友都来看她，他居然不合大群要在这里陪裴袊袊，就不怕朋友们对他议论？

*

早餐过后，孙一萌看着一个星期都没打扫的屋子，脏乱得有些不像话，终于决定好好清理一番。把客厅收拾好之后坐在沙发上短休，听到卧室里传来手机的铃声，轻轻叹了口气，起身去接电话。

"喂。"

"一萌，在干吗？"

"打扫卫生。"

彭云琪试探性问了下："今天心情怎么样？"

"不知道怎么说。有事吗？"

"我听说凌西雅受伤了，昨晚送到了省军区医院，今天大家都说去看她，你去不去？"

孙一萌愣了下，凌西雅受伤了？

"怎么伤的？"

"昨晚白丽和文夕在凌西雅家玩，仨估计玩得太忘乎所以了，凌西雅下楼一不注意就把脚给崴了，听说情况还蛮严重。"彭云琪幸灾乐祸般笑了几声，"我琢磨着，凌西雅是自作自受，该。"

在彭云琪几人看来，凌西雅伤脚那晚肯定是为了庆祝她和施南笙分手，不然她们怎么可能不在西雅休闲会所里聚会，偏偏要跑到凌西雅的家里，不就是担心玩得太开心了被其他人看到吗，整天端着一副大方体贴的大姐样子，心里不知道有多阴暗。

"一萌，你去吗？"

孙一萌想了想，单纯地让她真心实意去看凌西雅肯定不想，但以凌西雅在朋友圈里的人缘，大家肯定都会去看她，别的不说，她对朋友出手向来大方，大家得了她的好，自然也愿意和她交朋友。所有人都去，她不去，似乎说不过去，尤其她和施南笙分手的事情大家都知道了，如果老是不出现，别人还当她被施南笙伤得多深，日子过得多痛苦呢。分手心痛不假，但她是不会让任何人看扁她的，她孙一萌不是什么一击就倒的娇娇女，撑场面的本事她相信她若称第二，这个圈儿里还没人敢称第一，这么多年在施氏工作，不练成表里不一的功夫她能混到今日的地位吗。

"去啊，当然要去。"

"那好，你在家等我，咱们一起过去。"

"好。"

挂了电话之后，孙一萌靠着门框想了想，打起精神，从衣柜里挑了一件颜色明丽的套裙穿上，他应该也会去医院吧？

孙一萌和彭云琪到医院时，看望凌西雅的众人刚好从裴衿衿的房间转到她的病房。尹家瀚接到彭云琪询问具体房号的电话，告诉她在哪儿，恰好让孙一萌和施南笙避开了见面可能。

见到孙一萌的一刹那，凌西雅脑海里突然闪现一个词，后悔。

她怎么不在裴衿衿的房间再拖延两分钟，如果在那边，孙一萌见到施南笙和裴衿衿，相信一定是一个非常有看头的碰面，真是可惜，没机会看她吃惊的表情，以前她不是老去西雅会所炫耀自己的身份吗？如今她倒是想看看她见到施南笙在裴衿衿身边是什么表现，过去她给她的那些不痛快现在她都会利用裴衿衿双倍还给她，让她也尝尝自己深爱的男人属于另一个女人的心痛感觉。

不管心里在想着怎样不善的事情，脸上一点都看不出，这大约就是在社会上历练了多年的结果。如同凌西雅一样，孙一萌提着东西走到凌西雅面前，关心不已，好像她们是十分要好的闺蜜一般，可是谁又能知道她心中是不是在暗喜。

孙一萌将买来的水果放到一旁，看着坐在床上脚踝受伤的凌西雅，语气格外温和地问候着她："西雅，你怎么这么不小心，很疼吗？"

"现在好多了，一萌，谢谢你和琪琪一起来看我。"

"呵呵，客气什么，我们是朋友啊，你受伤住院，我肯定要来看望。"

孙一萌看着散发出药水味的纱布，伤成这样，怕也痛得她记忆深刻吧。这位凌大老板在她面前一向端着家境优渥的大小姐架子，从认识起就看不起她，如果她和南笙还没有分手，今天这样的场面一道过来看她，那才真是开心，让她身心都痛个结实。

细究起凌西雅和孙一萌之间的过节，不单单是施南笙的问题，只能说他是其中一个比较大的问题，两人对彼此的不满非一事造成，而是多年生活中累积下来的。

凌西雅与施南笙从小相识，凌家在 Y 市也算得上是一个富豪之家，施凌两家长辈是多年的老友，凌家夫人从施南笙成年之后就有意向想招他为女婿，只是碍于施家权势太过强大不好直接提出，怕落人攀附的名声，想让凌西雅和施南笙自己先产生感情，然后两家水到渠成地结成亲家，可让人郁闷的是，凌西雅对施南笙有爱慕之意，施南笙对她则一直都是朋友之心，凌家长辈实在不好开口逼他爱上自己的掌上明珠。

两人从 C 大本科毕业之后，施南笙选择继续读研，凌西雅则出来经营会所。在施南笙研一的时候，他从自己众多的追求者中选择了孙一萌当他的女朋友，从得知消息的那一秒起，凌西雅心中对"孙一萌"这三个字就产生了怨恨和排斥。尤其，当凌西雅得知孙一萌家庭情况不如她的时候，更加觉得愤懑。父亲是一个普通公务员、母亲是一个省际连锁饮食店的老板，这样出身条件的孙一萌也能成为施南笙身边人？于是，当施南笙第一次带着孙一萌参加朋友们聚会时，其他人对孙一萌的态度都还比较好，毕竟人是施南笙自己选的，他们没什么好说的，何况当时大家都年纪不大，谁都不觉得施南笙一辈子只恋爱一次，孙一萌成为他生命中一个过客的可能性很大。

唯独，凌西雅的表现不友好，有些看不起孙一萌的样子，尤其当她开始以施南笙正牌女友自居后，凌西雅越发不满，直接将她定位在"贪图施家财富"的拜金女位置上，永不得翻身。

相互认识后，凌西雅明里暗里欺负孙一萌的事情没少做，只不过聪明的她总能将事情做得看不出痕迹。时间一长，孙一萌自然知道是谁在背地里给她制造麻烦。起初，想着施南笙与凌西雅是朋友，将来她嫁到施家也少不了和凌西雅见面的可能，多个朋友总比多个敌人好，孙一萌一味地容让。慢慢地，随着与施南笙恋爱的时间变长，在施氏地位的上升，福澜对她的满意程度越来越高，孙一萌渐渐不再委屈自己了，凌西雅若是在口头上欺负自己，她必定会当时就回击回去，不再受她的脸色。之后，孙一萌失踪回来，施南笙对她有一段时间的体贴和照顾，更加助长了她的气焰，除了对福澜和施晋恒，她不再看任何人的脸色说话做事，甚至一度觉得施南笙都离不开她。

失踪回来后的五年，凌西雅和孙一萌两人之间的局面完全扭转，两人互换了强弱的位置。这些，两人的闺蜜都看在眼里记在心里。两边的人，表面上看和和气气，暗地里各自看不顺眼。

"哎。"凌西雅眼尖地见到孙一萌买来的水果篮子里有两个大个子水果，惊喜道："火龙果。"

"嗯，你喜欢？"

凌西雅点头，"是啊，好久没吃，一直都想买，每次经过超市都忘记。"

白丽站起身开始拆孙一萌买的水果篮，"知道你在嫌弃我们没有给你买吃的，这就给你剥了，行吧。"

"呵呵，我可没说啊。"

孙一萌笑了笑："西雅喜欢就好，谁买来不是一样呢。"

白丽把剥好的火龙果递给凌西雅，与其他人一起在房间里继续说笑，病房里的气氛持续热闹。过了一会儿，凌西雅捧着吃了一半的火龙果叫白丽。

"丽丽，丽丽。"

白丽回头，"干吗？"

"你要不要吃？"

"我才不吃你吃剩下的东西呢，这会吃不完了才想起姐们我，早干吗去了。我要吃，就吃另一个。"

凌西雅看着果篮里剩下的那个火龙果，想起一个人："丽丽，那个火龙果，你帮我给衿衿送去吧，我估计她也喜欢吃。"

白丽看了看紫红色的火龙果，挥了下手："我这儿正说得高兴呢，你让她男朋友过来吧，要不让施南笙过来给她拿去也行。"

一边的孙一萌和彭云琪正好奇凌西雅口中的衿衿是谁，乍然听到施南笙的名字，顿时就反应过来，施南笙和裴衿衿在这？

凌西雅皱下眉头："一个火龙果，你好意思叫人家过来拿？去，去去去，帮我送过去。要不，我自己拿给她。"

"哎，得，你躺着，我去送还不成吗，你这一瘸一拐的，要真送过去，我估计裴衿衿都不敢吃了。"

"呵呵。"

白丽送了东西后很快回到房间，暗暗看了下孙一萌和彭云琪的脸色，忽然觉得心情奇好。孙大经理，这一趟可没让你白跑啊，知道一个重大的消息，算是我们谢谢你来医院看西雅的回礼了。

孙一萌和彭云琪在凌西雅的病房待了大约半小时后，两人找了个借口告别，由她们一带，不少的人都跟着一道离开，最后剩下白丽和文夕还陪着凌西雅。

"哈哈……憋死我了，哈哈。"白丽倒在沙发里，大乐，"文夕，你是没注意看当时孙一萌的表情，想问又不能问，真是搞笑极了。"

凌西雅靠着枕头坐在床上，笑着："你反应倒是快，居然能接我的戏。"

"废话，咱们是什么关系啊，这么多年了，你屁股一翘我就知道你放什么。"

文夕看着两个玩得不亦乐乎的死党，轻声问道："这样好吗？"

"什么好不好的？"

"孙一萌和施南笙刚分手，你们就让她知道裴衿衿在这里住院，还让她发现施南笙在探望她，会不会引起不必要的误会啊。"

白丽撑起身子斜着靠在沙发上，不屑道："那个孙一萌啊，就是让她误会，误会得越深越好，让她看看施南笙有多在乎裴衿衿。以前不是耀武扬威的吗？活该现在被施公子甩了。而且，我还真不觉得是误会，施南笙说不定就是还喜欢裴衿衿，要不然，人家男朋友都在那照顾了，他怎么还赖在那儿不过来看西雅，真是莫名其妙。"

凌西雅带着笑意，今天心情真是不错，唯一让她感觉不舒服的就是施南笙居然不肯过来，不过也好，幸亏他没有来，否则怎么能在孙一萌的心上狠狠戳一刀呢，在她这边见到施南笙可远远不及听到施南笙在陪裴衿衿来得猛啊。

*

孙一萌和彭云琪从省军区医院出来后，两人开车转了几条街，在一段允许暂停的路边，孙一萌把车停了下来，握着方向盘的手一点点抓紧。为什么？为什么裴衿衿会来Y市？南笙又为什么会在她的病房里陪她？

副驾驶位子上的彭云琪看着孙一萌，知道她现在心里肯定不痛快，只是她完全没料到裴衿衿居然会在医院，她不是C市吗？

"一萌，会不会是凌西雅在耍我们？"

孙一萌逐渐平复自己的情绪，扭过头去看她，可能吗？

"要不我们现在掉头回去，证实裴衿衿是不是真在那住院？"

孙一萌抱着鲜花，提着水果，刚走进住院部的大楼，二号电梯门打开，走出的人群里正好有她要看望的人，看到裴衿衿左右两边分别陪着施南笙和余天阙时，她有一瞬的羡慕，真心的羡慕。她不贪心，不指望身边帅哥围绕，只希望自己想要的男人能属于自己，可偏偏实现不了，她知道是自己想要的人太过不同寻常，可她不懂，各方面都不如自己的裴衿衿怎么就可以拥有，这不公平，她不会放弃。

直视着裴衿衿走过去，孙一萌微微一笑："衿衿。"
"你，来看朋友？"
"呵呵，来看你。"
裴衿衿愣了下："我？"
"是啊，早先去看西雅的时候，听说你遭遇意外火灾在这里住院，特地买了东西来看你。不过，我似乎来得不是时候。"
余天阙笑："怎么会呢，孙小姐来得正是时候，我们仨正好要去吃饭，你肯定也没吃吧，不知有没有荣幸请你吃饭？"
"呵呵，真的不打扰你们吗？"孙一萌最后的目光落到施南笙的眼睛里。
"能和孙小姐这样的大美女一起吃饭是我和衿衿平时求都求不来的机会，你再客气，我们就只当你不想见到我们了。"
"哪里的话，那我就不客气了。"
裴衿衿笑着点头。
看到孙一萌手里的水果不少，余天阙主动伸出手，十分绅士地说道："孙小姐，我来提吧，看样子不轻。"
因为确实重，孙一萌倒也没说什么客套话，将水果递给余天阙，随后将抱着的鲜花送给裴衿衿。
"衿衿，希望你早日康复。"
"谢谢。"
走出大门时，孙一萌想彭云琪还在车上，正犹豫是不是带她一起去，就听到裴衿衿对她说了一句。
"孙小姐，坐一辆车吧，方便。"
身处异地，余天阙自然不可能开车，孙一萌笑着点头："好。"
坐在副驾驶位上，孙一萌竟有种前所未有的幸福感，没想到身为施南笙女友的感觉竟是和他分手之后才体会到的。这些年，她极少和他一起外出，即便是同时参加活动也是各自开车过去，他从不载女伴，哪怕是有着女友之名的她。不是觉得他的车是豪车，而是因为开车的人是他，有种被照顾的感觉。一车同行对恋爱中的男女来说，根本算不得什么，但到她和施南笙之间成了奢望。
黑色汽车缓缓地从医院开出去，施南笙从车内后视镜里瞟了一眼后座，余天阙一只手轻轻揽着裴衿衿的肩头，她的神情看上去很轻松自在，其实不用她多说，他能感觉到她是真的不想和自己再有接触，也知道现在自己的做法不像他的风格。但他相信，等她完全康复从医院出院时，他必定也恢复成了鲜活的自己，不再需要从她的身上汲取复活的能量。

在施南笙心中，自己之所以五年来像一个毫无感情的工作机器人就是因为当初遭遇了裴衿衿的欺骗。孙一萌情况稳定之后，有一段时间他确实气得不再想听到裴衿衿的名字，强逼自己不想关于她的任何事情，可当他情绪平复后，不是没派人找过她，实在是找不到，她整个人好像从地球上蒸发了一样。他想，如果开始找到了裴衿衿，听到她解释，或许自己就不会纠结那么久了。现在是他"重生"的好机会，利用这段时间将历史遗留问题解决后，他一定可以过正常人的生活。到那时，他没有无论如何都爱不起来的名义上的女朋友，也没有心中一直解不开结的前女友，他会有一群义气的兄弟，会激活埋在心里不再触碰的个人爱好，也会寻找到一个自己真正钟爱的女孩。这些幸福到来前，他需要充分地用好"解药"来为自己"解毒"。

"衿衿。"孙一萌从副驾驶位子上回头，问道，"医生有没有交代你要禁口哪些饮食？"

"没。"

孙一萌看着施南笙，说道："南笙，衿衿难得来Y市，带她和余先生去吃特色菜吧。"

施南笙看着前方的路面，正好，他没想好去哪儿吃饭，她有好的建议挺不错。

"哪家？"

"西城区紫檀路的老耿家。他家的菜色香味俱全，而且不同于那些商务饭店，有自己的特点，味道真的很不错。"

听到孙一萌的介绍，在十字路口时，施南笙拐到了去城西区的交通干道上，到目的地前，车里再没人说一句话。

*

施宅。

福澜和凌西雅的妈妈西华两人坐在施宅后花园的凉亭里喝着茶，俩人仪态端庄，气质不俗，举手投足间都带着富家太太的优雅与自信。只不过，不管贫富，母亲们到了她们这个年纪，一旦家中还有没结婚生子的孩子，聊不了多久，话题就会跑到让她们着急的下一代身上，这会子，两个当妈的人正讨伐着自家儿女。

"西华，你是不知道我家南笙怎么气我的。"福澜稍稍倾身，将手中的纹荷白瓷茶杯放到面前的纯白玉石桌上，对着凌西雅的妈妈开始数落施南笙，"和一萌恋爱都五年多了，俩人年纪也都不小了，按说结婚是很顺理成章的事情，他倒好，我稍微催了他一下，居然和一萌分手了，还说什么这辈子没打算结婚。你看看，他说的是什么话，我和晋恒就他这么一个儿子，他若不结婚，我们俩拼命给他创造的这些东西有什么意义？"

凌西雅的妈妈轻轻笑了笑，宽慰福澜："澜姐，南笙不过就是说说气话，你不用当真的。"

"气话？我看他是气我。二十八了，晚婚晚育，不知道他到底在想什么，一萌跟他在

一起这么久,我都从心里接纳她了,这下倒好,他又不要了。早知道他会拖到现在啊,当初他大学一毕业我就张罗他的婚事,不该由着他。"

"呵呵,不急不急。你想想,有句话不是说男人三十而立吗,他还没到三十岁呢。何况,凭你们家的条件,还愁找不到媳妇儿吗?多少名门望族的姑娘都看着你们家的大门呢,只要你愿意,多少女孩前仆后继啊。"说着,西华大胆地猜测了一下,"而且,澜姐,你别怪我多想,这南笙和一萌在一起这么多年,按常理是该结婚,突然分手确实不正常,该不会是南笙有了新……对象?"

"不可能。"

福澜直接掐灭西华的假设。

"他每个星期五天在公司,常常加班到晚上。一半的周末时光送给了出差,另外一半基本给了世瑾琰那些朋友,连一萌都没多少时间陪,更加不可能花心思给其他女人,我的儿子,我了解,他若是对女人稍稍多那么一点兴趣,我都不至于要操心他结婚的事。"

西华微微一笑,端起茶杯喝了一口茶,想了想,道:"哎,南笙既然这么忙,那你帮他选媳妇儿呗,他是个孝顺孩子,你是他妈,你为他选的肯定是最适合他的。"

"我啊,正有此意。今年,我非得让他把婚给结喽。"

说完施南笙的事,轮到西华开始愁凌西雅的个人问题了,相比起施家少爷,西华觉得自己的女儿问题才是真的让人头疼。好歹施南笙是男孩子,二十八也不算太老,她家的那个小祖宗和他同年,也是二十八岁,标准的剩女啊,还没个对象,让她怎么能不急。

"哎,澜姐,南笙的事情好解决,我家西雅的问题才大呐。一向她提结婚就跟我吵,开始还能听她爸说说,现在到了她爸也不能说的地步,整个人就是不想结婚,把我们愁得啊,就差求她了。"

福澜问道:"西雅二十八了吧?"

"可不是,与你家南笙同年,老姑娘一个。"

"是该结婚了,确实该了。"

西华的眉头皱紧,无奈地直摇头:"我们都知道她该结婚了,可她就是不动那个心思,让我们当父母的干急。"

福澜又问:"她之前谈过恋爱吗?"

"哪里谈过哟,从小到大,她身边的朋友倒是不少,可就没见哪个男孩子和她走得亲近,一群男男女女的都耍得跟兄弟姐们似的。她年纪不大的时候,我和她爸瞅着她身边几个不错的男孩子,暗想着也许能发展成情侣,可现在一看,没戏。人家男孩子要么有女朋友,要么和她称兄道弟,要么对她没感觉。我都快绝望了,以后再懒得催她,不结罢了,让她一个人过一辈子,省得将来还得操心她嫁人之后的一堆子事。"

"呵呵……"

福澜发出轻轻笑声，父母说不理自己的子女，全都是气话，哪有当人父母的真舍得不管自己的孩子。她看着西雅在她面前挺温顺的一个孩子，没想到在婚姻问题上竟是这样的倔强。

"哎，你刚说，对她没感觉的男孩子，难道，西雅对那男孩子有意思？"

福澜暗想，凌西雅，取了父母两人的姓氏，加一个"雅"字，长相倒也配得上那个字，整个人精致雅秀得很，又是凌大老板的独生女，身价不菲，学历不高但是名校毕业，虽说肯定依靠了凌城朗的实力才经营起一座休闲会所大楼，但如今这社会看的是结果，她交出的成绩单不差。这样一个钻石千金，不知道哪家少爷入了她的眼，娶她，不亏。

西华尴尬地笑了笑："她的心事，我哪里知道得仔细啊，也就是估摸着瞎猜的。"

"知女莫若母。你能感觉到男孩子对西雅没感觉就肯定是先感觉到西雅对他有想法，说说，哪家的小子这么走运，被我们西雅看上了。"福澜兴趣高涨，"如果可以，我帮你到那家说说媒去，没准能成事。"

"呵呵，哎哟，澜姐，瞧你说的，我家西雅那水平，看上人家大少爷那也是高攀，哪里像你说的那么好听啊。"

福澜笑得肩膀轻颤，仿佛凌西雅是她的女儿一般，认真维护她道："话可不能这么说，我们西雅要什么没有啊，长相，身高，能力，家世，哪一方面都足以让她嫁一个好人家。我是没女儿，这辈子没得送亲的机会，若是西华你不嫌弃，将来西雅出嫁，我还想蹭一次她娘家的送亲份子呢。"

"噗……"

西华被福澜的话惹得直笑。

两人笑过之后，西华暗暗揣度了一下，犹豫着该不该把话题再挑明一点儿，从聊天看，福澜对西雅的印象不错，两家也算是门当户对，不知道能不能就此机会解决两家父母着急的儿女婚姻问题。

"澜姐啊，如果西雅真像你说的这么好，你可能还真没送她出嫁的机会。"

"噢？为什么呀？"

福澜问出后，目光和西华在空中碰到了一起，西雅嫁人她没送亲的……忽然，福澜惊道："你的意思是……西雅看上的人是……南笙？"

西华将一直端放在掌心的茶杯轻轻放到圆桌上："其实吧，我也是瞎猜，澜姐你不要往心里去。呵呵……"

原本对凌西雅婚嫁事务兴趣浓厚的福澜逐渐收了些，脸上保持了一抹温和的笑容，不再像之前那么快接西华的话。混迹商场多年的福澜怎会不联想西华刚才所说的话，是不是

故意想让她知道西雅对她家的南笙有意思，虽说西雅不错，但忽然让她接受她当施家的媳妇儿，还是会犹豫，毕竟施家不是一般的富裕人家，她必须保证娶进来的女孩会一心一意地对她儿子，而且有能力帮助南南去管理施氏集团，否则若只是找了一个只知道享福的千金大小姐，她家南南还不得累死啊。

"呵呵。"福澜也笑了笑，"年轻人的情情爱爱啊，我们老了，看不明白，只能他们自己去理清。"

"是啊是啊，得看他们自己的意思。"

"嗯。"

福澜点头，"回头我问问南南，看看他是不是也喜欢西雅。西华你也知道，毕竟不是我娶老婆，人总归是和南南过一辈子，最关键的还是得到他的心。你看，我认同一萌不是，可他偏要分手，我不也没法子。"

"澜姐你说的是。"

西华话虽这么说，心底却道，还真能装，谁人不知施家儿媳妇首先得她这个婆婆喜欢啊，呵呵，施南笙喜欢？施南笙喜欢都没用。

两人正聊着，西华的手机突然响了。

"哟，尹太太打来的电话。"

西华翘着兰花指将手机放到耳边，"喂，尹太太……怎么了？……西雅扭伤脚在住院？什么时候的事情？我怎么不知道啊。"

福澜惊讶地看着西华，西雅受伤了？

*

凌西雅刚在病房里吃完午饭，一阵高跟鞋快速踩着地面的声音传进她的耳朵，不用想，肯定是之前打电话给她的妈妈来了。房门打开后，她发现自己只猜中了一半，还有一个人完全在意料之外，施南笙的妈妈居然来了。

"妈。澜阿姨。"

西华手腕上挂着小包，急匆匆几步走到凌西雅床边，见她一只脚踝被包得严严实实，瞬间眼睛就红了。伤成这样，得多疼啊。

"妈。"凌西雅伸手拉住西华，撒着娇道，"别担心，我没事，不疼的。"

"能不疼吗。你当妈是傻子啊。"

哪家孩子不是母亲身上掉下的肉，昨晚她出门还健健康康的一个人，就半天没见，躺到医院了，搁哪个当妈的心头不难受心疼呢。想到此，西华对着凌西雅忍不住埋怨道："怎么会那么不小心。若不是尹太太打电话问我你的伤势情况，我还被蒙在鼓里，你当我是你妈了吗？一群朋友知道你受伤，朋友的妈妈们知道你住院，我这个亲生的妈反倒一问三不知，传出去人家还以为我和你爸多不在乎自己的女儿。"

凌西雅连忙赔笑："主要是不想你和爸担心。"

"不想我们担心？"西华好气又好笑地看着凌西雅，"难道你以为关于你的事有什么能瞒住你爸和我的？"

凌西雅瘪瘪嘴，若她真想瞒他们，怎么可能瞒不住。只不过，从眼下的情况来看，让他们知道明显要比隐瞒他们来得好。

一旁的福澜朝病床走近些，看着凌西雅，问道："这得住多久的院？"

"今天就能出院。"

福澜微微诧异。

西华急忙说道："今天出院？恐怕是你自己单方面宣布的吧，医生说了？"

"妈，我又没有伤到其他地方，回家躺着不是一样。"

福澜和西华都不赞同。

"西雅，我告诉你，今天不许出院，待会我去问你的医生，看看你到底伤成什么样，必须在医院住到差不多了再办出院手续，要是毛毛躁躁地回家，留下后遗症怎么办。"

西华担心的是，到了自己家中她就不会像在医院里这么乖了，蹦上蹿下的，她和她爸宠她这个独女，到时她想干吗还不是只能由着她做，不利于恢复。在家待着，她那群朋友常去看她，她还能耐住性子住在家里？

白丽、文夕和凌西雅相互交换了一下眼神，凌西雅更是耸了下肩膀，她无所谓，住哪儿都没意见，反正说出院也是随便讲讲，又不会当真。只是，她真的很好奇，为什么福澜会来看她呢？

"妈，我不过是扭伤了脚，又不是什么大事，你怎么把澜阿姨给惊动了，她那么忙。"

福澜笑笑，"没事儿，今天休息，再说了，你还不许澜阿姨来医院看你？"

凌西雅连忙道："当然不是，澜阿姨的时间太金贵了，我不敢耽误太多。"

"呵呵，你这是在埋怨澜阿姨吗。"

福澜看着一身病人服的凌西雅，细看这姑娘，长得确实挺好看的，和一萌比起来，一个干练，一个是时尚。若论家世，自然是西雅这姑娘更加配南南，而且两家长辈又是朋友，联姻之后两家企业说不定还能联合在一起投资一些项目，这样一来，南南的商业版图又能扩大不少。至于两人对南南的感情，若凌家太太西华说的是真的，那凌家大小姐对南南的感情比一萌少不了，反而时间更长些，也不知道说她从未恋爱过的消息是不是真的？还有最关键的一点，她都二十八岁了，一旦结婚，就必须赶紧生孩子，年纪不等人。

"澜阿姨，您可是我心中的偶像，我怎么敢埋怨您啊，崇拜还来不及呢。"

"呵呵……"福澜笑着看了眼西华，"我又不是大明星，你崇拜我干吗？"

凌西雅笑着："我都成剩女一枚，现在哪会去崇拜什么明星啊。澜阿姨你经商能力不凡，又优雅高贵漂亮，这些可都是我羡慕的东西。"

"是啊是啊。"白丽也参与进来，"最让我羡慕嫉妒恨的是，澜阿姨你还有一个帅得掉渣的老公和一个帅得天神震怒的儿子，施叔叔和南笙可让不少女人都羡慕死澜阿姨了。我要是将来有这么出众的老公和儿子，我从梦里都得笑醒，估计天天都会有人想把我送进精神病院。"

一贯严肃的福澜被白丽和凌西雅两个人惹得忍不住笑出声来，所谓徐娘半老风韵犹存都不及此时笑容绽放的她。

"你们啊，你们可都是拿澜阿姨寻开心呢。"

到这一刻，凌西雅几人不得不承认，为什么施南笙那么漂亮，真就是有遗传这一说，施晋恒的帅气就不消多讲了，她们的娘字辈里哪个不曾在家赞叹过啊，也许是女性的嫉妒心理作祟，很少听妈妈辈们在家夸赞福澜长得好看。但现在一见，施南笙的惊艳有一半得归功于他妈，一颦一笑，若放在古代，肯定堪称倾国倾城百媚生的绝色笑靥。

所以，直到福澜离开医院，凌西雅和白丽几人都忍不住感叹。

"美女就是美女，难怪施南笙帅得没人样。"白丽叹息。

凌西雅笑笑："要是长得不出众，当年施晋恒估计也不会被她拿下吧。"

施家祖辈都是富商，施晋恒当年的追求者不会比施南笙少，福澜能脱颖而出肯定有非常了得的方面，长相家世或者手段，总之能让她成功俘获施晋恒的心。

"哎，听说过吗，有一说法叫隔代遗传。你们说，施南笙的儿子或者女儿，会不会很像施晋恒或者福澜？"

文夕差点喷笑。

"哎，你这是什么反应，我难道说错了吗？"

文夕道："施南笙的孩子肯定是像他或者他老婆更多啊，怎么可能像到爷爷辈去了。"

白丽一时口快，笑着逗凌西雅。

"施南笙的孩子像他那倒也没得说，但要像西雅，那问题就大了。"

坐在床上被闺蜜耍着玩的凌西雅抓起一个枕头就朝白丽砸过去，"像我怎么就不行了，你嘴里就不能吐出象牙来啊。"

好像是真被白丽的话气到，说着，凌西雅从床上跳了下来，赤着脚追着白丽满房间乱跑。

"我让你不说好听的，让你说打击我的话。"

"我就说，我就说。"

白丽被追得兴趣不减反涨，"像你本来就不好，对不起Y市人民，哈哈……"

看着眼前蹿来跳去的身影，文夕无奈摇头，都多大的人了，尤其白丽，整天还像个小孩子长不大，喜欢惹人炸毛。幸亏现在没人来看望西雅，要不然，谁能相信一个脚踝扭伤的人能健步如飞地追得一健康姑娘东躲西闪。她实在是想不明白，为什么西雅非要装受伤住到医院来，喜欢施南笙，可以应聘到他的公司，这样每天碰面的机会多正当，拐个这么大的弯来接近他，何必呢？况且，看着他照顾裴衿衿难道她心里好受？

　　*

　　余天阙推迟出差，除了特地看望裴衿衿之外，和她的打算不谋而合，想将她带回C市。只是，华昕坚持裴衿衿还不够出院的标准，必须留院查看，两人不得不妥协。周日傍晚，余天阙独自一人飞回了C市。

　　施南笙周六到医院看过裴衿衿后，连着六天都没有再出现，虽然每天打一个电话问她的情况，但也不过是聊几句话，时长都没有超过两分钟。裴衿衿心里虽然不希望和施南笙再有什么交集，但见他反常，猜测是不是出了什么事，以他的性格习惯，单单是工作太忙也不至于每天只给她一个短暂的电话，通话几次他挂电话都很匆忙，她什么都没来得及问。

　　病房门从外被人推开，站在窗下的裴衿衿闻声转身，稍微愣了一下，扬起嘴角。

　　"孙小姐。"

　　孙一萌微笑着走进来："突然进来，没有打扰到你吧。"

　　"没有。"

　　"就你一个人在吗？"说着，孙一萌朝洗手间的方向看下，"没人陪你？"

　　"护士小姐刚走。"

　　孙一萌的话问得自然体贴，裴衿衿答得也大大方方。若放一般到医院探病的人身上，问这样的话，很正常，但孙一萌的眼睛里有一闪而过的谨慎，只是裴衿衿不知道，她问题的背后到底想试探什么，是想看看施南笙在不在这里？还是想说她的男朋友不够尽职？

　　"今天是星期五，余先生会过来陪你吗？"孙一萌和裴衿衿一同站在窗边，看着她。

　　"不会。他本该上周出差去SH，延迟了一周，今天一定要过去。"

　　孙一萌抿嘴浅笑："余先生长得帅气，能力又出众，你放心他去外地出差吗？"

　　"不放心，当然不放心啦。"说着，裴衿衿笑了起来，"可就算不放心，我现在也没办法跟着他一起过去。所以，只好宽慰自己，如果他真的被人勾引走了，那只能说明他本来就不属于我。"

　　看着裴衿衿说笑的模样，孙一萌笑笑："你很自信。"

　　曾几何时，她也像裴衿衿这样对自己充满了信心，自以为只要南笙给她一个成为他女友的机会，她就能奋斗出一个美满的结果。到现在，她觉得自己挺可悲，六年时间，居然

还没有让南笙爱上自己。爱情要讲缘分，可是不还有一个说法叫日久生情不是吗，为什么她花费了所有的心力在南笙身上，他却没有被自己感动呢？

听到孙一萌的话，裴衿衿摇头，略微地侧身远眺窗外，这才发现，站在这儿看出去的视野真好，无一障碍物，目之所及一片开阔，不知道是不是被淡蓝的天空影响，说话的声音都带了些凉凉的味道。

她说："不是我自信，而是现实生活让我不得不这样想。"

活在当下的人，谁敢说自己一定能遇到终生不背叛自己的恋人？谁敢在恋爱时说，身边的这一个，一定能经受住所有的诱惑？固然天阙现在对她十分好，可他都不能保证是不是一辈子都这样，又何况她呢？

"如果余先生听到你这样说，不知道会不会很伤心。"

"呵呵，如果他有触动，用行动来证明他是属于我的人不就好了。"裴衿衿看着孙一萌，说着，"孙小姐听过一句话吗？男人无所谓正派，正派是因为受到的引诱不够；女人无所谓忠诚，忠诚是因为背叛的筹码太低！如果，我只是说如果，有一个女孩子各方面都比我更适合天阙，更爱他，更懂他，他未必就不会和我分手。同样的道理，打个比方，希望孙小姐你不要介意。"

孙一萌友好地笑了下："没事，你说。"

"如果出现一个男人，比施南笙更帅气，更有钱，家境更好，他追求你，你会拒绝吗？"

面对裴衿衿的问题，孙一萌沉默了。是啊，如果比南笙更好的人出现，她恐怕不会来这里看望她了。整整一个星期，除了在早会上见到施南笙，其余的时间她根本找不到他的人，连去他的办公室都扑了好几次空，也不知道他这个星期是不是一颗心都放到了裴衿衿这儿。

没有回答裴衿衿的孙一萌犹豫了片刻，最后还是打算把自己心里的问题问出来。

"裴小姐，我能问你几个问题吗？可能这些问题有些直接，但我希望你能诚恳回答我，不要逃避，也不要拐弯抹角。"

裴衿衿点点头。这个世道，不怕真小人，就怕伪君子。她知道孙一萌不喜欢自己，她如果做人做事一直都这么直率，她倒愿意和她交个朋友。

"我知道你在五年前我消失的那段时间里和南笙有过一段情，而且我听说，你是转校生，并不是C大的统招生。我不会相信你出现在南笙的身边是什么'偶然''巧合'之类，我很好奇，你为什么要接近他？之后，我回来。按琪琪她们给我的说法，南笙当时非常喜欢你，如果你们的感情那么深厚，即便我回来，你也可以继续待在他的身边。因为，他曾给我发过分手的短信，那时我没办法回复，但也基本算是他了结与我的感情再和你在一起。

"裴小姐，恕我直言。你当初为什么要消失？现在你们再相遇，他又和我分手了。这次，我要尽力挽回，但成功与否不知道。如果此次他追求你，你会与他复合吗？"

面前的孙一萌在这一刻其实很讨裴衿衿的喜欢，她猜到她心中肯定有这些疑问，但她并不觉得这个处世为人一贯八面玲珑的女人会将心中的疑惑问出来，起码不会是这样坦诚地当着她的面问，她真不讨厌直接的人，真的。当初施南笙也是直白得可爱才打动了她，让她感觉那时的他好简单，简单得在世上太过于稀缺。

裴衿衿深呼吸一口，吐出一记长长的气息，似乎在思考要不要对孙一萌说实话。为什么当初要接近施南笙呢？原因她自然不会忘记。只是，施南笙也问过她，她当时没说。

"裴小姐，如果是什么捏造出来的谎话，那还是别费你的口水了。"

"呵呵。"裴衿衿笑了，"你问得真诚，我自然也回得真实。当初接近他确实有目的，但不是冲着你们猜想的钱或者家势，我对他的钱财和地位没什么兴趣，或者应该这样说，我对要从他身上得到的东西也没有兴趣，一点都没有。"

孙一萌纳闷："如果你什么都不图，为什么要接近他？"

"我不从他身上图什么，不代表别人不想啊。"裴衿衿回忆起当年的情况，口气低沉了不少，说道，"当年我在C市读书，有一天从家去学校，路上被人拦截，强迫我帮他们做一件事。起初我不愿意，可他们拿我的父母威胁我，说只要我按计划行事，他们俩就没事；如果我拒绝，他们就不客气。当时我年纪小，怕事。而且，他们并不是让我杀人放火，说是只需要一两个星期就够了，我怕爸妈受到什么伤害，就答应了。"

"他们让你对南笙干吗？"

"那群人到底是做什么的我不知道，他们只是让我上演一出苦肉计混到施南笙身边，帮他们从他那拿到一个项目的研究资料。"

孙一萌紧追问道："什么项目？"

"ASKT。"

"ASKT？"

孙一萌皱眉，从来都没有听过施氏有这样一个项目啊？

"我当时想，如果施南笙简单好对付，那我盗了东西就离开。如果他不好应付，那我过完两周就走。到时就说我不是专业特工，完成不了任务，那群人估计也拿我没什么办法。没想到，所有的事情都没按预期发展。"

"我当初被人绑架就是为了给你制造接近他的机会？"

裴衿衿点头："是啊，不然你在，我怎么可能和他住在沁春园。"

"你拿到资料了吗？"

"没有。"裴衿衿笑了下,"我不是合格的小偷,他后面对我很好,我实在不想伤害他。我不知道ASKT到底是什么项目,不过能让人动歪心思要偷的资料,必定非常重要。我原想和他暑假旅游回来就对他坦白,没想到……"

孙一萌道:"我想,我知道你为什么离开了。"真相被揭开,她肯定没法在南笙身边待着。

"那现在,他追你的话,你可愿意复合?"

第十三章
现今，舍之与得，一切随缘

愿不愿意跟施南生复合？

裴衿衿很肯定，孙一萌问的这个问题是她最关心的，她几次来看她，怕的也是担心的事情成为现实。她不能说自己在心里没有想过这个问题，但每次想到最后，都会不由自主地记起五年前的事，让她愧疚也心痛，进而很排斥思考这个问题。

"孙小姐，不是我不想回答你，而是你说的这个是个假设性的问题，不存在，我没法回答。"

孙一萌坚持："现在想想也不可以吗？"

"你问我，当初为什么接近施南笙，这是发生的客观存在的事情，我自然可以坦白相告。现在凭空想象的答案，我说了，孙小姐你放心吗？"裴衿衿直奔话题的中心，"如果我说，我肯定不会和施南笙复合，你现在听了肯定高兴，但你就不怕日后出现意外吗？事物都是不断发展的，谁能保证我绝对地不和施南笙复合呢？呵呵，你我都是成年人了，关于感情的承诺还学不会半信半疑吗？"

看着裴衿衿清澈的双眼，孙一萌并没有仔细想她说的话，只觉得她是在暗示她很有可能和施南笙复合。转念一想，也是，施南笙这样的男人，换成哪个女人都不会拒绝。

"裴小姐，你若要和南笙在一起，他妈妈肯定会是你们最大的障碍，祝你好运。"

裴衿衿突然笑出声："呵呵，我可没说要和他复合，只是我不想信口胡乱给你回答。对我来说，说十句漂亮的话不如做一件漂亮的事。"

心有决断后，裴衿衿再说否认的话对孙一萌也没什么作用了。

"呵呵，希望我有幸能收到你和余先生的婚宴请柬。"

裴衿衿笑："好。"

两个在房中交谈的女孩一直都不知道，从孙一萌进房没多久之时起一个修长的身影就在门外出现，靠着墙边，从并未完全关上的门缝里听到了她们所有的谈话。

*

没有裴爸裴妈的陪伴，没有余天阙的照顾，裴衿衿度过了一个"孤苦伶仃"的周末。只有周五的时候孙一萌看望过她，其余时间，除了医生护士的例行检查，连一只蚊子都没有飞进她的房间。

吃完护士送进来的晚饭，裴衿衿想，难道她被地球人抛弃了？一个个都忘记了她。见天色还早，一个人走出病房，到楼下花园里转悠打发时间。要不怎么说人是群居的动物呢，没有人陪着，散步也成了一种可耻的活动。看着别的病人都带着"跟班儿"，裴衿衿顿觉不爽，这群人，要不要把她忘记得这么彻底啊？尤其某人，把她弄到Y市来，昨天和今天居然连一个电话都没有了，果然是"得到了就不珍惜"。

转了两圈之后，深觉无聊的裴衿衿打算回房间，电梯门将要合上的一刹那，她眼尖地看到一个人，迅速出手摁下开门键，走出了电梯。

"段誉。"被护士小姐用轮椅推着的段誉愣了下，有人叫他。

裴衿衿加快了步子，"段誉。"

"等等。"段誉叫住护士小姐，朝左右查看，看清裴衿衿后，惊喜不已，"老板。"

裴衿衿走到段誉面前，看着他还绑着石膏的腿，关心地问道："你的腿怎么样了？"

"恢复得很好，说不定再过一周就能试着踩踩地了。"乍一见到裴衿衿，段誉显得非常高兴，"BOSS，你怎么会在这儿，还穿着病人服，你也转到这家医院了？"

"嗯。"

段誉欢喜不已，见到老熟人让他压不住贫嘴的特性："施先生真是个大好人。BOSS，认识你真好，托你的福，我和何文才能享受到'非一般感觉'的治疗条件。看看，美女护士小姐，体贴又专业。"

推着段誉的护士张灵玲听到夸她，笑得脸上飞起两朵粉晕，更添几分清秀的姿态，一看便知是才参加工作不久的新人，连裴衿衿看了都觉得，年轻就是好啊，漂亮不说思想还十分单纯，看看自己，一把年纪，听到这样的话跟别人问"吃饭了吗"一样的感觉。不过，这小子是不是转院之后光顾着和护士MM们嘻哈都不看手机的啊。

"小子你是不是太过于没人性了。"被严正讨伐的段誉一头雾水地看着裴衿衿，他干吗了？

"我发了那么多信息给你都没回，打电话也一直关机。我在这住了两星期，要不是今天偶然遇到你，是不是到我出院我还不能一睹你的俊颜啊？"

"嗨。"段誉顿知，"你说手机啊。我转院到这里的第一天就没电了，索性扔在抽屉里没去管它。"

"小没良心的家伙。"

段誉舞着手为自己辩解："冤枉啊。我想给你打电话，可施大哥说他会跟你说，叫我别操心，安心住着养伤就好。"

裴衿衿伸出食指戳着段誉的额头："小哥，我拜托你用脑子好好想想，你认识他才几天啊，就相信他的话？他把你卖了，你是不是还说他是好人啊。"

"我认识施大哥是不久，但有你和他认识很多年不就行了。"段誉笑得真诚，"而且，我觉得施大哥不是坏人，他主动将我们转到这个医院就足以说明他很看重衿衿姐你这个朋友。再说了，他可是富可敌国俊美无双的施家大公子，怎么可能需要卖掉我呢，我不值钱的，真的，不值钱。"

"咳咳！"

裴衿衿咳嗽两声，不对，有问题，段誉这小子，嘴毒惯了，当初得知余天阙是她男朋友时也毫不客气地对他从头到脚地挑剔了一番，他看任何一个男人都觉得人家哪哪都是毛病，就跟"现代人开车走在马路上觉得除自己以外其他开车的人都是傻逼"一个心态，今天居然对施南笙赞不绝口，大有猫腻。

"段誉同学。"

"有。BOSS 请吩咐。"

裴衿衿弯腰平视坐在轮椅上的段誉："说，施南笙给你什么好处了？"

忽闪着一双眼睛，段誉眼中全是无辜。

"他给我的好处和你们是一样的啊，转院。"

"没其他了？"

"没了。"

"真没了？"

"真……没。"

裴衿衿又干咳了一声，臭小子，居然不老实，看她怎么挖出真相。

"不对吧，他告诉我，他给你好处可不止这点噢。你也太不把姐姐我当自己人了，我能开口问你，难道会一点都不知道吗。说吧，还有什么想要的？"

这下，段誉的眼睛都发光了，闪得裴衿衿恨不得一巴掌呼到他的脑门上，可恶的小子，一把诈唬就让他露了原形。

"有啊有啊。"段誉乐了，"还想要的东西有很多，除了他送给我的那款平板，能不能给我一台联网的笔记本电脑啊，很久没玩网游，天天'切水果'，看电视，聊天，很无聊的，我是脚伤，不是断手，玩键盘完全不受影响。还有，最最重要的，我很快就毕业了，你们一起投资的 Y 市最大的心理咨询工作室能不能继续收留我啊，没有别的特殊要求，就是工资方面能不能给小小的我涨一个小小的比率呢。"

裴衿衿听着，收了施南笙送的平板，这事她忍了，反正没花她的钱；想要施南笙送他一个笔记本电脑也忍了，反正他钱多；但她什么时候有一个和施南笙一起在Y市合开心理咨询工作室的打算？她这个投资人都不知道的事。

"Y市工作室的事情是施南笙告诉你的？"

"对啊。BOSS，人家跟你许久，你不会不要我了吧？小段子我腿好了之后一定对您鞍前马后鞠躬尽瘁任劳任怨，好好学习天天向上，没日没夜将我们的工作室发扬光大。"

裴衿衿眯起眼睛："小段子，之后的一个小时里，如果你不老老实实地交代这些天你和施南笙在一起的勾当，我保证，你这辈子都没有在我面前鞍前马后效劳的机会，相信我，真的。"

轮椅上的段誉忽然感觉一阵冷风吹过，阴森森的感觉，呃，难道他被诈唬了？

将段誉"严刑拷问"一番之后，裴衿衿像一个女斗士一般回到病房里，找到自己的手机，想也没想地就将电话拨了出去，等到几乎要听到系统女声说"对不起，您拨的电话暂时无人接听，请您稍后再拨"时，那端传来一个轻轻的男声，听上去很疲惫的感觉。

"喂。"

本来还气势汹汹的裴衿衿听到施南笙有气无力的声音，火气成垂直落体运动一般，直线下降，从最高点直接坠到了最低点，犹豫而好奇地问他："施南笙，你怎么了？"

隔了好一会儿之后那端才传来应答声："没什么，你有什么事吗？"

一句话说完，裴衿衿愈发肯定施南笙不在状态，整个人完全提不起精神，似乎连接电话都非常勉强，她印象中，不管多累多忙，他都不会如此疲倦无力，再联想到他最近消失不见，不由得开始担心起来。

"施南笙，你现在在哪儿？"

"怎么，医院里有事？"

裴衿衿有些不习惯此时的施南笙，重逢以来，除了第一次在希金大厦的偶遇，其他时间里，他虽说不是热情万分，可一眼就看得出他很想亲近她，这几天到底是怎么了？费心将她弄到Y市，爸妈和天阙都不在，这不是他出现的好时机吗？怎么反而……

"没有。"

那边的施南笙似乎累得找不到话，低声问她："你打电话给我，有什么事吗？"

"我……"裴衿衿一下找不到什么话来解此时的窘然，他现在这个样子，她怎么可能质问一些从段誉那听来的事情。

施南笙在那端等了一会儿，说道："如果没什么事那就这样吧。"

"等等。"裴衿衿忽然之间喊了一声，"别挂。"可是，电话继续保持通话时她却又不知道要说什么了，搜了脑子里的事情，一无所获，干脆找一句最直接地说，"我现在想见你。"

那端的男子明显没有想到裴衿衿会说这一句话，静了好一会儿才吐出两个字音。

"现在？"

"可以吗？"

施南笙声音提了些音量，问："有多想？"

裴衿衿沉默，慢慢轻轻说道："非见不可。"

"到傍晚你饭后散步的花园里来。"

听到施南笙的话，裴衿衿愣了好几秒，饭后散步的花园？他怎么知道自己饭后去过花园，难道他一直就在花园里看着她？

挂断电话之后，裴衿衿飞快地跑出房间，等电梯的时候，竟觉得电梯慢得像是乌龟在爬。她不知道自己究竟是急着想当面问施南笙是不是一直在花园，还是担心他的状况。如果他一直在花园里，为什么不跟她打招呼，是不是如果她不打电话，他就直接回家继续玩消失。

夜里的小花园别有一番清凉的感觉，照明灯昏黄，柔和的光线让人的感官神经似乎也放松了不少。裴衿衿在之前独自坐着的石凳上看到了施南笙，长长的凳子，他坐在中间，后背靠在椅背上，闭着眼睛，安静的模样让人都舍不得上前去打扰。

在五米开外，裴衿衿静静站着，不远不近的距离让她看清了施南笙的表情，没有说一句话，那一秒钟她却仿佛能听见他的心声。他说，我等你很久了。他说，我很累。他说，你还好吗？两个人是何以在没有告知对方自己最近过得怎么样之前就有如此悉知的感觉？也许是因为，到了现在，彼此对过去的介怀已经不再那么重；也或许，在五年的时间里，纵然分别在两个城市，彼此不曾用任何信号联络，却有一种任何人都无法破坏的工具在维持着他们的联系。那就是一颗——心。别人看不到，他们自己也以为将心封藏得很好，没有打扰，没有思念，没有伤痛，所有的一切都像已经过去了。那些曾经令他们无比在乎无比纠结的东西就好像半途而退的潮汐，在看到对方遭遇意外或者无比疲倦时，没有了提及的必要。

其实，裴衿衿很明白，这个世界上没有命运这回事，同时也没有意外。所谓相遇，是一场她精心导演的戏码；所谓分离，是他一次愤怒发泄的产物；所谓重遇，是一出凌西雅故意为之的设计。那日公益活动所有的人都是W城本地的，唯独她和何文是从C市过去，也独独凌西雅是Y市的，她不会相信是自己的名声远播带来的效果，只当自己被人拉去做了一次演员，让人遗憾的是，她的出演并不合格。现在，她到了Y市，看似在上演五年前的续集，好像大家都在一场叫做人生命运的棋盘里转悠，其实不是，所有的事情用四

个字就能概括。

顺其自然。

"过来。"

施南笙一直闭着眼，听到他的声音裴衿衿很好奇他怎么知道她到了，她刚才走来的脚步声几乎没有。

在石凳上坐下后，裴衿衿转头去看施南笙，他继续保持着闭目养神的姿势，纹丝未动，精致的五官让她叹了又叹，这尊容，就算不是施家独子，只怕也有众多的女人前仆后继。

"看多了，要收费的。"

裴衿衿嘴角勾了勾："你眼睛都没睁开怎么就知道我在看你。"

施南笙声音透着疲倦，说话声很轻很轻："需要用眼睛吗。"

是啊，有时候看人看事，用眼睛反而会出大问题。

"你很累，赶紧回家休息吧。"

施南笙问："你见完我了？"

刚才电话里好像恨不得下一秒就见到他，现在见到了，又赶他回去，她的心里到底是怎样想的？有话可以直接问他，有气可以发泄出来，什么都不说压在心里，有意思吗？一点都不像五年前的她。

"怕耽误你休息。"

施南笙双眉轻轻挑了下，不以为意地说道："你说吧。"

"你跟段誉说我出院后和你一起在Y市开一个心理咨询工作室？"

"嗯。"

"可我和你根本没有这个计划。"

施南笙更正道："错。是你没有，不代表我。"

"你要开心理咨询工作室？"裴衿衿诧异地问，"为什么？"

有时候，问题后面的答案昭然若揭，但人就是喜欢去问一个清清楚楚，好像只有这样才能让自己的心更踏实点或者死得更快点。

"傻妞，别把自己的智商弄到比-2还低。"

裴衿衿被堵得一个字都说不出来，两人之间出现了一段无声的静坐，之后，她像是自言自语一般，说着。

"天阙是个好人，他对我很好，处处都包容我，我并未觉得两人之间有不能继续下去的问题。"裴衿衿的声音越说越软和，"当初他为了我辞掉原本极好的工作到C市，我不能离开C市，那样对他不公平。"

"公平?"施南笙只是扬高了声音,并没有再多说什么。

"现在你把我转院到这里,难道不觉得太欺负他了吗?"

"照你这么说,和施氏集团签订合作合同的公司都被我欺负了?"

裴衿衿不解:"呃?"

"没有好处我会与他们合作吗?"

"那不一样。你们是合作关系,也许你从合作者身上得到很大的利益,但相对的,他们只是得得少一点,却不是没有,这是商业关系,与现在我说的天阙问题不同。"

"呵。"施南笙轻轻一笑,问裴衿衿,"你以为余天阙为什么去SH出差?"

如果不是他让施氏集团SH的分公司找他的公司谈合作,他能得到这个机会?这个项目给他现在所在公司带来的利润将是他们去年一整年赢利的两倍,这么一个大单,SH分公司指名要余天阙,为何?他是优秀,但还远远没有好到让施氏集团如此非他不可的境地。

裴衿衿反应过来:"你在背后做了什么,是不是?"

"他们公司还有两个与他同级别的设计师,他不出成绩,如何在公司安身立命。"

"他本来就很优秀,没有你帮他也可以。"

施南笙轻笑:"如果真靠他自己可以,为何他考虑了一周还是去了。"

难道她真的傻得以为余天阙仅仅是因为要看护她而推迟一周出差?

裴衿衿沉默了一会儿,为余天阙辩解道:"施氏找天阙是他的一个好机会,他应该去。这是公事,没什么需要避讳的,我并不觉得他做错了什么。"

"我没说他做错了什么。"施南笙的声音里带着倦意,"只是想告诉你,对于男人,很多时候你看似他将你当成他的全部,实际不是。"

"我知道。"

她怎么可能奢望自己是一个男人的全部呢?现在和天阙是热恋期,他自然会将她捧在手心呵护,一旦过了这段时间,他的心思肯定会转移到工作上,她看得出,他有强烈到可以被称为野心的上进心。

"衿衿。"

"嗯?"

施南笙慢慢张开眼睛,微微侧过头看着裴衿衿:"你真的了解余天阙吗?"

裴衿衿内心颤动,她对天阙……

"算了解吧。"

施南笙无声地笑了下,闭上眼睛,继续回到了之前的姿势,用极轻的声音问裴衿衿:"你现在对爱情的要求这么低了吗?"

当年他让她当他的女朋友，她可是奋战了一晚上，好一阵子都不把他当男朋友看，那时她婉拒他的话他记得清清楚楚。说什么两人性格不适合，不是同一个世界的人，还说什么她对他没有心动的感觉，两人不了解不能在一起。可是看看现在，她对余天阙完全没了当年那种清晰的思维，仿佛找一个差不多的人就可以恋爱结婚。

"要求高了，苦的是自己。"就像孙一萌。

施南笙不再说话。她觉得这样很好就这样过吧，这是她的人生，他不想多说什么。只是，从他调查余天阙的资料上看，他并不认为他们真的适合。她外表很独立，其实遇到问题还是需要身边的人给她鼓励和支持，而这个支持必须让她有足够安全感，而余天阙，真的能够让她十足十的安心吗？她若愿意被热恋期的男人蒙蔽双眼他不会拆她的台，她高兴就好，反正留她在Y市也不过是为了找回他自己，她其他的事，他不想多管。

见施南笙沉默，裴衿衿仔仔细细看着他的眉眼，忍不住问他。

"施南笙，你最近很累吗？"

"嗯。"

"因为工作？"

"嗯。"

裴衿衿轻声道："工作是做不完的，钱也是赚不尽的，身体比什么都重要。你又不缺钱，不需要这么拼命，让日子过得轻松点吧。"

"嗯。"

看着施南笙双目紧闭的样子，裴衿衿觉得他肯定不是因为工作太累，或者不单单是工作的原因，他的个人能力她不是不知道，没可能把自己弄得这么疲惫，一定还有别的事情，只是不知道他愿不愿意对她说。

"你这么累，是不是还有别的事情？"

等了一会儿，裴衿衿都要以为施南笙不回答她的问题了，却听到他轻轻发了一个音。

"嗯。"

或许是施南笙太过疲惫的模样让裴衿衿起了怜悯之心，明知不该多关心他以免引起不必要的误会，但她却控制不住自己的嘴，低声地问道："如果你愿意，能说说还为了什么吗？"

"嗯。"

这次又是过了好一会儿施南笙才发出声音，而且音量比之前轻了许多，若不是周围的环境安静得出奇，裴衿衿险些听不到他的声音，那声低低的回应就好像是人睡着了之后无意识的哼哼，根本不像是正常的回应声调。

裴衿衿等了许久，她以为施南笙是在酝酿怎么说，没想到，等到后面他整个人都没了动静，经过她仔细的观察，发现他居然睡着了。

不是吧，他累成这样?!

"施南笙?"

"施南笙，醒醒。"

裴衿衿轻轻拍着施南笙的肩膀，试图将他叫醒让他回家休息，但他可能真的太困了，继续沉睡。

"施南笙，回家休息吧，在这……不行。"

"施……"

原本坐得端正的男子缓缓倾斜了身体，将头靠在了裴衿衿的肩窝里，双眸紧闭，呼吸均匀。

"施南笙?"

看着靠着自己的施南笙，裴衿衿喊他的声音越来越轻，下意识地似乎怕吵醒了他。到底还因为什么事让他如此的累呢？也许她是不够了解余天阙，但她又真的了解他吗？五年前，他简单直白，敞开了心扉接受她，那时她有足够的机会和资格去知晓他的一切。但现在呢？五年里，他们都成熟了很多，尤其是他。再遇，她从他的眼睛里看出了属于成功男人的坚毅和内敛，深藏在他眼中的是不可见底的岁月沉淀，五年里发生的事情可以复述出来，但时间带给人的变化却不见得是现在她知悉的。对于此时她身边的施南笙，她还能了解透彻吗？

安静的花园里，身着病人服的裴衿衿侧着身子坐在石凳上，胸口靠着一个睡着的男子，不知道为什么，画面不显违和，反而带了一丝丝让人莫名心酸的感觉，惹得几个在园中散步的人频频侧目探望。

白丽提着东西从远处走来，路过花园的时候稍稍用眼睛扫了一下，霍地，已经转过去看着前方的眼睛愣住了。呃，花园里那两个人……是？将脸转过去确定园中身影是谁后，她脸上难掩惊讶。她就说施南笙和裴衿衿之间有问题嘛，果然是旧情复燃啊。孙一萌被分手了，现在不知道躲哪儿唉声叹气；余天阙不在医院，此刻肯定还不知道自己的女朋友抱着其他男人在花前月下诉说浓情蜜意吧。

哼，她要捉奸。

白丽掏出自己的手机，将施南笙和裴衿衿倚靠在一起的画面拍了好几张照片。

"两只坏东西，被我抓到证据了吧。"

走进凌西雅的房间后，白丽把水果放到桌子上，神秘兮兮地拿出自己的手机，在凌西雅面前显摆了几圈，道："看看，这是什么。"

凌西雅没好气地白了她一眼："你新买的手机能不在我的面前显摆吗，一手机而已，

值得你高兴这么几天吗。"

"切，姐炫耀的不是手机，而是手机里的东西。"

"你又下载了什么新游戏？"

白丽摇头："不是。"

"新歌？"

"不是。"

"新照片？"

白丽叫了声："宾果！"

凌西雅不屑地笑了笑："你多大年纪了，不要这么幼稚了好不好。"

"你知道什么啊，我这几张照片可不是一般的照片，凭这个啊，说不定我能成为'恋情破坏女神'。"

"恋情破坏女神？"

白丽得意地将刚才在花园旁拍的照片调出来，送到凌西雅的面前："你看。"

凌西雅看清手机照片后，接过手机，一张一张细看着。

"这是你刚才拍的？"

"是啊。你说，如果我把这几张照片发给余天阙，他会是什么表情？会不会和裴衿衿大吵一架？说不定，还会闹得分手呢？"

凌西雅立即否定："不行，不能让余天阙知道。"

"为什么？"

凌西雅看着照片，心，是痛的。但她绝不能在这个时候为自己添麻烦，如果余天阙和裴衿衿分手，恢复单身的裴衿衿岂不是正合施南笙的意，到时他追求起来完全没了障碍，她不仅不能让余天阙和裴衿衿分手，而且必须想办法让他们尽快结婚，只有这样，施南笙才不能对她毫无想法，不斩断施南笙心中那根藕断丝连的情根，她就不能得到一个完完全全属于她的施南笙。

"发给孙一萌吧。"凌西雅看着白丽，"我们要保护好余天阙和裴衿衿的爱情，让他们顺顺利利地踏到红毯上。"

白丽细细一想，笑道："哈哈，有道理，我这就发给孙一萌。但是，我怎么说呢？总不能莫名其妙就发给她这张照片吧？"

"何必直接发给她呢，拐个弯不就行了。"

"我知道发给谁了。"

十秒钟后，在自己家中打网游的彭云琪收到了一条手机信息。

*

凌西雅坐在床上看着面前的电视，白天播过的新闻又重播一次，她却还看得津津有味，时不时地插一两句话的评论。

"丽丽，你看这个新闻，六岁小女孩……"

白丽低头玩弄着自己的手机，头也没抬地答道："凌老板，你说的这个新闻网上都传得铺天盖地了，这也叫新闻吗？旧闻，相当的不具有时效性。"

滴答。滴答。

白丽手机发出两声信息提示音，不知道为什么，这两声引起了凌西雅的注意，看着她的手机，见她还在低头打游戏，提醒道："信息来了，赶紧看看。"

"就一信息，有什么好看的，说不定是那个小子叫我去续他们晚上的场子呢。"

话说完，白丽忽然明白为什么凌西雅叫她看手机了。

"哦，对对对，彭云琪。"

白丽退出游戏，见发信人，叫道："哟哟，还真是彭云琪发来的。我念给你听听：这个姓施的爱和哪个女人在一起搂搂抱抱就和哪个在一起，我们一萌早就对他不关注了。"

"哟，"白丽惊讶道，"听这口气，好像一点不在乎施南笙了。"

凌西雅冷笑："在不在乎只有自己知道，话说得再狠都没用。"

*

医院的花园里。

裴衿衿看着肩窝里越睡越沉的施南笙，不由得微微叹气，他最近到底遇到什么事了，累成这样？看他这样子，不忍心叫醒他。但就这样由着他睡下去，她和他说不定要在花园里坐到天亮去了。而且，叫醒他之后，困成这样，难道让他自己开车回去？坦白说，若真是他自己开车，她肯定也不放心，疲劳驾驶出的事故从来都不小。

施南笙压到裴衿衿身上的重量越来越沉，逼得她不得不朝后面仰，直到她柔软的腰肢支撑不住时，不得不用一只手支在后面的凳子上，免得被他压躺倒。

"真的这么困吗？"

裴衿衿低声嘀咕，他这样靠着，她很累的哇。而且夜深了，花园里都没什么人了，难道她要在这里当人肉靠垫？

"施南笙。"

"施南笙。"

裴衿衿连喊两声都没效果，抬起手轻轻拍着他的肩膀，再喊，"施南笙，醒醒，醒醒啦。"

施南笙的头微微动了动，再没其他多余的反应。

"施南笙。"

裴衿衿提了些音量，原本只是轻轻拍他身子变成了半搂着他摇晃，她就不信这样他还不醒。

终于，有点效果了。

施南笙从鼻子里发出异常慵懒的一声："嗯？"

"很晚了，别在花园里睡着了。"

"嗯。"

听到他的回答，裴衿衿用力撑起身子，但施南笙依旧保持着靠在她肩窝的姿势，神志一点都没有从睡眠中清醒过来，似乎还不满地咕哝了两声，怪她打扰了他的好梦。

裴衿衿扶着施南笙坐起来："施南笙，别在这里睡，嗯？"

"困。"

一个单单的字就让裴衿衿心软不少，她当然知道他很困，可再想睡觉也不能在这里。

"我帮你叫司机，回家休息吧。"

说着，裴衿衿低头去找施南笙的手机，当她的手碰到他裤兜的时候，施南笙温热的手掌忽然一把抓住了她的手，张开眼睛看着她。

"嗯？"

裴衿衿看着惺忪蒙眬着眼眸的施南笙，解释道，"我找你的手机叫司机来送你回家。"

"不用了。"施南笙说话的声音软绵绵的，"我自己回去就行了。"

"你累成这样怎么回去。"

裴衿衿想把手伸到施南笙的裤兜里拿手机，他的手却越攥越紧，看着她，"不想别人看到我这样。"

一瞬间，裴衿衿愣住了，眼睛对上施南笙的双眼。是啊，不想别人看到，永远在别人面前保持帅气优雅是非黑白分明的施家大公子，在她面前就各种形象都可以不在乎，只想顺着他的心意生活，哪怕因此招惹她伤心难过心疼不舍，这对于她是太荣幸了，还是太不幸了？

四目相对，无声的讯息在两人的眼中流转。

"病房里有准备给陪护家属的床。"

施南笙的声音极轻，轻得像是一缕清风在吹裴衿衿的耳膜。

"算你的邀请吗？"

裴衿衿道："你还可以选择开车回家睡。"

"我真累，你态度不能好点？"施南笙开始慢慢恢复精神了。

"是，我请你上楼睡觉。"

裴衿衿的话音才落下，施南笙忽地带着她一道站了起来。

"上楼，休息。"

到了病房里，裴衿衿后悔了。

她真是脑子抽风了，居然让施南笙住进来，她是谁啊，他又是谁啊，她怎么能和他共住一屋呢？尤其还是在他和孙一萌分手之后，乍一看好像她和他还真有点什么解释不清的地下工作。

"那个，施南笙……"

正在喝水的施南笙稍稍侧脸，看着裴衿衿，从喉咙里发出一个低低的声音："嗯？"

看着施南笙显出疲倦的面容，裴衿衿到了嘴边的话又咽了回去。算了，就是一个晚上，又不是一张床，权当做了一把好人好事，他对她不差，还他的好意罢了。

裴衿衿摆摆手："没事，你喝完水早点休息吧。"

"嗯。"

*

白丽气喘吁吁地推开凌西雅的房门，喘了两口之后说道："施南笙和裴衿衿……不在花园里，估计各回各家各找各妈了。"

凌西雅看着白丽，没有表现出什么表情，这么晚了还在花园里他们不嫌无聊么？只是，施南笙是回去了，还是在这里就不得而知了。

"丽丽，陪我去下裴衿衿那边。"

"怎么，你还要去查核一下看看他们是不是有奸情啊？"

凌西雅下床穿好鞋子，走到门口，腿便开始一瘸一拐。白丽看着，直摇头，真是无聊，每次出门都得装残障人士，她也不嫌麻烦，虽说目的是为了方便和裴衿衿拉近距离，但终归还是因为施南笙，她真不明白，施南笙怎么就那么好，居然这么多年都这么死心塌地地爱他。看看最近，她们住在这，可也没见施南笙来看过裴衿衿几次，弄得她都以为施南笙要忘记还有一个裴衿衿在医院住着了。

*

听到敲门声，裴衿衿吓了一跳，人啊，果然是做贼心虚，刚才进来时走廊上明明没一个人看到，但她总感觉有些不安。

施南笙站在洗手间的门口问裴衿衿："谁？"

"不知道，可能是护士查房吧。"

"护士每天这个时候查房？"

裴衿衿看了下时间，平常这个时间护士早就查过了，难道是之前看她不在现在特意过来看看？

"你先去洗漱吧，我去开门看看。"

有道是，人怕什么就会来什么。当裴衿衿拉开房门见到凌西雅和白丽在门外时，心中咯噔一下，怎么就是她们呢？虽然和孙一萌打交道不多，但至今她对孙一萌的印象比对凌西雅要好不少，孙姑娘虽然看她不善，但有些话还是会当着面对她说。正所谓，不怕真小人，就怕伪君子。这个凌姑娘是不是小人她不肯定，但必然没有孙姑娘那么直率，很多时候她都感觉到她的眼睛里藏有很深的探究和猜忌。

"凌小姐，白小姐。"裴衿衿声音调整得极为平静，在短时间内恢复个人上佳状态的手法对她这个行业的人来说，不是难事，"你们怎么来了？"

凌西雅和善地笑着："晚上睡不着，想到你一个人在这，就想过来找你说说话，怎么，没有打扰到你睡觉吧？"

"我躺下不久，还没睡沉。"

裴衿衿想，这样的暗示足够她们懂了吧。

白丽笑道："那正好，说明我们来得是时候，你刚睡，肯定还没睡意。要是睡着了，我和西雅说不定要被你吼得面色惨白。"

"呵呵，白小姐，没有那么恐怖的。"

凌西雅笑："丽丽说话总是这样，有些夸张，衿衿你别介意。"

"没事。"

老是站在门口说话自然不行，裴衿衿请凌西雅和白丽到房间里坐下，给她们倒水的时候忍不住想起里间的施南笙，如果这个时候他走出来，会是什么感觉？又或者，凌西雅和白丽发现他在洗手间里洗漱是什么想法？哎，不想，反正她行得正，不怕影子斜。

白丽扶着凌西雅走到沙发前坐下之后，说了一句，"我去上个厕所。刚出来前叫你等我下你又不肯。"

裴衿衿嘴巴张了张，施南笙就在洗手间，她进去的话……

"怎么了？"凌西雅观察到裴衿衿有话要说，"里面有人吗？"

闻言，裴衿衿心中一下警觉，什么情况不好猜，凌西雅偏偏就猜洗手间有人，她不得不怀疑这两个人就是冲着什么目的来的。

见白丽站着，裴衿衿看着她，问道："白小姐你不是需要上洗手间吗？"

"噢，好。"

白丽回神，朝里间走。

对于故意来找自己麻烦的人，裴衿衿反而大方了，她们和施南笙是老友，她堂堂正正什么事情都没有做，让他们三人自己解释岂不是更好，最好因为避嫌让施南笙自动离开今晚不住在这儿。这群人，真就没一个省心的。一个爱了多年，一个无视了多年，有什么说不开的，当面都说清楚不就完了？凌西雅还玩几年"犹抱琵琶半遮面"，欲擒故纵或者欲说还休的方式对施南笙完全不顶用,他的无情她难道还没有看到过?钻爱情死胡同的女人都是可悲可泣的。

没一会儿,白丽从里间出来,看着裴衿衿:"洗手间的门好像坏了。"

"门坏了?"

裴衿衿纳闷,出门前还好好的,怎么就坏了?

"我去看看。"

站在洗手间门前的裴衿衿泄气地看着玻璃门,还真是怎么用力都推不开了,施南笙这个家伙到底在里面干什么,凌西雅和白丽看到他又能怎么样,反正她们也奈何不了他。他这么一反锁门,倒好像她和他真有什么见不得人的事情。

白丽扶着凌西雅走进来,看着洗手间的门,凌西雅问:"怎么了,坏了?"

"推不开。"裴衿衿侧身看着凌西雅,"你们在这里等等,我去叫人来打开。"

"哎,等等。"

凌西雅叫住了裴衿衿,"先别叫人,我试试吧。"

"你会开锁?"裴衿衿好奇。

"呵呵,谈不上会不会的,西雅会所里的门各种各样,也许我能打开。"

裴衿衿转身等着凌西雅开洗手间的门,一个明知里面很可能有人,一个明知道外面的人对自己有意思,她倒要看看门开之后,两个人要怎么面对,她可是一点藏私的表现都没有,公平对待,让他们一个找一个躲。

凌西雅左掰右转,怎么都没有把洗手间的门打开,看着望不见里面实景的玻璃门,她怎会不知道里面有猫腻,但裴衿衿是一副不为自己惹麻烦的姿态,随她闹,如果真让裴衿衿叫人强行开门,只怕里面的人会将所有的怨气都算到她的身上,要知道,门里的人可是把她们所有的对话都听到了,倘若真是她猜中的人,双方都会不愉快。

"凌小姐,算了,我还是去叫人吧。"

凌西雅飞快地转身喊道,"裴……"瞬间放柔声音,"衿衿,算了。你要是用洗手间,去我那边吧。这么晚了,医院里的人差不多都睡了。就算真的叫来了人,你一个女孩子,我们也不放心,等明天白天再让人看看是什么情况吧。"

裴衿衿安静看着凌西雅,表情没有过多的变化,不置可否,这场戏是她自导自演的,她想怎么说都行,只是别和她扯上什么关系就行。

"丽丽,走吧,很晚了,我也困了。"

"嗯。"

凌西雅微微笑着:"衿衿,那我回去了。"

"晚安。"

走出裴衿衿的房间，白丽扶着凌西雅走到她的房门口，转头看了下裴衿衿紧闭的房门，一言不发扶着她进去了。两人刚走进房间，凌西雅的火气爆发了，走到沙发前砸了好几个靠枕，胸口气得起伏不定。

什么东西！裴衿衿到底是什么东西！洗手间里明明就有人，十有八九就是施南笙，但她却没办法将他揪出来。裴衿衿，都是这个裴衿衿害的，她居然轻而易举地就把苗头烧到她的身上，她是去捉奸的，居然让她和施南笙铆上了，这个女人真的是太狡猾了，五年前就觉得她不简单，现在看来，真是成精了。

"西雅，消消气，消消气。"

"消气？"凌西雅扔飞一个靠枕，"怎么消气！"

她真就不信自己斗不过一个比自己小三岁的女人，晚上抓不到施南笙，明天白天难道还抓不到他离开的现场吗？凌西雅愤愤地扔下两个字。

"睡觉。"

看着气呼呼走进里间的凌西雅，白丽无奈耸耸肩，谁让她喜欢施南笙呢，要是不喜欢，直接叫人砸开门又怎样，大不了就是讨施南笙的厌呗。哎，女人啊，碰到自己爱的男人就容易迷失自己。睡觉，睡觉，幸亏自己不喜欢施南笙，要不肯定也会被裴衿衿的敏捷反应给气得头疼。

凌西雅和白丽走后，裴衿衿关上门，走到里间的洗手间门前，有些恼火，口气有些不那么友善，说道："你可以出来了，她们走了。"

说完话后，裴衿衿坐到床上，等着施南笙出来她好洗漱，然后睡觉，他们这几个人就没让人省心的主，她上辈子估计是好事做得还不够多才会老是和他们纠缠不清。

想着、等着，裴衿衿慢慢靠到床头逐渐地睡了过去……

不知过了多久，裴衿衿张开眼睛，看了看左右，不是吧？施南笙还没有出来，什么时间了？

裴衿衿一个骨碌地从床上跳下来，穿着拖鞋走到洗手间门前，敲门，边喊道："施南笙？施南笙？你在里面吗？施南笙？"

里面没有人回应。裴衿衿加大了敲门的力度，"施南笙?!"不会吧，难道一直就没有出来?! 想到一种可能性，裴衿衿吓得用力扭门把手，说来也奇怪，之前一直都打不开的门一下被她推开了。

"施南笙?!"

裴衿衿冲进洗手间，见到睡在浴缸里的施南笙，一刹那吓得不轻，也顾不得是不是什么非礼勿视，蹲到浴缸旁边试他的气息，确定他还活着时心头的紧张才没那么厉害，伸手到水中去摇他。

"施南笙？你醒醒，别在水里睡了。施南笙，施南笙。"

施南笙慢慢睁开眼睛，看着一脸焦急的裴衿衿，打了一个哈欠，丝毫没感觉到自己躺在已经变成冷水的浴缸里，迷迷糊糊地问道："有事吗？"

看到施南笙的模样，裴衿衿真是又不舍又好气，他到底累到什么程度了，居然在浴缸里就睡了半夜，之前她敲门时难道他就睡着了？要知是那样，她当时就该开门看看。

"施南笙，起来，到床上躺着吧，水都冷了。"

施南笙这才看了看四周的环境，发现自己的处境，一丝尴尬飘过他的眼底，道，"嗯。"

人醒了，裴衿衿自然不好在洗手间里多待，站起身准备出去。她起身的时候，施南笙也撑着浴缸的边缘起来，应该是在水里泡得太久一下起来还不适应，只听见哗啦一声，跟着响起裴衿衿的叫声，一阵更响的水花声传出洗手间。

施南笙跌回到浴缸里，而且，好巧不巧的，顺带拉着缸外的裴衿衿一起倒了进来，直接压到了他的身上。

裴衿衿惊慌中扑腾着手，待她看清面前的人时，与施南笙的眼睛直直地对上。

"我……"裴衿衿窘迫了。

施南笙看着她几秒，轻声问，"有没有磕到哪儿？"

裴衿衿摇头。

这一秒，他第一句话是关心她，她说半点不感动是假的。心中的颤动让两人原本就暧昧到极致的姿势开始发生更加微妙的变化，裴衿衿仿佛觉得自己的身体开始僵硬一般，一动不敢动，生怕丝毫的波动打乱了现在的平衡。

施南笙也不急着起身，看着身上的裴衿衿，不动不语，任她趴着。

裴衿衿暗道，不行，不能这样下去，再继续说不定就要发生什么控制不了的事情了。

哗哗啦啦的水响，裴衿衿从浴缸里开始朝外面爬，全湿的病人服贴在身上，将她纤瘦的身姿都衬托出来，几缕湿发贴在她的脸颊和颈上，仓皇中添了几分诱人的视觉感受。

站在浴缸外，裴衿衿紧张得不敢转身去看施南笙，快速留下一句话。

"你赶紧出来。"

看着像落荒的兔子一样窜出洗手间的裴衿衿，仰躺在浴缸里的施南笙忽然觉得心情怎么有些不错呢，心里那么想着，嘴角就勾了起来，轻轻地笑出了声。

"呵……"

裴衿衿站在洗手间外等了几分钟，施南笙围着浴巾走出来，看着满身湿透的她，道："你赶紧洗。"

"嗯。"

连施南笙的脸都没有看裴衿衿就钻进了洗手间，洗完澡才发现，自己居然没有拿换的干净衣服。难道要施南笙送给自己？

在洗手间里纠结的裴衿衿还不知道，在她刚洗澡不久时，一个电话打到她的手机上，施南笙非常好心地帮她接通，现在正在窗户前替她接电话。

"衿衿呢？"

电话那端的余天阙有些诧异，现在的时间不算早，比平时晚了一个半小时，按理她现在应该是一个人在病房里，此时怎么施南笙还在，而且还接了她的电话。

"做什么检查去了吗？"

施南笙带着轻轻的笑意："余先生总是喜欢这样自欺欺人吗？"

明明知道不可能这么晚对她做什么检查，又何必找借口来安慰自己呢？

"请让衿衿接电话，我有些事情想和她说。"

"她在洗澡，一时半会出不来。"施南笙声音温和无比，"要不要我现在去洗手间找她？"

余天阙被施南笙的话挑起火气，只是好教养让他没有发作出来，压住了心头的怒意，尽量用礼貌的态度道："施先生，对于别人的女朋友，我觉得你还是尊重些比较好。再说，就算你看我不顺眼，也得想想衿衿的名声。"

"呵，她的名声若是坏在我的身上，我可以对她负全责。"

余天阙被施南笙一句话堵得说不出话来，而且在电话的那端他似乎明白为什么施南笙会这么说，心中的怒气一下变得有些心虚。

"施南笙，你想说什么？"

"我什么都不想说。"施南笙反问，"怎么，余先生想说什么吗？"

"没有。"

施南笙继续问，"还是我的话让你想起了什么？"

"施南笙，你调查我？！"

"你觉得呢？"

施南笙的口气带着不屑和不齿，有些话他不对裴衿衿那个傻女人说却不代表他不会敲余天阙的警钟，本来趁人之危这种事情在他施南笙的身上不会发生，也更加不存在抢别人女朋友的事情，可偏偏对象是裴衿衿，她找的男朋友偏偏又是余天阙，如果有人先做了什么他看不起的事情，他也不妨将自己的规则变一变。

余天阙在那端沉默了一会儿，随后说道："不管之前怎么样，现在的我对衿衿一心一意，我希望你不要破坏我们之间的感情。"

"如果你对你们的感情自信，还怕我破坏么？"

"你到底想要怎么样?钱,你多得花不完。女人,你身边肯定不缺。施南笙,我只想和衿衿好好地生活在一起,你把她弄到 Y 市这些我都不计较,只希望你不要对她说一些什么不该说的话。"

施南笙笑:"什么是不该说的话?余先生,你说的什么,我听不懂。"他当然不会对傻妞说什么,她本身就傻,就让她傻乐傻乐吧。

"施南笙,你别给我装!"

施南笙轻声问:"余先生你对谁吼呢。"天下敢对他施南笙大小声的人恐怕还没几个吧,若有,也是他甘愿承受她的火气,可惜很遗憾,余天阙没有资格对他大声。

余天阙的气焰瞬间降下来:"对不起,我不是故意的,我只是太紧张衿衿了。"

这个时候,裴衿衿的声音从洗手间方位传来:"施南笙,你能帮我个忙吗?"

施南笙转身看着裴衿衿:"嗯?"

"你能把我的衣服拿给我吗?"

"好。"

拿着手机,施南笙轻轻笑了下,说道,"余先生,不好意思,我要忙了。"

余天阙在那端拿着手机愣了好久,衿衿和施南笙,他们……

第十四章
现今，质问真心，情深不寿

在洗手间里穿好衣服，裴衿衿散着湿漉漉的头发走出来，见施南笙还没有睡觉，想着是不是要找什么话说，还是就这样一言不发两人相安无事地睡觉。

"吹干头发吧。"施南笙主动道。

"嗯，一会就吹。"

裴衿衿想，今天还没接到天阙的电话，应该给他打个电话，之后她吹干头发睡觉。

见她拿起手机，施南笙坐到陪护床上，悠闲自在地看着她，似是漫不经心地悠悠道："余先生刚才打来电话了，如果没什么重要的事情，我觉得你现在还是不要打给他比较好。"

什么?! 天阙来过电话了？

裴衿衿转身看着施南笙："你怎么能接我的私人电话呢？"

"你觉得我那时应该送进洗手间？"

"你可以当做没看见。"

施南笙好整以暇看着裴衿衿："如果余天阙在那边有什么急事找你呢？"

"你！"裴衿衿气结，"你根本就是强词夺理。"

"你以为这样的情况没有出现的可能？"

虽然不能否认生活处处有意外，但她不信天阙真会出什么情况，施南笙未经她的允许就接电话，也不知道天阙误会了没有，这么晚他还在她的病房，难保不让人乱想。想到这里，裴衿衿坚持打通了余天阙的手机，只是让她诧异的是，余天阙并没有接电话，她连打了两个都没有接，让她不由得怀疑施南笙是不是真的对余天阙说了什么不该说的话。

裴衿衿握着手机，问："施南笙，你怎么对天阙说的？"

"说你在洗漱，没法接电话。"

"就没了?"

"你希望我还说了什么?"

裴衿衿的目光含着不信任,施南笙的话语里带着一丝坦然,两人对彼此好像都有些隐忍的不满。她怨他擅自做主,他也不悦她的怀疑,只是让两人都感觉到的是,尽管这样,他们竟还是不会真生对方的气,很奇怪的感觉,但却是存在于两人之间。

两人视线对视了一番之后,谁都没有再说什么,一个倒到床上睡觉,一个放下手机到洗手间吹干头发。人和人之间真的有说不清楚的奥妙,有些人,你天天和他说许许多多的话,但你总觉得走不进他的内心,感觉不到两人同步的心声。但有的人,即使你们不说一句话,只需看着对方的眼睛,就能明白他心中想说的和他的心情。世间的爱情万万千千,有些靠浓情蜜意才能感觉到,有些从生活的点滴被人发现,而有些,却很奇特,它不需要其他的,只要两个人生活在一个空间里便能悄然滋长,呼吸着同一片天地的空气,爱情就能渐渐发芽。

裴衿衿吹干头发后,施南笙已经睡下了。她也没多说什么,爬到自己床上,安安静静躺了下去。

不知到了凌晨几点,裴衿衿隐约听到有人说话,黑暗中慢慢睁开眼睛,虽看不见东西,却能辨出是施南笙的声音,他似乎正在接电话。

"……不管多难都一定要想办法把艾伦医生请到国内,钱不是问题,只要他肯来,其他一切条件我们都可以答应他。"

裴衿衿微微蹙眉,请医生到国内?谁病了?她的身体不是好了很多吗,没理由再如此大费周章吧?

"Ada,你应该知道她对我非常重要,我不管你用什么手段,一定要尽快把人从那边给我带过来,时间不多了,你要抓紧。"

裴衿衿心头一紧,施南笙的声音很小,但她却清晰地感觉到他口气的郑重。他口中对他非常重要的人是谁?她出了什么事?为什么要从国外请医生过来?他今天非常累,是因为担心那个人吗?这些天他不来医院看她就是在守护那个人吗?很多问题都在裴衿衿的心头滋长。虽然知道两人的关系还不足够探问他的隐私,但看他如此为那人费心,她好奇。

施南笙结束电话的声音传来,"嗯。好。"

裴衿衿闭上眼睛,尽管知道施南笙看不到她醒了,但她总感觉自己偷听到了别人的秘密,连忙装睡。

过了一会儿,施南笙躺到床上,裴衿衿以为他睡着了,翻了个身,忽地就听到房间里响起一道声音。

"听到多少?"

裴衿衿一愣,不会是跟她说吧,装睡。

施南笙的声音又道,"憋着能睡得着?"

裴衿衿继续装睡,她就不信她不出声他能把她怎么样。

黑暗的房间里陷入一片安静,裴衿衿以为自己蒙混过关了,正打算继续"挺尸",忽然就听到旁边的床上传来一阵响动,瞬间她就反应过来发生了什么,尖叫着从床上腾起来准备逃跑。

"啊。"

结果,裴衿衿刚坐起来就被人抓住。

"放开我,放开我。"

施南笙拉亮床头灯,看着被自己逮着的裴衿衿:"还装吗?"

"你怎么知道我醒了?"裴衿衿气鼓鼓地看着施南笙反问他,难道他的眼睛在黑乎乎的空间里也能看见东西吗?

"听了多少?"

裴衿衿使劲将手从施南笙的手掌中扭了出来,看着他,好几秒钟都没有说话,开始还以为他和孙一萌分手是因为自己,现在看来,根本不是,而是他的心中有一个非常特别的女人,那个人比她还重要百倍。想到这,裴衿衿不知道自己心里到底是什么感觉,有些如释重负又有些不舒服,想发气又找不到借口一般的感觉,闷闷的,不痛快。

"没听多少。"

"没多少是多少?"

裴衿衿咕哝了一句,"就知道她非常重要,你要不惜一切代价请医生为她看病。"

施南笙挑挑眉梢,看着裴衿衿:"没了?"

"你觉得呢?"

看着裴衿衿略显不高兴的脸颊,施南笙轻轻笑了下,问她:"不想问点什么?"

"问了你就答?"

"你问问试试。"

裴衿衿想了想,其实她不想知道那个"她"到底是谁,只是想知道为什么他这么累,这是她一直很好奇的地方。

"施南笙,为什么你会这么累?你说工作太忙,我觉得不太像。"

"呵。"施南笙笑笑,"为了照顾她。"

"你请国外医生来看病的那个人?"

施南笙点点头。

想到施南笙确实很在乎某个人，裴衿衿心尖扯得一疼，以为自己早就看淡了，没想到到底还是没扛住。原来看到他和孙一萌在一起，一点都不难过，也许是因为从各处细节都看得出他对孙一萌没多少感情吧。他的心不在孙小姐的身上她不难过，现在得到他亲口承认很在乎另外一个人，倒真是有些惊讶，这么些年，他肯定把那个人看得异常重要吧，也像当年照顾她一样地照顾那个人吗？也会对那个人掏心掏肺吗？

"既然这样，你早点休息，明天还得去看她吧。"

"嗯。"

说完，裴衿衿倒到床上，拉起被子钻了进去，再不讲一句话。

过了许久，施南笙问，"明天要不要和我一起去看看她？"

裴衿衿慢慢拉开被子，探出一个脑袋看着施南笙，和他一起去看那个人？

"算了，不去。"

施南笙勾起嘴角笑了下："你怕什么？"

"我什么都没有怕。"

"那就明天一起去。"

"我是病人，不能随便离开医院。"

施南笙回到自己的床上，躺下："我不是让你出院，只是带你出去散散心，华昕不会阻拦的。而且，你就不好奇她是怎样一个人，为什么能得到我这样的在乎吗？"

裴衿衿沉默了。施南笙对谁好，那个人是谁又和她有什么关系，不去，她坚决不去，看别人卿卿我我她可没那种喜好，不去不去。

"睡吧，明天早点起来。"

"我不去。"

施南笙仿佛没有听到，侧过身子，一声不吭睡了过去。

第二天裴衿衿到底还是去了，而且，终于明白施南笙很在乎的"她"到底是谁了，而这个人，给她上了非常特别的一课，那是她可以解决其他人心理疾病却无法自我剖析的一堂课。

*

因为前一晚睡得晚，第二天裴衿衿醒得有些迟，等她睁开眼睛时，房间里只有她一个，施南笙已经不知道去了哪儿。想到他可能去看望那个对他十分重要的人，她的心里莫名地有些失落。不过，很快她就想通了，他和她又没有什么关系，他去哪儿都无需向她交代，爱上哪儿去就去哪儿，想陪谁就陪谁，和她半毛钱关系都没有。

一番洗漱后，裴衿衿正想着是不是下楼去吃早餐，病房的门被人从外面推开，看清来人时，微微诧异了一下，他还没走？

施南笙提着一份早餐走到裴衿衿的面前："趁热。"

裴衿衿也没矫情，接过施南笙手里的东西放到桌上，坐下便开吃，吃到一半才想起自己也要稍微客气一下，抬头看到坐在沙发上看着手机的他，想到他昨晚的电话，怕是又在担心那个人了。

"你吃了吗？"裴衿衿问。

"嗯。"

想到施南笙难得对一个人如此上心，裴衿衿慢悠悠地咽下口里的东西，说道："如果你很担心，赶紧过去看看她吧，说不定你昨晚请的医生已经过去了。"

"没这么快。"

说话间，施南笙抬头看向裴衿衿，见桌上的东西还剩下不少，眉头微微蹙了下，问，"不喜欢吗？"

"什么？"

"早餐。"

裴衿衿道："很好吃。"

施南笙淡淡笑了一下，什么也没说，随手拿起面前的报纸翻了起来，累了许多天，仿佛都是为了这一刻的安宁和自然，虽然是在医院，可却有着即便是置身在豪华装修过的家中也无法比拟的舒服宁静。没有工作，没有杂念，还有一个自己与她在一起感觉挺舒服的人乖乖在旁边吃着他买的早餐，这份感觉，有种久违的踏实感。

越到后面裴衿衿吃饭的速度越慢，与是不是吃饱了无关，而是她想到了吃完饭是不是要和施南笙一起去看那个他很在乎的人。从他买早餐的态势来看，她没得选择。

"那个，施南笙……"

施南笙头也没抬地直接道："早点不合你的口味吗？"

裴衿衿知道他的意思是"有吃的还堵不住你的嘴"，但她就是想一边吃一边说，不然待会正儿八经地拒绝他担心自己败下阵来，趁着嘴里有活儿，一鼓作气说完了事。

"今天我就不陪你……"

施南笙抢先道，"我告诉她你要过去看她。"

裴衿衿手上的动作停止，看着施南笙愣了一会，下意识地就问："她是谁？"

"一见便知。"

"你先说呗。"

施南笙合上手中的报纸，看着裴衿衿："你这么磨磨蹭蹭的，难道是想蹭到中午和她一起吃午饭？"

"当然不是。"

话音刚落，有人敲门。

施南笙放下报纸起身走到门前，裴衿衿还想是不是护士过来例行检查，却见施南笙都没让人家进门，直接伸手到门外拿了东西，随后将门关上，提着三个服装袋边走进里间边说着话。

"吃完饭换上。"

裴衿衿边嚼东西边回答："我就穿身上的衣服过去。"

"不吉利。"

三个字，堵得裴衿衿压根就没一点反驳的可能。吃完饭换衣服的时候，她扒拉出袋子里的时装，质地和款式自然不必多说，出自施家大少爷之手必属精品。不过，她仍然忍不住调侃他。

"为了吉利，我觉得大红色可能更好。"裴衿衿手里扬了扬裙子，看着施南笙，"有大红色的吗？"

施南笙双手滑到裤兜里，对着裴衿衿似是挑衅的眼神，慢条斯理道："大红色好像更适合某种一生一次的场合穿吧。还是，你想和我一起提前体验一番？"

又被施南笙堵得没话可说，裴衿衿在心里憋了一口气，真是士别三日当刮目相看，她和他一别五年，都得刮目相看上千次了，光说话方面就比当年要伶牙俐齿不少，小伙子脱胎换骨一样。

"我去换衣服。"扔下话，裴衿衿拿着衣服走进洗手间。

穿戴整齐后，看着镜子里的自己，裴衿衿心中免不得感叹，如果没有五年前的故事，是不是她和施南笙就会有不一样的结局？或者，她如果是孙一萌或者凌西雅那样的家庭环境，是不是和他的一切也可以有不一样的发展？再或者，五年前即便事情被他发现，她死乞白赖地留在他的身边，是否现在的他们幸福地生活在一起？再不济，他讨厌她，她在见到他的绝情之后对他完全死心，然后远走他乡也行。只要不是现在的感觉，她感觉到自己的心在变化，虽然不想承认，可她却真实感到她有种在死灰复燃的悸动，这是很要命的变化，她看到了他的温柔，感受到了他的体贴。如果今天的衣服是天阙买的，未必有这么合身，而他，可以做到仿佛为她量身定做一般，这样细节的熟悉，绝不是每天生活在一起就可以做到，必须从心里了解一个人才可。她是心理医师，她太明白一个人的潜意识对人行为和习惯的掌控力了。施南笙于她，有时候像一面镜子，她想说的，不想说的，想做的，不想做的，只要他用心，全部都知道。五年前，她或许也能做到这样，但五年之后，她对他再没这样的自信，他藏得很深，再不是一眼就能看明白的大男孩了。

果然，即便回到了过去，却怎么都回不到过去那种心境了。

看着裴衿衿整理好走出来，施南笙眼睛里明显亮了不少。

"走吧。"

说完，施南笙转身，朝门口走去。

"哎，等等。"

施南笙回头，"嗯？"

"没，我再去下洗手间，你先去等电梯吧，我马上就来。"

等裴衿衿从洗手间走出来时，差点和施南笙迎面碰上，见他站在门口，惊讶不已。

"不是让你先出门吗？"

"我以为，胆小如鼠的裴衿衿小姐需要我拎着走出洗手间。"

裴衿衿翻白眼："你才胆小如鼠，偷窥狂，心理有问题。"

施南笙轻轻一笑："确实，我精神和心理真有毛病。所有，我最近在想，是不是要找一个心理医师来帮自己好好看看，疏导疏导内心的郁结和历史遗留问题。"

裴衿衿仿佛没听到一般朝门外走，他的话，她不是听不懂，现在她就快要不知道如何面对他了，怎么可能再接他这个"超级病人"。

徐徐下降的电梯里，裴衿衿想到一事，问施南笙。

"我的身体好得差不多了，什么时候你和华昕医师说一下吧。"

施南笙看着电梯门，不明所以地问："说什么？"

"别装。"

"不知道。"

"让我出院。"

"我不是医生。"

裴衿衿看着电梯门上施南笙的映影："但你能让华昕同意我出院。"

"你太看得起我了。"

"医院不是什么好地方，我要驱驱霉气。"

施南笙勾勾嘴角："确实。"

"答应了？"

"施氏建楼时请过风水师看过，听说是块很不错的宝地。"

裴衿衿心尖一颤，笑了笑："我是个无名小卒，施氏那样的大庙实在太过于宏伟了，会被压得透不过气。"

"哦。"

电梯到一楼，裴衿衿再没听见施南笙说一个字，她不明白他的"哦"字到底是什么意思，答应了，还是没答应？

黑色汽车开出医院，反正知道自己不熟悉路，裴衿衿索性也没花心思在车外，轻声问施南笙,"那我明天让爸妈过来?"

"叫叔叔阿姨过来干吗?"

"我出院。"

"华昕同意了?"

"你不答应了?"

"我答应了什么?"

"让他点头让我出院。"

施南笙转头看着裴衿衿,反问她,"我什么时候说过了?"

"施南笙,我有男朋友了,你到底想怎么样?"

"什么都不想。"

"那你所做的一切又是什么意思呢?"

施南笙面色沉了沉:"既然你问了,我就说明白吧。你安心待在我能看见的地方,等哪天我想放手了,自然送你回去。"

"你想放手的时候?"

"是。"

裴衿衿心中的愤怒一下就升了起来,她也猜到了他的意图,但她没想到他会承认得这么干脆,心中的不满顷刻间就爆发了出来:"施南笙!"

相对于裴衿衿的抓狂,施南笙显得镇定许多,好像她的一切反应都在他的预计之内,口气十分的风轻云淡,道:"姑娘,别挑战我说的话的真实性,相信我,这一次,你到哪儿我都能抓你回来。"

五年前他没有找她,主要是心里那关自己没有过去,现在没有那种顾忌,只要她敢跑,他就有办法在最短的时间内将她逮回来,他不介意这次当一次"黑猫警长"。

能轻易看穿别人的心的裴衿衿变得迷茫了,要看穿一个人并不难,只要他有欲望,从他的言谈和眼睛里总能看出一丝蛛丝马迹,哪怕他藏得再深也会有迹可循。但是,在施南笙的身上,她找不到他的欲望点,他像一个无欲无求的高僧,没人能抓到他的软肋。其实,仔细想想,她也确实发现他没有什么可贪念的。非常优渥的家境,辉煌的未来,出众的外形,所有正常人该考虑的问题在他这里都完全不需要费神费心,他根本也没什么想要而得不到,除了长生不老。

汽车继续向前开,车内安静了好一阵子。

看着路边的风景朝后移去,裴衿衿不知道怎么有了说话的冲动,声音缓缓地流转在车厢内:"施南笙,你觉得我们这样纠葛在一起有意思吗?"

施南笙静静开着车,看着前方,表情没有一丝变化。

"虽然你和孙一萌分手了，但真的是因为我吗？到底是为了什么，我想你心里比谁都清楚。我不知道和天阙在一起会不会幸福到白头，但起码现在我愿意和他在一起。以后的日子，我们谁都没法预料，只能等到那一天才知道自己是不是会后悔。"

"五年。不算短，如果我真的想找你，未必联系不到你。如果你真的想找我，哪里可能找不到我。可是，我们都没有向对方迈出那一步。我欺骗你，你伤害了我，我们像两只刺猬一样不肯靠近对方，在各自的生活环境里舔舐着自己的伤口。现在，伤痛好不容易被我们抚平，为什么还要再来破坏这个平衡呢？"

裴衿衿深深吸一口气，说道，"当做我们从来都没有重逢地生活下去，不好吗？"

"你知道吗？施南笙，重逢后，我看不透你。我不知道你为我做的这些事，到底是对我余情未了，还是有别的什么目的。也或者，你什么想法都没有，只是单纯地当一个朋友帮我。又或者，你是对当年的事情无法释怀，想着怎么报复我。不管是哪种，在我看来都很幼稚，我们都不是孩子了，生活不是演戏，你不是导演，我不是演员，若为了我们彼此生活的安宁，对对方不闻不问是最好的方式。"

汽车在一个路口缓缓停下来，施南笙依旧没有转头看裴衿衿一眼，双手轻轻搭在方向盘上，整个人显得无比的放松。她说她看不透他，在他看来，不了解才是正常的，她若还能了解他，他怎么会是施南笙，人总是在不断成长不是吗。

绿灯亮了的时候，施南笙发动汽车，轻声道："我也不想这样。"

是的，他也不想将她一直留在医院，他只不过希望利用她找回自己，可是也渐渐发现她在他心中占据的时间越来越长，工作吃饭行走，总时不时出现，连睡觉都会在他的梦里冒出来，这样的频率让他不得不正视她的存在。或许就像她说的，两个人纠缠在一起没什么结果，相爱，太难。他不是不知道她对他有特别的意义和感觉，也不是不知道她身上有种别的女人给不了的奇怪关注感，但他和她差距实在太大了，他不知道自己还有没有足够的勇气和胆量像当初那样义无反顾和她在一起。有些勇气，一旦用掉，再想拾回来，太费劲。

"这样吧。今天见的这个人，只要她能挺过这关，我就送你回 C 市。"

裴衿衿诧然，转头看着施南笙，他……他这是被她劝动了吗？

当汽车开到一片别墅区时，裴衿衿心中不免有些疑惑，不是说那人病得很厉害吗，怎么不在医院反而在家里住着呢？

施南笙开着车朝楼群的最深处驶去，原本在别墅群中常见的一些名贵树木渐渐变少，当裴衿衿认出路边的树木时，着实吃惊不小。

这样的树，怎么可能出现在这个地方呢？

"她喜欢这种树。"

施南笙的声音突然响起时，裴衿衿还以为是天外来音，很快她就明白他口中所说的"她"是指谁了。真是个奇怪的人，居然会喜欢白杨，这种树这样大数量种在别墅里，她还是第一次见到，不得不说，这样大片大片整齐地长着，很有气势，也很好看，精神抖擞，看的人也仿佛充满了生命力，格外得劲。

"她觉得白杨生命力顽强。"

裴衿衿好奇地问："没了？"

"你以为还有什么？"

"呵呵，没什么，她喜欢就好。"

施南笙点头："是啊，她喜欢就好，什么东西，只要她喜欢，我们都会想办法帮她买到。"

裴衿衿笑了笑，说道："我以为她是看了袁鹰的《白杨》而迷恋呢。"

本是裴衿衿一句无心随口说的话，没想到，施南笙居然承认了。

"就是那篇文。"

呃？！

"她记性真好，那可是小学语文里的课文。"

在裴衿衿看来，得要多喜欢才能把几岁时知道的树木种满自己豪华的别墅啊。不过，施南笙也说了，只要是那个人喜欢的，他们就会帮她实现，看来她是众人捧在手心的绝对公主了。

"她小学都没有毕业，什么课文都记不住，就记得那篇。"

听到施南笙的话，裴衿衿愣了好几秒，他刚才说什么？那个人小学都没有毕业？这样的人，和施南笙……

汽车开到别墅大门前，两个佣人把大铁门拉开，放车子进去。

满眼的绿草让人一下子仿佛能闻到草香，裴衿衿有种想下车走路的冲动，这样漂亮的草地她还是第一次见到，若有机会，一定要上去走走，肯定无比舒服。跟着，汽车绕过大喷泉，再过了一个小花园，停到了一栋纯白色的大楼前。

看着大楼，裴衿衿又一次不可思议，因为房子的设计一点都不像那种印象里的别墅风格，十分的简单，每一处的设计都感觉不到是大师的手笔，可是却给人贵不可言的感觉，因为房屋建造的材料看上去就格外考究，让人一下就想到里面的一切更不可能马虎。

施南笙下车，关上车门，"走吧。"

"嗯。"

给施南笙开门的是一个年岁看上去有些高的奶奶，见到他，眼睛笑了下："孙少爷今天有些晚哟。"

"嗯，有点事耽搁了。"

开始，老奶奶没发觉施南笙身后的裴衿衿，见到她时，呆了几秒都没有动作。

裴衿衿微微笑着打招呼："奶奶您好。"

老奶奶看着裴衿衿，用发音并不标准的普通话问着施南笙："孙少爷，这位姑娘是……"

"噢，朋友。"

老奶奶点头："是带她来见小姐的吧？"

"嗯。"

"那你快上去吧，刚才小姐还在念叨你怎么今天还没来。"

"好。"

施南笙朝裴衿衿看了眼，示意她跟着他走。

木质楼梯发出轻轻的声音，裴衿衿好奇自己将要见到的人到底是怎么样的。

楼梯拐角的地方，裴衿衿不经意看向楼下，发现开门的老奶奶正看着她，相距太远，她看不清她的眼神，但料想肯定少不了疑惑和猜忌吧。虽没和她说上几句话，但眼神碰撞的一瞬间她还是看到了她眼中的惊讶，似乎完全没想到她的出现，她猜不透到底是吃惊施南笙带人来，还是诧异看到她。

"当心最后一阶。"

正想着，施南笙的声音从前面传来，裴衿衿连忙看向脚下，最后一级台阶似乎比其他的都要高一些，若他不提醒，她倒真可能不注意地摔倒。

走上二楼，裴衿衿着实狠狠惊讶了一把，在一楼没来得及仔细看清楚，到了这里才发现，屋内确实是精致得让人咋舌，每一处都感觉得到主人的高品质追求。她在沁春园住过，那里的装潢已是一般人不敢想象的讲究，若以那作为参照物，这里比沁春园高了不止两个档次。想来，这里住着的人施南笙肯定异常看重。

走到前面不少的施南笙没有听到身后跟上脚步声，停下来，回身看裴衿衿，见她在看墙上的壁画，站着等了她一会儿，待她走近，意味深长地看了一眼，转过身继续朝前走去，似乎有些话想说，但没说出来。

在一扇白色房门前，施南笙抬手轻轻敲了敲门，不过却没有等里面传来声音就扭开门把，推开门，走了进去。

裴衿衿跟着朝门口走了两步，听到里面传来一道轻轻的声音。

"孙少爷。"

施南笙在门内两步处站住，侧身朝后看，对着裴衿衿说道："进来吧。"

裴衿衿听话地走到施南笙身边，好奇地看着正站在茶几边收拾着东西的年轻女子，清秀大方，是她吗？

施南笙顺手自然地抓过裴衿衿的手腕，带着她走到用八折屏风隔出的一个小间里。宽大柔软的床上躺着一个满头银发的老人，一双清亮的眼睛看着施南笙，当见到他身边的裴衿衿时，眼中的光泽毫不掩饰地亮了许多，嘴角忍不住翘了起来，目光全都转到了她的身上。

"奶奶。"施南笙走到床边，弯腰轻轻抱了一下老人，声音无比的温柔，"我来了。"

老人的声音很轻，轻得似乎只够施南笙一个人听见："嗯。"

施南笙直起腰身，略略侧了下身子拉过裴衿衿，对着老人介绍道："奶奶，她是裴衿衿，我的一个朋友。"

"奶奶，您好。"

施南笙的奶奶认真地看着裴衿衿，小姑娘长得十分漂亮，笑容看着也十分舒服，最重要的是，她是她的宝贝孙子带来给她看的第一个女孩，若是没有别的原因，这小姑娘对他来说是非常重要和特别的一个人吧。

"坐。"

施南笙的奶奶眼神示意了一下床边的椅子，施南笙连忙让开步子，让裴衿衿坐到椅子上，轻声道："奶奶最近身体不太好，别聊太多累到她。"

裴衿衿点头："嗯。"

她还没说话呢，怎么就累到奶奶了，何况，看奶奶的架势，应该不是她三两句话就能回答完毕的吧。她一直都误会施南笙非常在乎的人是和她年纪相仿的年轻女孩，没想到是他的奶奶。开始她还奇怪，小学没有毕业且只爱白杨的女子怎会与他走得如此近，他可以不介意，但他的父母怎会放纵他。呵呵，看来真是她想得太多。

施南笙的奶奶偏转头，目光温和地看着裴衿衿："你叫什么名字？"

"裴衿衿。"施南笙抢先替裴衿衿回答，"她叫裴衿衿。"

施南笙的奶奶似乎不高兴他的抢答，固执道："我问她，没问你。"

裴衿衿勾起嘴角，轻轻笑出声。

"奶奶，我叫裴衿衿。非衣'裴'，青青子衿的衿。"

施南笙的奶奶皱眉："哪个 jin？"

也不知道怎么了，一旁的施南笙不顾是不是会惹得奶奶不高兴，凑到床边，声音软软的，带了些急切的味道，将话题转开。

"奶奶，不管她是哪个'衿'，名字而已。今天您是不是按时打了针？罗教授过来给您检查的时候有没有说什么？"施南笙皱着眉头，"我让人去请艾伦医生了，他很快就会到国内来给您看病的，等您好了，我带您去花园里荡秋千，陪您去外面的白杨道上散步，

好不好?"

裴衿衿看着小心翼翼的施南笙，忽觉这一刻的他温柔得让她心动，总以为五年后的施家大少爷自以为是的功力变得越发厉害，不想他也有如此柔软的一面，好像多说一个重音字都会将眼前的老人吓到，连大气都不敢出。

施南笙的奶奶完全不领孙子的好意，不满地看着他，小孩似地嘟了下嘴。

"你躲开点儿，我问这位姑娘，她的名字，我得弄清楚。"

一刹那，裴衿衿反应过来，施奶奶小学没有毕业，她说"青青子衿"的衿她肯定不知道是哪个字，施南笙是为了不让奶奶自卑才转移话题。哎呀，她也真是的，怎么就没顾及到这一点呢，枉为她还是一个合格的心理医生，竟连这一点都没有注意到。

"好好好，弄清楚，我写给您看。"

说着，施南笙忙叫佣人。

"于玲，拿纸来。"

很快，屏风外面传来声音："好的，孙少爷。"

被叫做于玲的女孩拿着一个崭新的记录本送给施南笙，他掏出随身携带在衣服口袋里的钢笔，在纸上飞快地写下"裴衿衿"三个字，而且是一笔一画写得十分工整，笔劲有力，漂亮的正楷字。第一次，裴衿衿觉得自己的名字竟然可以被人写得这么漂亮，真的就是十分养眼的漂亮。

"奶奶，您看，就是这三个字。"

施奶奶认真地看着白纸上的字，慢慢地念出声。

"裴、衿、衿，裴…衿…衿…"

施南笙露出迷人的微笑："是的，裴衿衿。"

施奶奶看着裴衿衿，笑了。

"小姑娘，你的名字，很好听。"

"谢谢奶奶。"

"名字是妈妈取的吧?"

裴衿衿摇头："是我爸。"

"好听，真的很好听。"

看着施奶奶的模样，裴衿衿不知道为什么，心头隐隐发酸。她不知道是不是自己直觉出错，在施奶奶的眼中，她看到了羡慕和自卑，不过是一个名字，她不知道为什么她会羡慕，也不知道身为施家奶奶的为何会自卑，她这个位置近乎古时候的太后娘娘了。可就是这样一个老人，她眼中的神情让她忍不住心疼，这一秒，她甚至能感同身受地明白为何施南笙会如此小心呵护这个老人了。这个老人，柔弱得太让人想保护她了。

"奶奶，累不累，要不要休息？"施南笙问。

施奶奶摇头。

"孙儿。"

"我在。"

"奶奶今天高兴，想喝点儿素粥。"

施南笙明白，奶奶这是想支开他，好和裴衿衿单独说话。

"好，我去做。"

走前，施南笙深深看了裴衿衿一眼，他的意思，她明白。裴衿衿冲着施南笙扬起一个微笑，让他放心，她会十分注意的。

当屏风内只有裴衿衿一人时，施奶奶看着她，端详了好一会儿，这姑娘她真是越看越觉得漂亮，水灵灵的，让人喜欢得很。

"姑娘，孙儿他没欺负你吧？"

"没有。奶奶，他对我很好。"

施奶奶轻笑："你撒谎。他啊，我还不知道，整个就是十足的大少爷，一般人肯定受不了他。"

裴衿衿笑："奶奶，他很关心您，很在乎您，在您的面前他可不是什么大少爷，我只看到一个十分听话的大男孩。"

"呵呵……"施奶奶的眼睛笑得眯成一条线。

"姑娘，不瞒你说。孙儿他啊，是我留恋在这个世上最根本的原因，我久久地不肯去下面找他的爷爷，为的就是等到他结婚，不然，我就算去了，也不放心。"

裴衿衿连忙宽慰施奶奶："奶奶，您千万别这么说，你会长命百岁，现在的生病不过是暂时的，等艾伦医生来了，肯定能好起来。"

"姑娘，你愿意听我说说闲话吗？"

"嗯，奶奶，您请说。"

看着施奶奶的眼睛，裴衿衿觉得她有许多的话想对她说，她能看到那双眸子里有密密麻麻的故事，那些故事很大一部分是她的，也有很大一部分是施南笙的。甚至，她很清晰地认识到自己不能听她说故事，她怕她口里出来的故事会打动自己。一旦自己的心被撬动，也许更多烦恼她的事情就会发生。可是，她脑子里明明知道不该听，嘴巴上却让施奶奶讲。不是没有借口封住她的故事，而是，她的心没她的脑子这么理智，她做不到不好奇。

"你是孙儿他第一个带来见我的女孩子。"

裴衿衿知道施奶奶说的"闲话"肯定会涉及到施南笙，但她没想到她会如此直接说

出这句话，直白得让她不知道怎么否认自己和施南笙的关系。

人家孙子这么多年从没带女生到奶奶面前，现在你成了第一个，你好意思说"奶奶，您不要误会，我和施南笙其实什么关系都没有，我们只是很普通的普通朋友啦"。尽管他们真的是很清白的普通关系，但这个时候否认两人的关系真有种做作矫情的嫌疑。

"裴小姐，你和孙儿什么时候认识的？怎么认识的？"

"我们五年前，一次偶遇，就不小心认识了。"

裴衿衿内心打鼓，什么偶遇，什么不小心，完全就是处心积虑布置好的相遇，哎，要不是当年的事，她哪里会在此见到施家太后娘娘呢。

施奶奶似乎非常满意裴衿衿和施南笙这样的认识方式，轻声地笑了起来："缘分，这就是缘分。哎，老天爷它啊，就是会让对的人相遇，不管相隔多远的距离，你们一定能找到彼此，就像我和他的爷爷，哪怕我们来自不同的世界，有着不同的生长环境，一样也会克服重重困难，在一起。"

裴衿衿好奇："不同的世界？"

"嗯。"

施奶奶将双手从被子里拿出来，努力想撑起来，裴衿衿见状，立即搭手帮她，扶着她坐起，加了两个柔软的大枕头在她的背后，让她靠到枕头上。

"奶奶，感觉怎么样？要不要做什么调整？"

"很好，现在就很好。"

施奶奶用手轻轻拍了拍裴衿衿的手背，"姑娘，坐啊。"

"我跟你说，我和他爷爷是八竿子都打不着的两个人。他那时是城里有名富豪家的大少爷，吃喝穿用都是我完全不敢想象的，读的书多，教养又好，脾气也好，人长得又好，城里有钱人家的小姐们都想认识他呢。可我呢，是非常穷，非常不起眼，甚至吃了上顿不知道下顿在哪儿的贫苦人家的小煤球一个。告诉你噢，那时，如果不是我一头长发，根本看不出我是女孩子。"

裴衿衿安静地听着故事，忽然觉得这样的富家公子和贫家小姐的爱情故事，电视里演得好多，一般结局都不怎么好，因为差距实在太大，结果从相遇的一刻就可想而知。

"奶奶，你们，好幸运。"

因为，居然是喜剧结局。

"呵呵，因为我嫁给他了吗？"

裴衿衿点头，搁现代社会里，这样的组合都不见得能成功几对，他们那个时候都能结婚，如果不是老天爷的极度眷顾，怎么可能？施奶奶真是老天爷的宠儿。

"可是，姑娘，你一定不知道我们在一起究竟经历了多少磨难，那种揪心的痛苦，现在回想起来，都会让我忍不住感叹，如果再给我一次机会，我也许就不会坚持和他在一起。因为，实在是太难太难了。那些日子，我不知道到底是多深的感情才让我跟着他一起闯过来，看不到希望，看不到未来，甚至险些搭上自己的性命。"

"奶奶，幸亏你坚持了。你们，胜利了。"

施奶奶笑笑："一个陪了你一辈子的人，要艰辛到什么程度才让你不想和他经历第二次相爱的过程，你能明白那种难度吗？"

施奶奶的声音很轻，但字字都很清晰，裴衿衿听了好一会儿都没有说话，以她的年纪，真的没法体会到施奶奶说的那种感觉，刻骨铭心的痛与那种锥心的爱一样，往往只有当事人才能深切地体会，旁人是无法感同身受的。不过，她现在还没法明白，为什么第一次见面的施奶奶就给她说自己的故事。

"姑娘。我跟你说实话，我没读什么书，没什么文化，很多大道理都不懂。嫁给他爷爷，只有一个心思，就是我想跟他在一起过日子，没其他了。呵呵，说来也奇怪，我怎么也想不明白，那么多人喜欢他，怎么就独独是我。"

裴衿衿低低地笑出声来。

"呵呵，因为奶奶你和爷爷最有缘分。您不是说，对的人，总会相遇吗，你们就是对的人。"

"我们是不是对的人，大家都看到了。"说着，施奶奶意味深深地看着裴衿衿，"但你和我孙儿他，是不是对的人，还需要你们自己去证明。"

裴衿衿没想到施奶奶会一下就把话题引到她和施南笙的身上，现在不是在说她和爷爷的故事吗？

"奶奶，我和他……"

施奶奶等着裴衿衿的话，但她说了几个字就没音了，因为看着奶奶的眼睛，她觉得自己说再多都没用，奶奶似乎已经认定了什么。

"有什么想说的，你可以说。"

裴衿衿摇头："没有。"

"姑娘，我虽没读什么书，出身不好，但到底是比你多活了些日子，有些东西，我看得明了。"

"呃？"

裴衿衿一愣，不明白施奶奶的意思，她看得明白？什么看得明白，看明白了什么？她和施南笙似乎没什么东西不明不白吧。

年纪尚轻的裴衿衿不知道，从施南笙带她到施奶奶面前的那一刻老人就看出了她身上的一些本质。并不是出身非常显赫的家庭；没有娇生惯养的大小姐脾气；举止虽不是十分

的优雅，但却带着一份自然和落落大方；读了些书，但又不是那种只知道泡在书本里的呆头姑娘；她的孙儿对这个姑娘的感觉不错；也正是因为她身上有这些，她才愿意和她说这么多的话。因为，她不像施家和施家的朋友圈那些人，非富即贵。

是了，裴衿衿怎么都想不到，她的平民身份帮她赢得了施家奶奶的……亲近。

"姑娘，我孙儿他，是个很不错的孩子。"

裴衿衿赞同地点头。是的，不带任何个人感情色彩地客观说，施南笙真的是一个非常优秀的人。这样的他，让能与他相配的女孩子显得像凤毛麟角一般地稀少罕见。可偏偏就是这样的他，却让她遇到了，欺骗了，伤害了。想来，他是个好孩子，她是个坏孩子。他越好，只会让五年前的她显得越卑鄙。

"小姑娘啊，加油。"

施奶奶缓慢地拿过裴衿衿的手，轻轻慢慢一下一下拍着，好像这样能给她过渡勇气和坚定。

"好好用心的……勇敢点。"

裴衿衿纳闷，问："奶奶希望我勇……"

裴衿衿的话没有说完，施南笙端着一杯茶走了进来，看到施奶奶的姿势，脸色一下变黑，将茶杯飞快地放到床边的小桌上，伸手立即扶着施奶奶躺下，边小心翼翼动作边忍不住埋怨被他的紧张吓到的裴衿衿。

"你怎么会这么不注意，奶奶身体非常不好，不能太过劳累，而且她也不能坐太久，平躺对她才是最好的姿势。我走开的时候不就让你多加小心吗？你怎么可以让奶奶这样。"

施南笙因为心急说话语速偏快，听得出他真的很恼火，但他手上的动作却异常的轻柔，就像在捧着一团软乎乎的棉花，不敢用力，连一记重重的呼吸都不敢，呵护得那么用心。

"孙儿，你不可以对她这样讲话。"

施南笙的紧张丝毫不减："奶奶，别说话。"

"孙儿，不怪她，是我自己要坐起来的，奶奶想和她说话。"

"奶奶，我知道，你先躺下，什么都不要说。"

裴衿衿看着施南笙的样子，尽管被他凶了，可却感觉一点都不生气，反而觉得此刻的他十分迷人，窝到心底的迷人。

将奶奶安顿好之后，施南笙转身看着一言不发的裴衿衿，脸色依旧不太好看，口气也没有回稳，仍然带着显而易见的不满。

"奶奶每天都不能说太多的话，你以后记住了。"

以后?!

裴衿衿内心的第一反应就是,难道她还要来这个地方?不是吧,她以为这是第一次,也是最后一次。虽然施家奶奶很亲和,但她似乎误会了她和施南笙的关系,他们真不是那种恋人的关系,她没有当面否认,但不代表她内心就认同自己和施南笙在一起,只不过觉得在施奶奶面前否认没用。而且,施奶奶有些话,她听不懂。

"孙儿,怎么对小姑娘说话的。"

裴衿衿看着施奶奶,笑笑:"奶奶,没事,是我没有注意太多,他说得对。"

其实,施南笙这次对自己口气不好一点也没让裴衿衿感觉想发火,是真的一点都不气,从他的埋怨里她看到了他对施奶奶的在乎和关心,这样一个将长辈的身体健康放在心头的人,她没理由生他的气。从昨晚的电话里她就感觉到施奶奶的身体出了很大的问题,老人家对她的好奇心从她第一眼见到时就明白,施南笙未尝不懂,只是在看到他奶奶那么兴奋时,到底是担心占了上风,才会将心中的害怕对她宣泄出来。她理解,并容忍他这种方式的孝顺。

"呵呵,姑娘,你别太惯着他,惯坏了以后你不好过。"

以后?!又是以后。

裴衿衿想,老太太真是误会了。

施南笙转身,声音极轻地对着施奶奶道:"奶奶,您今天太累了,先休息会。等粥好了,我叫您。"

大概真的是太累,施奶奶缓缓地闭上了眼睛,均匀地呼吸着。看着她安稳睡着,施南笙回头看了眼裴衿衿,两人默契地静静走出房间。

站在二楼阳台上,施南笙看着油绿油绿的草地,低声向身后的裴衿衿道歉。

"刚才,抱歉。"

裴衿衿走到施南笙的身边,用同样的姿态看着远处,声音轻轻的:"你不必道歉,我根本没有生气。"

也不会生气。

"医生说她身体极度虚弱,每天连话都没法多说几句,一旦累到,她可能长久地睡着,很容易出现再也不醒的情况。"

裴衿衿略略吃惊。

"为了保证她每天正常醒来,我们很小心地注意着。"

想到在房中施奶奶给自己说的话,裴衿衿不禁担心起来,忍不住有些埋怨起施南笙,既然他知道奶奶的情况,那为什么还带她过来,老人家说她是他第一个带给她看的女孩子,难道他就不知道这个"第一"在老人的心里意味着什么吗?难道他猜不到老人对他

另一半的好奇和关注吗？留她在房间，施奶奶怎么可能不和她说话。

"你不该带我来。"裴衿衿直接说道。

施南笙的声音带着无奈和一丝不难察觉的悲伤："我怕……时间不够。"

裴衿衿知道施南笙的意思是指担心施奶奶的身体，她也看得出施奶奶对施南笙确实十分关心，若真的老人家出了什么不吉祥的事情，肯定最放不下的就是施南笙，但是她不觉得为了老奶奶安心就应该欺骗她，他们根本就不是那种关系，若老人家当真了，希望看他结婚，难道他也照做吗？就算他可以为了奶奶的心愿成家，选择的对象也不该是她，任何人都可能配合他演戏，唯独她不行。

"孙小姐更适合。"

"你的意思是我还应该再伤害她第三次？"

孙一萌对他的目的性太强，若带她来，她肯定会多想，麻烦好不容易才解决了，再黏到身上，岂不是只能证明他有多笨。

裴衿衿无言以对，确实，施南笙身边的女人，也许除了她，其他人都不会对他有敬而远之的想法，她是最不会给他添麻烦的一人，从这个角度看，找她是非常正确的。心里有个这个想法之后，裴衿衿按理该高兴，可不知道怎么了就是有点想发火的感觉。原来他是因为不会缠着他才带她过来的，没有其他原因吗？只是因为她最好用吗？她又不是一件东西可供他无偿利用，她凭什么要配合他。

"你在这照顾施奶奶吧，我回去了。"

反正现在见过面了，施奶奶今天太累，她继续待着也没意思。

施南笙眼明手快地抓住转身想走的裴衿衿："哎。"

"还有事？"

"好好的，怎么就生气了？"

裴衿衿下意识就想否认，"没有生气。施奶奶睡觉了，我也该回医院了。"

施南笙稍稍偏了点头，认真地看着裴衿衿好一会儿，道，"这里离市区很远，不方便打车，我熬好粥后送你回医院。"

"不方便打车不代表打不到车。"

忽然一下，施南笙轻轻笑了下。

"你笑什么？"

裴衿衿不解。但有一点她很明白，看到他的笑，她心里反而不高兴，好像自己的小秘密给他发现了一样，窘然得很。

施南笙嘴角勾得更弯了。

"还说没有生气。"

她生气的时候就特别想和他撇清关系，一副完全不认识他的样子，这么些年过去了，她这点倒是一丝一毫都没有改变。当年也是，生气就不想和他有瓜葛，气呼呼的表情可爱得很。

裴衿衿冷着脸，扭开施南笙抓着的手："一把年纪了，我才没那么幼稚和你生气。"

"和我生气的人都幼稚？"施南笙笑着问。

"我的意思是，我不会轻易生别人的气。"

关于生气，裴衿衿真没撒谎，她确实很少对人发火，不是她脾气有多好，而是她的职业，一个心理咨询师怎么可能随随便便有情绪的波动，那还怎么看清病人的问题呢？她总会让自己保持在一个非常清醒理智的位置，看着一个个向她求助的人，帮他们解决心理障碍。但是，凡事都有意外，比如施南笙。纵使她再怎么心如止水面对别人，只要他惹她，死水也能给他搅起波纹来，他这号人就是有气到她的本事，想不明白，也说不清楚。

"呵呵……"这下，施南笙直接笑出了声音。是了，不容易生别人的气，但是就会生他的气，因为他不是别人嘛。

"你又笑什么？"

看到施南笙狡黠的笑，裴衿衿直觉自己肯定又说错了什么，她真是想不到，自以为足够用的智商在他的面前从来都欠欠的，真是恨不得自己智商高达249点，少一点都不行了。

"没什么，我去看粥好了没有。"

施南笙走了两步，回头看着裴衿衿，道："哎，你要是觉得无聊就到处走走看看吧。如果找不到回屋的路，就打我电话。"

找不到回屋的路？望着施南笙远去的背影，裴衿衿扯了下嘴角，这别墅看着是不小，不过还没有到那种她找不到方向的地步吧，要不就是他太小看她了。

午饭时。

施南笙亲自喂施奶奶喝素粥，见她胃口不错，心情也跟着好了起来。

"哎，怎么不见裴小姐，她是不是回去了？"

"没有，奶奶，她到花园里走走去了。"

施奶奶看着施南笙，嘴角带着微笑："孙儿啊，她是好姑娘，你别欺负她。"

"嗯。"

喝完粥之后，施南笙亲自给施奶奶洗脸，不免想到裴衿衿，她真能找到回屋的路？

"奶奶，你休息。"

"孙儿。"

"奶奶，您说。"

"她真的有奶奶当年想和你爷爷在一起的那股倔劲吗？如果没有……"

施南笙想了想，道："奶奶，其实，她和我还不是那种关系。"

"那你们想变成那种关系吗？"

她人虽老，但心还是明的。即便不了解裴姑娘，对自己的孙儿怎会一点不懂呢？他要不是对裴小姐有特殊的感觉，怎么可能带她来见她。只是不知道，他自己看没看清自己的心意。如果两个人都没看清自己的心，他们想在一起，简直难如登天，而她也不知道能不能等到他们终成眷属的那一天。

"奶奶，你先休息，别太累。"

施奶奶抓住施南笙的手，气息很轻地说道："孙儿，如果你想你们在一起，或许奶奶还能为你们做什么，若等到奶奶不在了，你们想在一起，就真的非常难了。奶奶不想你们重走我和你爷爷的路，那段路，真的太苦了，当它实现的时候，那份幸福也变得没那么甜。"

"奶奶……"

施南笙不知道该怎么说，和裴衿衿在一起？这个建议听上去虽然有些突然，但是却没有反感的感觉，就好像有人问他，如果结婚的对象是裴衿衿，他愿不愿意？他不知道自己到底是不是非常高兴，但起码他并不想逃避，甚至有那么一星半点的期待，想看她当他新娘的模样，也想看看婚后他们是怎样的生活。或许就像奶奶说的，现在他们要在一起，太难，她没有一点满足爸妈选儿媳妇的条件。

"告诉奶奶，你愿意和她生活在一起吗？一辈子。"

"奶奶，我不肯定一辈子，但起码现在，我并不讨厌和她在一起。"

施奶奶问："那和其他姑娘相处呢？"

"不想。"

听到施南笙的回答，施奶奶笑了，有这个回答就够了，他不愿和别的姑娘相处，但是想和裴姑娘在一起，这就说明一切问题了。

"好了，孙儿，奶奶知道了。"

"奶奶，我先出去了。"

"嗯。"

走出施奶奶的房间，施南笙轻轻呼出一口气，为何回答完奶奶的问题他有种松一口气的感觉呢？仿佛一块石头一直堵在心口，这下被人搬开，让他透了半口气松松肺腑。

"于玲。"

"孙少爷，请问有什么吩咐？"

施南笙看了看腕表，问道："裴小姐回来了吗？"

"还没有。"

"知道了，去忙吧。"

于玲点头："是。"

施南笙从二楼下来后，在餐厅里指挥佣人上菜的梨奶奶看到他，说道："孙少爷，可以吃饭了。"

梨奶奶，施家奶奶嫁过来时的陪嫁丫鬟。严格说来并不算陪嫁的人，只是为了她的面子，当时施老爷在外面买的一个小丫头，从进门的第一天起就照顾着她的起居，一直到了现在，没有嫁人，也没有其他什么亲人。因为她的年纪和施奶奶差不多，大家都尊称她一声"梨奶奶"，在这栋别墅里也算是德高望重。

"再等等，我到园子里找个人。"

施南笙嘴角翘着走出大门，不给他打电话是怕他笑话她吗？呵呵，那他亲自找到她，岂不会让她更气，真想看看她气呼呼的表情。

走在熟悉的园子里，施南笙想起施奶奶给他说的话。

他想和裴衿衿一起生活下去吗？五年前想过，就是她了，不换。但现在，不敢想，也不想去想，现在想到她的问题就觉得进也不是退也不是，闹心得很。不是她不好，也不是他还介意当年的事情，而是他们现在的身份相距太远了。当年还是学生，纯纯的爱情，纵然妈妈不喜欢她，但也没多加阻拦，不过是觉得他在闹着玩，毕业后自然收心。现在家里催婚不是一次两次，他若和她走得近，难保妈不对她出手，即便他愿意花时间在她的身上，家里也不会同意二十八岁的他再随便找女孩子乱来。

但如果，他真的和她走在一起了，会怎样？

心中出现这个疑问时，施南笙愣住了，匀速走动的脚步停了下来，眉头微微皱了一下，似乎被心底的答案吓到了。

施南笙……难道你对她……

在原地站了一会儿之后，施南笙重新迈步，朝花园深处走去。

*

裴衿衿原地转了几个圈儿之后，泄气了。

到底哪一个方向是回屋的正确方向呢？她明明记得自己是从南边来的，可是怎么也绕不出去。她都在这里转了半个小时了，无论如何都找不到正确的出口，真是奇怪了。难道真的要向施南笙求救？那家伙来了不定怎么笑话她呢。

"不行不行……"

绝对不能打电话给他，就算再花些时间都没有关系，就是不能让他看扁了她。

裴衿衿又在花园里走了一圈，发现还是回到了原地，完全摸不到走出园子的正确道

路。

"不是吧。这么邪门?!"

看着自己来来回回转了几次的原点，裴衿衿真的无语了，公园花园她逛得多了，还真是第一次遇到这样怎么都走不出去的，难怪施南笙会说走不出去就给他打电话，恐怕是不少人都在这个园子里迷路了吧。

裴衿衿仰头看着天空，蔚蓝的天空一朵云都没有，干净得让人叹为观止。

"老天爷，你就是来朵乌云也好啊。"

起码她能看着乌云稍微辨一个大方向出来嘛。

话音刚落，"一朵乌云"真的飘到了她的眼睛里，一张俊美得惨绝人寰的男人脸。

"啊！"

被突然乍现的施南笙吓到，裴衿衿尖叫一声，退后一步，看着他。

"你怎么来了？"

施南笙口气淡淡的："来看你在原地转了几次。"

"我在数天上的云，什么原地转几次，无聊。"

施南笙嘴角勾了下，问："那你数清楚了天上有多少朵云了吗？"

"正数着呢，你就来了。"

施南笙朝天上看了下，嗯，确实需要她仰头好好数数天上几朵云，连他都不禁感叹，"天上的云真的是很难数清啊，太多了。"

裴衿衿被怄得心火刺刺地烧，克星啊克星，这就是两人八字不合的表现。本来这种风凉话别人对她讲多少都没关系，她根本不会放在心上，更不可能为此情绪波动，但偏偏这人是施南笙，配合着他的口气和表情，真是随便一句话都能惹得她想跳脚，她自己都不知道怎么会变得这样，越和他待得久她就越不能淡定。

白了施南笙一眼后，裴衿衿朝施南笙后面的路走去，她想，他是来找她的，顺着他来的路肯定就能出去了。哪知，她才走了两步，施南笙的声音就传进了耳朵。

"你那边走不出去。"

"你就是从这边来的。"

施南笙笑，"不然你试试。"

裴衿衿转身瞪着施南笙，他的话，可信度有多少？

施南笙似乎知道裴衿衿不会轻易相信他，耸了下肩膀，"我在这等你，去吧。"

被施南笙的表情气到，裴衿衿真的将头一甩，朝施南笙来时的方向走去……

十分钟过后。

施南笙看着耷拉着脑袋垂头丧气的裴衿衿一点点朝他挪来，脸上的笑容一点点加大，哎，真是个不到黄河心不死的姑娘啊，都说她走不出去的，居然还要试，看吧，这下直接给她上了一课。

"走吧，吃饭了。"

裴衿衿跟在施南笙的后面一步距离，左思右想，寻不得走出园子的方法，她敢肯定这个园子肯定有问题，而且是大大的问题。

"施南笙。"

"问。"

"这个花园，为什么会怎么走都走不出去呢？"

裴衿衿朝左右看了看，施南笙带着她走的路好像和她之前走的没什么差别啊，花草树木都是一样的，说不定他自己也走不出，两个人都要在这里困一下午。

施南笙心情颇佳地问裴衿衿："你先说说你绕了几次没绕出去。"

"一次。"

"噢？"

裴衿衿从施南笙扬高的音调里感觉到了心虚，道："三次。"

"哦？"

施南笙又一次非正常音调让裴衿衿不踏实了。

"八次。"

这次，施南笙直接笑了。

"呵呵，诚实的姑娘比较讨人喜欢。"

裴衿衿内心暗道，谁要他喜欢，他不喜欢才是她想要的好吧。

跟着施南笙走了一段路后，裴衿衿小跑两步追上他，和他平行着走，继续问着心里好奇的问题："哎，你还没有回答我呢，到底有什么玄机在花园里？"

"没什么玄机，只不过，这个花园是一个四十九格迷宫，四十八条入口，只有一条路是出口。"

裴衿衿被惊到了，四十九条路，一条是对的，要是她的运气不好，那岂不是还要失败四十次才能找到出路？谁没事会把花园弄成迷宫啊，要是下人们都笨一点，那岂不是整天都找不到人？她真是不明白，谁这么坑爹，居然把好好的放松心情的花园变成考验人智商的迷宫，真是坑死她了。

"这叫什么花园啊……"

该叫坑园。

"呵呵……"施南笙笑了笑，"心不静的人，进了这花园怎么都走不出的。"

"我的心还不静？"裴衿衿觉得不可思议，她以为自己算是身在施南笙身边心最安静

的人了。

施南笙道："人的心静不静，有时候自己感觉不到的。"

两人朝前走了一段路之后，施南笙的声音缓缓而出。

"裴衿衿，我早就知道你进去出不来。"

她的心思现在多了，顾虑也多了，如果是五年前，这个花园对她不会是一个迷宫，现在居然绕了八次都没有出来，如果他不出现，只怕还需要更多尝试。

"这个迷宫这么难，是人进去都难第一次就找对出路。"

"你错了。"

施南笙站住脚步，看着裴衿衿，"有一个人，进去一次，第一次就成功地走出来了。而且，不管她进去多少次，她总能第一次就找到那条正确的出路。"

"谁啊？"

他不会说的是他自己吧？

裴衿衿指着施南笙，"你？"

"不是我。奶奶。"

裴衿衿愣住了。

奶奶？

"奶奶不管进去多少次，总能第一次就找到出路。这个花园是爷爷特意找人设计出来的，奶奶第一次进去就成功地出来，震惊了所有人。听说，爷爷和奶奶每次闹矛盾，奶奶都会走进这个花园，然后爷爷都会在气过头之后去找她。但每次奶奶回屋很久了，爷爷都还找不到出口，奶奶不得已又回去找他，他们总能在找到彼此的一刻忘记所有的不快，和好如初。"

裴衿衿不解："听着好像很不错，可这样复杂的花园，平时不是谁都不敢轻易进去吗？"

"本来就不是给一般人赏花赏草用的。"

"呃？"

"奶奶出身很不好，她嫁给爷爷后，在施家过得并不好，除了爷爷疼爱她之外，其他人都觉得她配不上施家少奶奶的身份。奶奶开始还会不在意，慢慢地变得越来越自卑，爷爷很心疼她，就请人教她识字，然后找一些能帮她建立自信心的东西，这个花园就是最成功的一个东西。"

"奶奶很厉害。"裴衿衿从心底感叹。

"爷爷告诉我，只有拥有最纯净心灵的人才能第一时间找到最正确的路。奶奶的心，从来都没有脏过，她只有一个心思，一心一意地爱爷爷。"

裴衿衿回头看着自己走过的路，也许是真的吧，只有心系一人，方能找寻到他的身影。而他们这些人，心中都装了很多其他杂质，考虑事情也多了很多方面，眼睛被蒙蔽，自然无法看到唯一的那条出口。

裴衿衿这次，是完全真心地发出声音。

"奶奶她，真的，非常厉害。"

施南笙轻轻呼了口气："嗯。"

是啊，一辈子，只有一个心思，还有谁能做到呢？

并肩而行的两个人，很长一段路都没有再说话，裴衿衿想，施家奶奶应该才是最聪明的那个人吧，她的一生，真正是应了那句话。

有人说，若把人的一生分为两段，前半段叫不犹豫，后半段叫不后悔。

施家奶奶，真正做到了前半段不犹豫，后半段不后悔。这样的人生，千万人里都难寻找到一个，而她做到了，无关乎学识，无关乎家世，她走了一段毫无遗憾的人生之路。她是睿智的，也是极其幸福的。

当两人走到别墅大门前，裴衿衿站住脚，问施南笙。

"施南笙，你找我，用了几次？为什么你带我，第一次就找到正确的路？"

他说，只有心灵最纯净的人才能在第一时间找到迷失在迷宫里的人，那么他是花了多少时间找到她的？刚才他们出来，他只一次就把她带出来了。是不是说明，他的心，也纯净得好像施家奶奶那样？

施南笙的脚步微微停顿了下，说了一个答非所问的词。

"好饿。"

裴衿衿怔怔地看着施南笙走进屋内，好饿？什么回答，他是第一次就找到她的吗？他的心，还像当年那么纯净吗？

吃饭的时候，因为一直惦记着施南笙的回答，裴衿衿好几次走神，哪里知道，梨奶奶最看不得小辈人吃饭时不认真，一点不客气地训斥了她好几次，而她每被梨奶奶呲一次施南笙就笑一次，那模样要多气人有多气人，偏偏裴衿衿还只能耐着性子在桌子边吃饭，因为梨奶奶的手艺真的不是盖的，比医院的饭菜好了不止一两个档次啊。她也不是没吃过施南笙从大饭店买的饭，但还是觉得梨奶奶做的超越大厨。

施南笙，你的心，还那么纯吗？

为什么不让我知道呢？

第十五章
现今，一叶一追，一花一世

Y市，省军区医院。

白丽走进凌西雅的病房，东摸摸，西看看，转悠了好几分钟之后才靠着窗看着凌西雅，口气尽是神秘兮兮的感觉。

"哎，西雅，跟你说件事，听完你可别跳脚啊。"

凌西雅瞟了一眼白丽："你要么不开腔，开口准没什么好事，说吧，是什么大八卦。"

"听你这么一说，我还真不想说了。"白丽斜起下巴，端出一副"你求我，我才会告诉你"的架势。

"白大小姐，说吧。"

见凌西雅端正了坐姿，认真看着自己，白丽满意了。这才是她想要的效果嘛，关于裴衿衿和施南笙的事情，她怎么能不好好听呢："我去裴衿衿的病房找她，你猜怎么着？人，不见了。"

凌西雅神情专注地等着下文，昨夜施南笙在她的房间，今天人不在房中也是很正常的事情吧，两人说不定到楼下吃东西去了，以施南笙对裴衿衿的态度，带她出去吃饭并不是什么稀奇的事情，她真的不明白，为什么时隔五年，施南笙对裴衿衿还是能如此的好，他难道一点都不介意五年前她的突然消失吗？裴衿衿到底哪里好，值得他如此地对待，她这个多年的青梅竹马也住院，他可曾专门来看过一次？他心里，怎么就是放不下裴衿衿那个女人，哪怕她有男朋友了，他还是不死心吗？

"西雅，你可别小看裴衿衿今天上午不在病房。我开始也没当回事，但是我刚才又去她的病房看了，还是没有回来。"

说着，白丽扬了扬手中的手机。

"你看看现在几点了。十二点啊，十二点还没有回来，说明什么？说明裴衿衿和施南笙一上午都在外面,这么长时间肯定不是吃早饭。裴衿衿的身体好得差不多了,现在余天阙又出差,孤男寡女,还是以前的老情人,说不定到什么地方重温旧梦去了。"

"我问过护士了。裴衿衿和施南笙出去得挺早,据说,裴衿衿还是穿着裙子出去的,不是病人服。"

凌西雅心情直线下降,反映到脸上就是直接"晴转阴天",口气冷冷地问道:"你给我说这些干什么,难道是觉得我现在该打电话质问施南笙现在他在哪儿吗?还是派人去找裴衿衿,然后打她两耳光,让她离施南笙远一点?"

虽然,这两个方式她都很想做,但她也知道,自己没有立场做。她倒是想自己有这个资格,可惜的是那个男人完全不给她一点希望,她真不明白自己到底哪儿让他不满意了,他要愿意说,她一定改。

白丽撇撇嘴角,火气这么大,下次不告诉她敌情就是了。

因为凌夫人知道了宝贝女儿住院的事情,每天中午都会送饭来,凌西雅和白丽两人在房间里安静了一会儿,房门就准时被推开。

"雅雅,吃饭了。"

凌西雅看着凌夫人,躺倒床上,无精打采说道:"妈,我不想吃。"

"嗯?"凌夫人看看凌西雅,又看看白丽,"怎么了,好好的,怎么不吃饭?"

"没胃口。"

凌夫人让随自己来的佣人把饭菜放到桌上,摆好,走到床边,关心地用手摸摸凌西雅的额头,又看看她全身,哪儿都没问题啊,怎么就没胃口了?

"不行。你现在正是腿的康复期,怎么能不吃东西呢?乖,起来吃点,今天有你爱吃的素煮牛肉片噢,妈亲自给你做的,可别扫妈妈的兴啊。"

凌西雅心情着实不佳,被凌夫人拉起了不少又躺了下去。

"妈,我真的不想吃,让丽丽都吃完吧,她早上都没吃什么,刚才还喊饿呢。"

将午餐扔给白丽之后,凌西雅扯过空调毯,蒙住自己的头。

"妈,我有点累,先午休。"

凌夫人看着十分反常的凌西雅,嘴巴张了张,试图喊凌西雅,怕她是真的很累,也就没再叫她起床,转头看向一旁单人沙发里玩着手机的白丽。

"丽丽,来,你吃饭,不要管雅雅了,她想睡觉就让她先睡觉吧,待会我让人再送过就是了。"

白丽看了眼床上的凌西雅:"伯母,你送几次都没用,她肯定不想吃。"

凌西雅忽然就掀开被子,坐了起来,跟吃了枪子一样冲着白丽吼道:"谁让你多嘴的,说那么多干吗,吃你的饭,以后没事别乱说些没营养的东西。"

同样出身不比凌西雅低的白丽哪里受过这样的对待，她爸妈都没这样凶过她，就凌西雅这女人因为心情不好就把气都撒到她的头上，亏她还好心地帮她打听敌情呢，真是好心没好报，狗咬吕洞宾，算她自讨没趣了。

　　白丽毫不示弱瞪着脸色极为难看的凌西雅，敢吼她？她当她凌西雅是什么真了不得的大人物吗？她白丽可不是孙一萌，随便她怎么吼也不敢真的和她撕破脸，她是白丽，白家的千金大小姐，她和她凌西雅做朋友，那她们就是朋友，她要不当她是朋友，给她多少东西她也不稀罕她这个人。

　　"凌西雅，你发什么疯，自己心情不好就算了，冲我吼什么吼，你搞清楚我是谁！我告诉你，我可不是裴衿衿，任你搓圆揉扁。老……我不高兴在你这待着了，什么玩意，好心帮你居然还冲我发火。你有本事，冲着施南笙吼去啊，在他面前怎么就当个小绵羊啊，活该他被其他女人抢到手。"说完，白丽拎起自己的包包，气冲冲地走出病房门，任凌夫人怎么叫都不停脚步。

　　"丽丽……丽丽……"

　　凌西雅火气也大："妈，别喊了，让她走，讨厌的家伙。"

　　凌夫人看着凌西雅，说也不是，不说也不是，看着自己的女儿，无奈道："雅雅，妈妈知道你心情不好，但是不管怎么说，丽丽在这里照顾你，什么怨言都没有说，你再怎么不高兴也不能冲着她乱发火啊。她可是你的朋友，你们一起长大，一起读书，她和文夕都是你最好的朋友，你看看你刚才的态度，像什么话。"

　　"她知道我心情不好，还说些乱七八糟气人的话，怨谁。"

　　凌西雅蒙头倒下，理智让她自己对白丽有愧疚感，但心里是真的很不痛快，所以明明知道有错却不想追出去道歉。

　　"雅雅……雅雅……你，你说你这孩子……"

　　凌夫人喊了几次凌西雅，见她一动不动，不得不放弃，冷不防地想起白丽刚才的话。"你有本事，冲着施南笙吼去啊，在他面前怎么就当个小绵羊啊，活该他被其他女人抢到手"。难道……

　　凌夫人看着毯子下的凌西雅，已猜出她是因为什么而心情不好了。

　　"雅雅。雅雅，听妈妈说。你不必因为施家的少爷不高兴，也许要不了多久，你就真的可以和他在一起了。"

　　凌西雅在毯子里愣了下，以为自己听错了，她很快要和施南笙在一起了？

　　"雅雅，睡着了吗？"凌夫人故意道，"既然睡了，那妈就走了，不打扰你午休了。"

　　薄薄的毯子忽然被掀开，凌西雅叫住了站起身的凌夫人。

　　"妈……"

见凌西雅火气去了一大半，凌夫人忍不住笑了起来："你啊，真是拿你没办法。"

"妈，你刚才的话是什么意思？"

"什么话？"凌夫人有意装傻。

凌西雅伸手拉了拉凌夫人："妈，你就别装了。"

"我是真不知道你说什么。"

"施南笙。"

"呵呵……"

凌夫人重新坐到床上，看着自己心爱的女儿，她喜欢施南笙多年，他们做父母的怎么会看不出，施家确实也是一门难得攀上的亲家，如果她能嫁进去当然是再好不过。只是看这些年的情形，如果不给施南笙加点外力，只怕他是不会成为凌家的女婿的。他们就一个女儿，她想要的，他们一定会尽力给她争取到。

"雅雅。得知你住院的那天，妈妈正在施家和施南笙的妈妈聊天，谈到了你们年纪大找朋友的事情，暗示了一下福澜你们俩合适，她是个很聪明的人，肯定会考虑的。咱家条件不错，我看有戏。"

凌西雅眼睛一眨不眨地看着凌夫人，紧张不已，"妈，你真的向施南笙的妈妈提我和他的事情了？"

"是啊。当时福澜不还随着我一起来看你了吗？而且，那天晚上，她还给我打电话了呢。"

"福澜伯母给你打电话？干什么呀？"

凌夫人神秘地一笑："想知道？"

凌西雅揪着被子开始撒娇："妈……"

"不吃完饭，我什么都不会说的。"凌夫人看着女儿，"先吃饭。"

"好。我吃。"

"呵呵，真是妈的乖女儿。"

*

因为下午施奶奶出现了一系列反常的状况，原本打算午饭后回医院的施南笙和裴衿衿不得不留在家中。

房间外，裴衿衿靠着墙，无比自责地低着头，如果不是她，施奶奶肯定不会被累到，也就不会出现现在的紧急情况，也不知道罗教授在里面急救得怎么样了。

"对不起。"

站在裴衿衿对面的施南笙双手插在裤兜里，看着她，他知道她为什么道歉，但是这个对他没什么用，他只需要奶奶好好的。在施家，就算是爸爸，都不常来看奶奶，一年到头只有除夕会抽空到这边坐坐，妈更是一年都难得来一次。小时候他不懂为什么，后来懂事后明白了，爸妈是觉得奶奶出身寒微，不配施家的地位，在外人眼中，他们给奶奶吃穿用度都是最好的，但却吝于给她关爱，只有亲人才能给的感情，他们给得太少太少。他真的不懂，施家这个名号真的有那么重要吗？高级得连自己的亲人都可以不顾吗？他，不敢苟同。

在施家老爷没有离世时，施南笙扮演着施奶奶孙子的角色，等到他的爷爷四年前离开后，他便开始"加演"，变成孙子，儿子，渐渐还多了一个"丈夫"的角色，全方位地照顾和保护着施奶奶，该丈夫纪念的日子，他全部都记得给施奶奶过，该儿子孝顺的事情，他全部亲力亲为。而这一切，身为他父母的施晋恒与福澜全然不知，他们仅仅知道自己的妈妈疼爱自己的儿子，奶奶疼唯一的孙子，不是天经地义吗，是他们的儿子，不是外人，他们乐见其成。

慢慢地，施南笙走到裴衿衿面前，站定。

"她，不会有事的。"

裴衿衿凭借着自己作为心理医师特有的直觉，发现，施南笙这句话并不是对她说的。他，是对他自己讲的。他在害怕，他在宽慰他自己。

裴衿衿抬起头，看着眼中藏起担忧的施南笙，这一秒，她突然心疼他。

"施南笙……"

裴衿衿尾音未落的末梢，施南笙从裤兜里抽出双手，轻轻地将她拥进怀中，像一个寻求依靠的孩子，一言不发。

"施奶奶她，肯定不会有事的。"下巴搁在施南笙的肩头，裴衿衿轻声说着话。

我们都是脆弱的人，平时的坚强不过是为了更好地掌控生活而披上的外衣，当我们看着自己非常在乎的人一点点走向再也回不来的人生尽头时，除了悲伤和无助，毫无办法。哪怕富可敌国，哪怕孝感动天，哪怕权势倾天，在年华老去的路上，老天爷对每一个人都是如此的公平，没有讨价还价的可能。真就是应了那句话，我们生来就没有打算活着回去，来时空空如也，走的时候也什么都带不走，留下的，仅仅就是你在世间做过的一些事情，而这些记忆也会在离世后被众人渐渐遗忘。

一个人和另一个人疏远也许只需要一件事，而一个人和另一个人亲近常常也仅需一件事，或者简单到一个眼神。此时的裴衿衿恍然间和施南笙的距离拉近了许多，她像一个发现了他秘密的孩子，想给他呵护和勇气，想让他知道，不管情况如何，她都在。

施南笙和裴衿衿重逢后原本两人之间有种说不出的生疏感，在对施奶奶的担心时间里，一下消失不见了，两人心底都出现了一些微妙的变化。尤其裴衿衿，从施南笙告诉她四十九格迷宫花园的故事后就开始对他有种奇怪的感觉，这下又变得更加奇妙，竟有种想陪他一起等施奶奶康复的冲动。

于玲从楼下上来,在楼梯口见到施南笙和裴衿衿相拥,站在原地愣了好一会儿,眼睛定定地看着两人,不知该进还是该退。

原来,他真的对这个裴小姐有不一样的感情。见到他带她突然而来,她还希望只是一个小意外,不停地自欺欺人,现在看来,连骗自己的可能都没有了。四年了,有些话,她埋在心底四年了,一直没告诉他,总以为时间总是来得及的,没想到,一个不经意,他在外面已经动了凡心。

一段不算短的时间过去。

房间门被人从里面拉开,罗教授走了出来。

施南笙和裴衿衿快速分开,施南笙连忙问:"罗教授,我奶奶的情况怎么样?"

裴衿衿看着眼前身为医学界权威的老教授罗永天,祈望着他能说出让他们放心的话,可他的脸色却是让人害怕他即将发出的声音。

"小施啊,有些话,我也就不瞒你了,老夫人的身体情况……不容乐观。"

施南笙眉头蹙起:"非常糟糕吗?"

"至少我已经没有更好的法子了。"

裴衿衿的心开始朝下落,难怪施南笙让人千方百计从国外请艾伦医生来,怕是国内有点道行的人都被他用过了吧。

罗教授的话让施南笙的脸色起了变化,Ada还没有给他确切的消息,艾伦医生是不是愿意来国内还不一定,如果请不动他,奶奶的病,要怎么治?

"那现在我奶奶她……"

罗永天声音低沉:"现在她呼吸稳定,但何时醒来,不知道。她昏睡的这段时间大家需要密切地关注她的情况,床边一定不能离开人。"

施南笙点头:"好,我明白。"

"嗯,那我先回工作室。"

"嗯。"

罗教授带着两个助理回到别墅里特别给他们安排的临时工作室,留下一个助理在施奶奶的房间监察情况。

施南笙和裴衿衿站在床边,看着施奶奶祥和的睡颜,两人都不敢相信,有这样气色的奶奶竟然说不定什么时候就会离开他们。昨夜听到施南笙电话时,裴衿衿还想,既然情况如此危急,为什么他不把人送到国外去,现在看来,不是施南笙不想送,而是施奶奶的情况根本送不出去,只要稍微累一点点就会醒不过来,她如何能飞越千山万水漂洋过海呢?

施南笙无声地坐在施奶奶的床边,握着她的手。

奶奶，我在您的身边，你若感觉到我，请一定好好活着。

看着施南笙心系着施奶奶，裴衿衿也不好催着他回市区，安静地在房间里陪着他，一下午的时间就在不知不觉中过去了。

晚饭后。

于玲安排好裴衿衿的住宿，带着她去房间里看了看，施南笙则继续陪在施奶奶的身边，寸步不离。

"裴小姐，请。"

于玲对裴衿衿的态度十分客气，目光在她的脸上停留了两秒，见到她的梨涡浅笑时，忍不住多说了一句话：

"裴小姐笑起来真好看。"

"呵呵"，裴衿衿又笑了下，"谢谢。"

情不自禁地，于玲又转过头去看了下裴衿衿，美女她见得不少，但笑起来让人感觉十分舒服的女孩子倒真的不多见，不是美艳，不是清纯，也不是勾魂，是到心的温暖，像一个小太阳一样照耀着人，暖暖的，温和而放松。她的笑，让人可以一下卸下防备，想和她亲近。仿佛间，于玲似乎明白了为什么独独是裴衿衿被施南笙带到这里来了，也许是他想给施老夫人找个好的陪护，也许……是他也被她的笑容迷住了。虽然，她知道，后者的理由好像更为充分，但现在她只想允许自己胡乱猜测一番，这样自己才不至于说出一些嫉妒裴衿衿的话来。她真的十分羡慕她，这些年在这里照顾施老夫人，她看得出，施南笙年纪越大越孤独，浑身散发出来的孤寂感与日俱增。别人只看到施家越来越多的财富，只看得见施南笙越来越强大的能力，可又有几人能看得出，他越来越不爱群居的聚会，眼底的孤单越来越浓烈。尤其，她好几次见他在施老夫人的床边轻轻地自言自语，声音太轻，她听不清，但却心疼他眼中的无措。她好几次想问他，到底心中有什么解不开呢？

"于小姐……"

"于小姐。"

裴衿衿增加一点音量，"于小姐！"

于玲瞬间回神："啊，什么？"

裴衿衿指了指紧闭的房门："我们，到了。"

看着面前的房门，于玲尴尬不已，连声抱歉："不好意思。裴小姐，真是不好意思，我没注意。"

裴衿衿微微笑了笑："没关系，该说不好意思的应该是我，是我给你们添麻烦了。"

"哪里的话。你是孙少爷带来的贵客，我们理应好好招待你的。"说完，于玲扭开门，领着裴衿衿走进房中，简单介绍后，看着她，"裴小姐，有什么需要你就对我说。"

"没，挺好的。谢谢。"

"那好，如果没别的事情，我先去忙了。"

"好。"

于玲走后，裴衿衿在房间里待了一会儿，走到窗前准备拉合窗帘时，见到楼下刚好可以见到四十九格迷宫花园，从窗口看出去，花园真的非常漂亮，尤其草丛里藏着一些银色的夜灯，像是繁星缀在夜空里，美不胜收。白天只觉得花园很坑爹，现在看来，倒真是经过特意设计的顶级花园。

"只有最纯净的心才能从里面找到出路……"裴衿衿低声地念着，难道她的心真的已经被杂质填满了吗？可施南笙怎么就能找到出口呢？五年过去，她看不懂他了，他的心难道不是该比她更纷乱吗？

正想着，裴衿衿的手机响了。

掏出手机，看到上面的来电显示，裴衿衿的心咯噔一下，实话是，不想接。但，好像不接更不好。她没做什么坏事，不必多想。

"喂。"

余天阙的声音清晰地从手机那端传了过来。

"衿衿，是我。"

裴衿衿的声音里带着低低的笑意："我知道是你。出差感觉怎么样，累不累？"

施氏是个大企业，案子的要求自然也会比一般集团更高，如果想他们满意，天阙加班加点必然少不了。

余天阙的声音听上去音平气稳，没有特别的累，可也听不到一丝高兴，与他平时和裴衿衿通电话时的心情愉悦有着明显的区别。

"还好，一切顺利。"

"那就好。"

"你好吗？"

"很好啊。"

说完这句话，裴衿衿忽然发现，自己找不到话题来和余天阙聊天，好像昨晚他打给她的电话被施南笙接到后，两人之间出现了一道看不见却真实存在的隔膜，她真的不懂，怎么只是一个电话没有接到就会出现这样的情况，难道她和天阙两人间的感情真的这么经不起考验吗？

余天阙也似乎找不到话来说，他知道自己心结在哪儿，他想问，可是他也怕裴衿衿觉得他不够信任她而生气，只是如果不问清楚，他真的不知道自己能不能完全当成没有看过那些照片。为什么，为什么她会那么晚和施南笙在医院的花园里坐着？为什么施南笙倒进她的怀中她不推开他？为什么要在他出差的时候发生这样的事情？

"衿衿。"

"嗯？"

余天阙在那端犹豫了，想了想，问道："衿衿，你现在在干吗？"

"呵呵，和你打电话啊。"

"在哪？"

裴衿衿疑惑，天阙怎么会问这个呢："怎么问起这个了？"

"噢，平时和你通电话总能听到电视里的声音，今天太安静了，怕你一个人待着太闷会心情不好。"

"呵呵，没有。天阙，你别瞎担心，我没有心情不好。倒是你，我感觉你今天的心情似乎不是很好，是工作上出了什么问题吗，还是在那边遇到了什么不开心的事情？"裴衿衿轻声细语地说着，"天阙，照顾好自己。"

余天阙想，是啊，她怎么会心情不好呢？施南笙那么优质的一个男人陪着她，她肯定暗喜都来不及啊，多少女人梦寐以求的男人，竟是为了她屡屡出手，她还有什么不高兴呢？他真是运气太好，居然能和施南笙的前女友恋爱，他怎么就能一下就选中了她呢。

"天阙？"

"天阙，你怎么了？"

裴衿衿好奇余天阙和她通电话竟第一次出现了走神。

"啊，没，没什么。只是想起了一个工作，啊，对了，衿衿，你现在在病房里吗？"

"呃……"裴衿衿问，"怎么了？"

"我Y市有个朋友，听说你在住院，她说今晚去看你，我正打算告诉你她长什么样子呢。"

裴衿衿一听，连忙婉拒。

"天阙，不必了，不用你那个朋友来看我啦。我已经好得差不多了，不用麻烦她的。而且，大晚上，不要耽误她的休息时间，明天周一，她肯定也要上班吧。"

余天阙轻轻一笑："呵呵，衿衿，没事，她时间很多，你不必为她担心。而且，她主要的目的还不是想看看我的女朋友到底长什么样子啊，我可是在众多朋友面前说我找了一个大美女噢，他们好奇也是肯定的，乖，在病房好好待着。"

裴衿衿开始头大，她不在病房，人去了肯定扑空，难道给天阙说实话？

"衿衿，你有没有特别想吃的东西，我让她带给你。"

"不用了，不用的，天阙，我什么都不想吃。"

"衿衿，不用不好意思的，我给她钱，让她代替我买。我出差不能陪在你的身边，托人带点吃的还是能做到的。"

裴衿衿觉得不能这样闪躲，决定说实话。

"天阙，其实……"

"其实我不在病房里。你不要让你的朋友过去，我在医院外面。"

余天阙问："你在医院外面吃饭吗？"

"不是。"

"那是……"

电话的两端都出现了一个短暂的沉默，然后，听到了裴衿衿轻声的说话。

"施南笙的奶奶家。他奶奶身体非常不好，我们一起过来看看老人家。本来打算吃完午饭就回医院的，结果下午老人家的身体出现意外，我们都不敢离开，今晚就在这边住下了。等施奶奶的情况稳定了，我就回医院。"

裴衿衿怎么都没有想到，她说的这些，即便她不说，余天阙也知道。因为，他口中要去看她的朋友现在就在她的病房，正是因为没有看到她，那个朋友才给余天阙打电话，而他也正是因为早就知道她一整天都不在医院才会给她打电话。

余天阙握着手机，压住自己想发作的情绪："你今天一天都和施南笙在一起吗？"

"……嗯。"

"昨晚他接了你的电话。"

余天阙到底是说出了心中纠结的话，他其实并不介意施南笙帮裴衿衿接个电话，他介意的是那么晚他还在她的房间，而且，他没有离开，她怎么可以去洗手间洗澡，难道她都不知道忌讳吗？就算她觉得自己行得正，可有没有考虑过他这个男朋友的感受呢？难道她就不想解释只言片语吗？还有最让他难以释怀的是，施南笙居然调查他，还清晰地掌握了他丝毫不想她知道的过往故事，他真怕施南笙将什么都告诉她。他余天阙恋爱多次，从没有哪次像这次这样认真和用心，他是真的很想和她在一起一辈子，想和她结婚生子，白头偕老。

"嗯。"裴衿衿道，"我看时间太晚，怕你睡着了，就没回拨给你。天阙，你不会生气吧？"

"没有。只是……衿衿。"

"嗯？"

余天阙问："你还要在医院住很久吗？伤势怎么样？你总说你好了，为什么还不出院呢？我知道男人应该大度一点，但是我真的很不喜欢你和施南笙经常见面。我明白，你们之前肯定有什么故事，但那些都过去了，我不想追究，也不想它影响我们现在的感情。我们都知道，施南笙很优秀，在他的面前，我觉得我所有的成绩都是渺小的，他生来就有众

人仰望的一切,他给我非常大的不安全感。我害怕,他会把你……"

扪心自问,裴衿衿何尝不知道余天阙不喜欢施南笙,他的担心她又怎会真的看不到,只是在今天以前,她觉得他的担心都是多余的,她很清楚自己和施南笙之间的差距,她和他是不可能的。但是,今天之后,她开始不确定了。她看到了施南笙的脆弱,他的无措触动了她心底那根弦,她心疼他,心中想为他做些什么,这种感觉她怎么都压制不住,疯狂地在心底滋长,她也恐惧,但却找不到控制的办法。

心,它要朝什么方向走,人控制不了。

"他不会把我怎么样的,天阙,你别担心。"

"他会!"余天阙的音量忽然提高了不少,"衿衿,他会,他肯定会把你从我的身边抢走的。"

裴衿衿抬手抚了抚额头,天阙怎么会一下子就这么没有安全感了呢?

"天阙,别多想,好好出差,安全回来。"

"衿衿,你答应我,不管发生什么事,我们都不分开。"

裴衿衿一下愣住了。

"衿衿,答应我。"

"天阙……"

裴衿衿越迟疑,余天阙就越急。

"衿衿,答应我,我们永远都不分开。"

握着电话的裴衿衿发现自己没法答应余天阙,就算只是情人间一个小小的承诺,搁别的情侣身上可能是随口都能应下的一个问题,但她在这,却怎么都回答不出。她知道余天阙在乎自己,但她却觉得他现在真的过度紧张了,这样没有安全感的爱情,迟早会让他感觉到疲惫的,她希望他是轻松的,愉悦的,现在来看,他们之间的信任,真的不够坚固。

"天阙,你别想太多了。现在,好好地工作,有什么话,都等你出差回来,我们当面再沟通,好吗?"

余天阙在那端试图还想说点什么,但最终还是听了裴衿衿的话,什么都等他出差回家后再谈。

两人又闲话了两分钟,发现没什么话说,便结束了电话。

放下电话的裴衿衿顺势坐到了房间里的单人沙发上,看着前方,脑子里开始想着余天阙的话。每一个爱情里的人都难免是患得患失的,可天阙素来并不是这样,今天到底怎么了?这样不信任她,对他们以后的路如此没有信心?

事实上,对于一件事,很多时候我们总说等到什么时候就怎么做,但事情往往不会按我们所想的发展,它总是出乎意料地杀人一个措手不及,等我们反应过来的时候,已经晚了。

例如，爱情。

裴衿衿在房间里独自看着电视，到十点多左右洗了个澡，吹头发的时候，看着镜子里的自己，想着，到底要不要去看看施奶奶？

十五分钟后，裴衿衿站在施奶奶的房门前，刚要敲门，于玲从旁边忽然出现。

"裴小姐。"

裴衿衿放下手，转身看着于玲，轻浅一笑。

"于玲。"

"你找孙少爷吗？"于玲问。

"呃，不是。我来看看施奶奶。"

于玲笑笑，没有说什么，这个理由还真让她不知道怎么拒绝。

"老夫人的情况还算稳定，夜深了，要不裴小姐明天早上再来看？"

裴衿衿的手自然地搭在门把上，边说道，"放心吧，我会很小心的。"

进房间后的裴衿衿也想不明白，按说于玲那么说了，她就不该再进来了，可她就是控制不住自己内心的真实想法，她想进来确定施奶奶的情况，也料定施南笙会在这里面，他们两人，她想在睡前再看看。

裴衿衿轻手轻脚地走到屏风边，一只手轻轻地扶着屏风，看着床上。施奶奶安静地睡着，施南笙趴在床上，一只手覆在施奶奶的手背上。他，真的很在乎他的奶奶。

在屏风边站了片刻之后，裴衿衿怕自己再靠近会惊醒施南笙，转身打算回房休息，她刚转身，一道声音传进耳朵。

"准备睡觉了吗？"

裴衿衿站住脚步，回身，答非所问："吵到你了？"

施南笙站起身，看了下施奶奶床边的仪器，确定基本正常后，走到裴衿衿的身边，"要是不困，我们出去走走？"

裴衿衿点头："嗯。"

两人从施奶奶房间走出后，于玲和另一个陪护工走进房间，接替了施南笙。

走出别墅大屋的施南笙和裴衿衿围着屋子漫无目的地走着，不觉中，走到了四十九格迷宫花园的入口。

裴衿衿想，进去吗？

施南笙则更加直接地问，"想试一次吗？"

看看她能不能凭一己之力找到出口。

"我在出口等你。"

裴衿衿侧脸看着施南笙："好！"

走入迷宫的裴衿衿想，她为什么要答应施南笙的建议呢？她进来若走不出去，证明她心中不静，可她的心本来就不静，找不到出口也很正常吧；若她走出去了，又能怎样呢？她和他，难道还真的能从头来过吗？

裴衿衿完全没有做任何选择，只是朝前一条路一条路地走着，心中忽然想起大学教她心理学的一个老师曾对她说的话。

老师说：别随心所欲地走在路上，在没有回程的旅途中，除了风景，还有陷阱，不要被伤害得身心俱疲时，才懂得认真地面对生活。路有时不在脚下，而在我们的心里，想好了再走，方可少些愧悔。

那时，她觉得老师说的话不过是一个生活长者对晚辈端着姿态的教育，没太放在心上，现在细细回想起来，果真是一片真心的教育啊，只可惜当时的他们都太年轻，没有完全理解，等到明白老师的意思时，才知道世上真的没有后悔药可以买来吃。

裴衿衿慢慢地停下脚步，仰头看着天空，老天爷，我能不能说，我有些后悔了……

谁曾说，青春是打开了就合不上的书，人生是踏上了就回不了头的路，爱情是扔出了就收不回的赌注。五年前她扔出了自己的爱情，原来是真的收不回来，她很想问问自己的心，是不是她的爱情，一辈子就只有一次呢？明明她的男朋友是余天阙，可为什么她却在和施南笙检验着自己内心有多纯净呢？尤其让她尴尬不敢想的是，她和天阙变得诡异，而和施南笙在一起却特别的自然舒服，难道在她的潜意识里，真的对与施南笙复合有期望吗？

"没有！"

裴衿衿吓得一不小心喊出了声。让她更受到惊吓的是，一个声音突然从她身后传了过来。

"什么没有？"

裴衿衿惊恐地转身，看到赫然出现在身后的施南笙，疑惑不已。

"你怎么来了？你不是在出口的地方等着我吗？"

施南笙表情淡淡地看着裴衿衿，口气里带着戏谑："正确的出路在天上吗？还是说，老天爷会让你寻找到一条走向我的路？"

"我还没开始找。"裴衿衿鼓起小腮帮子，"你不要小看人。"

草丛里的灯光在人身上踱上了一层光晕，不比白天看得清晰，却别有一番柔和的感觉，让人的心也变得软和起来，好像稍稍的躁动都会破坏此刻的美感一般，让人轻盈地呼吸，轻轻地说话，轻柔地凝眸注视着眼前人。

说过不爱了，说过不想了，说过忘记了，说过放弃了，有时，人的记忆总是那么的脆弱。往往一杯酒，一首歌，一个路口，就会勾起曾经有你的记忆，犹如海市蜃楼一般浮现在眼前。看到了你的美，你的笑，你的泪；看到了我的错，我的坏，我的醉；看到了我们曾经牵手，曾经的誓言，曾经的幸福……

施南笙，怎么办，我好像看到了五年前在 C 大校园里牵手漫步的我们，我要怎么欺骗自己，那种感觉和此刻的感觉，美得让我不忍醒来。

裴衿衿沉浸在情景里正伤心悲情地内心无限感叹，施南笙大煞风景地飘来一句话。

"还是傻乎乎的样子。"

这样专注地看着他，难道就不怕他误会吗？如果她内心一直严守自己是余天阙的女朋友，最好别这样凝望他，他怎么对她是他的问题，但她一旦给他什么信号那事态会发展成什么样子就不是他能控制的了。可能，他会将她伤害。

裴衿衿皱眉："你才傻。"

"姑娘，以后别用这么爱慕的眼神看着我，男人其实是一种自制力和理智度都不高的动物。"

有非常理智的男人，也有自制力极为高深的男人，但那种人一旦遇到对手，会疯狂得让人难以想象。事物都是平衡的，对一边冷漠到极致就注定在另一边会释放对等的爆发。而他，并不想在她的身上再发生什么无法自控的事情，五年前的感觉，尝过一次就够了。

裴衿衿被施南笙的话弄得窘迫，撇开头，脸颊开始微微发红。是啊，她现在有天阙，不能再惹上施南笙了。哎，自己到底是怎么了，开始对他唯恐避之不及，现在他坦白对她没那种想法，只是打算依靠自己找回当初意气风发的自己，她怎么却在他的身上开始渐渐失落呢？难道真是应了那句话，三十年河东三十年河西，当初他全心全意地迷恋自己，现在轮到她控制不住自己的心开始对他产生无法抑制的关注吗？

"我继续。"

说完，裴衿衿转身朝迷宫深处走去。

走走走走，她要离他远远的，这个人现在魅力四射，如果她不和他保持在安全距离之外，说不定也会成为他的花痴队一员，那可就太要命了。难道刚才自己看他的眼神真的很爱慕？

裴衿衿甩甩头，自言自语道："不是的不是的，肯定不是的……"

她刚才肯定是被景色迷住了，怎么可能是因为他呢，不可能，绝对不可能。刚才她就该十分肯定地否认施南笙的话，免得他真以为自己多了不起，是个女人就对他有想法。嗯，就这么样，待会找到他一定要和他说清楚。

常有人说，理想很丰满，现实很骨感。裴衿衿总算是有点领悟了。例如今晚，她的理想就是用最短的时间找到唯一的出路，像一个打了胜仗的女将军一样出现在施南笙的面

前，让他好好看看，自己可不是什么傻妞。但，理想就是理想，理论上的想象。现实情况是，她在迷宫中兜兜转转了一个小时，头越来越晕，方向感越来越差，而出口却像是藏在一团麻花里的小丝线，怎么都找不到线头，完全不知道怎么下手了。时间过去越久，她的心就越急，越急就越不知道应该怎么走了。

"施奶奶啊，当初你到底是怎么一下就找到出口的哇？"

她连自己走出去都难，当初施老夫人是怎么准确地在迷宫里找到迷路的施老爷子的呢？厉害，她真的太厉害了。

转得实在找不到感觉的裴衿衿靠着一棵小树坐了下来，看着黑黑的天空，白天没云找不到，晚上居然还看不到星星，真是一点天时都不给她，讨厌，各种讨厌啊，看来这次被施南笙鄙视是逃不掉了。坐着，想着，慢慢地，裴衿衿感觉有些困意了，身上的劲儿越来越少，脑子也变得不想想东西了，用手肘撑在膝盖上，手掌托着下巴，脑子里越来越空……越来越空……

最后，睡着了。

＊

别墅的大门口，于玲看着施南笙悬空抱着沉睡的裴衿衿，略感惊讶地走上前，声音里尽量藏好自己的诧异。

"孙少爷，裴小姐她……"

"在迷宫里睡着了。"

施南笙低头看了眼怀中的裴衿衿，她倒真能睡得着，穿了一件睡衣就敢在树下睡得香，不怕露水太重伤身就算了，也一点不担心蚊虫叮咬，再漂亮的花园里也不可能没蚊虫蚂蚁之类的小动物，被咬一口，有她受的。而且，不是信誓旦旦地说肯定能找到出口吗？他在外面等了一个小时，加紧处理了好几个公司的案子，她还没有出来。看到时间太晚，他不得不去里面找她，看到她蜷缩在树底下的模样，他真是哭笑不得。也是，傻妞就是傻妞，五年前很傻，现在也聪明不到哪儿去，如果真的带了脑子，恐怕就不得……得，她的个人事情，他懒得说。

于玲跟在施南笙的身边，说道："裴小姐的房间在西楼第一间。"

走上三楼，施南笙直接朝东楼拐，于玲在后面一瞬间没有反应过来，以为是施南笙刚才没听清自己说的话，她明明说裴小姐的房间在西楼，孙少爷怎么把人抱到了东楼这边来了呢，连忙喊了一声，"孙少爷！"

施南笙像是没有听到于玲的话，自顾自地走到自己房门前。

"于玲，开门。"

呃？！

于玲愣了愣,这是少爷自己的房间,他怎么……

"于玲!"

"呃,是。"

施南笙抱着裴衿衿进房间后,将她轻轻放在自己床上,为她盖好薄被,见她没醒,走到窗前拉好帘子,关灯,走出房间,轻轻地将门关上。

"奶奶的情况怎么样?"

见于玲等在门外,施南笙微不可见地蹙了下眉头,他不需要她这样在门外候着,他现在只想奶奶的床边有人照看,对他来说,什么都没有奶奶的健康重要。

"罗教授的助理在那,翠儿和小玉也在那照顾着老夫人。"

施南笙边应声边朝楼下走:"嗯。"

于玲跟在施南笙的身后,也许是太惊讶了,甚至忘了自己一贯谨遵的行事习惯。"孙少爷,裴小姐的客房早就整理好了,让她睡在您的房间是不是……不妥?"

孙少爷的房间一般人都不让进去,更别说有人在里面过夜了,这个裴小姐第一次来就住他的房间里,这……让她们这些人怎么想呢?家中并不缺房间,而且裴小姐的身份也还没有得到确认。

"没事。"

施南笙一级一级下着楼梯,对裴衿衿睡在他的床上一点不介意,就好像那是一件非常自然的事情。

于玲还是觉得非常的不妥当:"可是孙少爷……"

"好了。"施南笙截断于玲的话,"不过是一个房间,去忙吧。"

听得出施南笙话中略有不悦,似是觉得她管得太多了,于玲沉默,不再多话,只是她心头又添了几分惆怅。

*

施南笙从自己的房间走到施奶奶的卧室,刚坐下,手机发出振动的声音,掏出一看,嘴角微微勾起。

"喂,施南笙。"

华昕的声音带着笑意从电话那端传来,"我说施大公子,你打算什么时候把我的病人送回来啊?拐她拐了一整天,干什么坏事都有足够的时间吧。"

"呵呵……"施南笙轻轻地笑出声,收了笑,想起裴衿衿的睡容,脸部表情变得更加柔和起来,连话音里都似乎带了些笑意。

"华医生对病人倒是很关心嘛?"

"那是,医者仁心嘛。尤其还是特别病人,本医生岂敢不用心点。"

施南笙笑了笑，他当真是很关心自己的病人，人都从病房里消失一天了，到深夜他才打电话来问病人的情况，要是他和裴衿衿携款潜逃的话，估计这些时间都够他们逃到另一个星球了。不过，想来他从医院带走裴衿衿的五分钟内华大医生就知道了吧。

"怎么，还没下班？"施南笙问。

"今天晚班。"

华昕无奈地笑笑，"我这种劳碌命哪里有你这个施大少爷舒服啊，想上班就上班，想放假就放假，连追女孩都技高一筹。我们当医生的，整个就是卖身给了医院给了病人，哪里需要我们，我们就得在哪儿出现。例如哥哥我，现在就得出现在办公室。"

施南笙稍稍侧了侧身子，靠着墙，放松身子，说道："你华大少的命好到什么程度可是我们大家公认的啊。"

"我好不好命现在就不说了。不过，我知道，你现在应该是十分惬意啊，美人在怀。"华昕将办公椅转了半个圈儿，打趣道，"怎么样，带出去一整天，搞定没？"

"呵，和她无关。我在奶奶这。"

华昕稍微地惊讶了一下，"一整天都在奶奶那？"

"是啊。"

"那也太浪费时间了，你应该带她到花前月下好好浪漫浪漫一番，女孩子嘛，都喜欢那些花里胡哨的东西，多多花点心思，不难。"

施南笙又笑了下，如果裴衿衿真像华昕说的这么好对付就真的太容易了，她或许爱财爱美爱房爱车，但只要是他身上的东西，她恐怕都不爱了，他所拥有的物质对其他女人有效，只不过对裴衿衿，恐怕真起不了什么作用，原因没别的，只因为他们之前相爱过。两个人之间的爱情，太多时候只有一次，唯一的一次。错过了，就是错过了。

"噢，对了，奶奶的情况怎么样？今天有没有好转？"

提到施奶奶，施南笙的眉头蹙了起来，目光转到了施奶奶的床上，这次一定要陪着奶奶一起度过去。

"现在还在昏睡。"

华昕轻轻叹息一记："有什么别有病。我啊，在医院可是真的悟透了这句话。对了，艾伦请过来了吗？"

原来，艾伦是华昕医大读研时的一个小师妹出国留学后的导师，他在帮施南笙查资料时发现了这个关系，将艾伦推荐给施南笙，让他去请这个大师。

"还没回信。"

"没事，有诚心肯定能请来。"

施南笙应声："但愿。尽早。"

"哎，你带她去，奶奶肯定有一番表示吧。"

施南笙无奈地叹气，是啊，奶奶确实表示了，而且是一个大大的表示，滔滔不绝地说，把自己累得现在都睡不醒，让他的心现在还悬着。奶奶天天在他耳边说，想在离开前见到他结婚生子，让他结婚生子谈何容易，首先就是对象问题。最后奶奶放低了要求，想见到他踏踏实实地和一个姑娘相处，这样就算她哪天真的没醒来，也能稍稍放心地走了。被念的次数太多了，看着奶奶每次都是失望的神情，他真的于心不忍，左思右想，到底选择带了她来。他觉得，她是最不可能和他结婚的人，但却也是最适合带来的人，带她，奶奶才会信他。

"是啊，大大的表示。"

华昕乐了。

"姑娘可感动？"

"被吓还差不多。"

"呵，她现在在哪儿？"

"怎么？"

华昕笑："我关心我的病人不会让你感觉不舒服吧。"

"在睡觉。"

"嗯。哎，正要跟你说，她身体好得差不多了，哥哥我拖不了多久了，你自己看着办。"

施南笙笑："收到。"

＊

第二天，起床。

裴衿衿一觉睡到自然醒，张开眼睛，不是医院，呃，想起了，她在施南笙的奶奶家。不过，等等，这里好像不是于玲给她安排的那间客房，那间房的房顶不是这样的。还有这个房间的味道，也不是当时进客房的那种淡雅的香味，带着……一种似曾熟悉的气息。

裴衿衿内心惊呼，是……施南笙！

"呼"的一下，裴衿衿身上的被子被大力掀开，差点儿都直接给掀到了地上。

坐起来之后，看清房间里的摆设，裴衿衿完全肯定自己在谁的房间里，这熟悉的家具摆设习惯，除了施南笙还能有谁呢？

恰巧这时，房门被人推开，突然得让裴衿衿想躺下装睡都来不及，被子给她扔得太靠边缘了，想拉回来都没可能，于是就那么直挺挺地坐着，看着走进房的施南笙。

"睡眠质量不错。"

居然日上三竿才醒，也不挑床就能睡得那么沉稳。

裴衿衿眨巴几下惺忪睡眼，最后一点不清醒被施南笙的声音吓跑，对着他说话的口气也带着一股子起床气。

"进房间怎么不敲门啊。"她好歹也是一个女的，不觉得忽然进来很冒失很没礼貌吗。

施南笙走到裴衿衿的面前，低头看着她，刚醒的她，素颜看起来还真的漂亮，皮肤好得让人有种想捏的冲动，不过模样看上去更像傻妞，笨呼呼的。

他笑，道："你在睡觉，敲门不是会吵醒你吗？"

"可我醒了。"

"我没透视眼，看不到门里床上的你是睡着了还是醒了。"

裴衿衿气乎乎地瞪着施南笙，反正他这样进来就是不对，她就是不满意他这样。

"我是女孩子，以后不管我是睡是醒，你进门都必须敲门。"

听到裴衿衿的话，施南笙嘴角慢慢地翘起来，而且，笑意渐渐延伸到眼底。

裴衿衿在施南笙的笑容里也明白自己的问题出在哪儿了，脸颊开始缓缓发红。哎呀，她真是不注意，嘴快的后果吧，怎么能说什么"以后"呢，她和他哪里有什么以后，该死该死，以后说话一定要先想清楚再说。

慢慢地，脸上带着笑容的施南笙俯身，一点一点凑近裴衿衿仰望着他的脸，声音温柔如水，轻轻滑过她的耳膜到达她的心间。

他说："好。以后。"

"好了，现在请你出去吧，我要起床了。"

施南笙左右看了看，笑了，"这是我的房间，你要我去哪儿。"

"我只是让你暂时出去，我总得起床换衣服吧。"

听到裴衿衿的话，施南笙失笑。

"我的房间，从没出现过女人的衣服。"

裴衿衿正待说话，施南笙笑道，"不过，可以为你破例。"

裴衿衿从床上落下两只脚穿好鞋子，刚走两步，经过施南笙的身边被他忽然出手拦住。

"干吗？"

"就这样出去？"施南笙问。

裴衿衿不明所以地反问，"不然呢？"

问完之后，裴衿衿顺着施南笙的目光低头看向自己的胸前，下一秒，一声尖叫划破别墅的宁静。

"啊！"

裴衿衿双手捂着胸口打开的睡衣，一张脸爆红地瞪着施南笙，后又觉得不好意思，低头几秒,跟着像一只加装了强力弹簧的兔子一样窜出施南笙的房间。出门时,还和听到尖叫声跑来的于玲撞了一个正着。

"啊!"

又是一声叫声。

裴衿衿看着手上捧着的衣服被她撞得掉到地上的于玲,连连道歉:"于玲小姐,不好意思,不好意思。我刚才跑得太快了,实在来不及看到你。真的很不好意思。"

于玲看着脸色通红的裴衿衿,再看到她的睡衣装束,朝房门内看了眼,微微笑了笑,"没事。"说着,蹲下身子去收拾地上的新衣裳。

裴衿衿帮忙将脚边的一根女式皮带捡起,递给于玲,"你的皮带。"

"不是我的。"于玲看着裴衿衿,"这是孙少爷叫我送来给你的衣服。你看,是在少爷的房间换,还是回到你的客房里换?"

给她的新衣服?!

裴衿衿来不及给施南笙道谢,道:"去我的房间吧。"

她吃了熊心豹子胆才敢在他的房间换衣服。

将衣服送到原先给裴衿衿安排的客房里后,于玲看着她,不知道为什么,这个裴小姐越来越好看,世上真有一种女人,越来越耐看,越看越挑不出她长相的毛病,这个裴衿衿就是这样的幸运儿。

"裴小姐,你换衣服吧,换好之后请到一楼餐厅吃早餐,梨奶奶已经准备好了。"

"好,谢谢。"

穿着新裙子到一楼准备吃早饭的裴衿衿还想找施南笙道谢,但等她到餐厅后才知道他在二楼施奶奶的房间陪护,而且最尴尬要命的是,全别墅只有她一个人没有吃早餐,包括施南笙都早就吃过了,只有她睡到了上午十点才起床。

"哎呀。"裴衿衿懊恼地拍了一下自己的脑门,第一次来人家做客怎么就睡到这个时候啊,真是要命,以前在自己家丢脸就算了,这次居然还丢到了施南笙奶奶家了,真是想挖地洞啊。她昨天怎么就那么累呢?居然能在施南笙的床上睡到这个点。

就在裴衿衿站到桌边准备吃家里佣人给她端上来的早餐时,一个身影出现在她的对面,视线十分有存在感地盯着她,让她不得不小心小声地问候。

"梨奶奶,您早。"

梨奶奶一脸冷冷地看着裴衿衿,手里还拄着一根拐杖,模样十分严肃,看着她的样子,裴衿衿完全不敢动筷子,估摸着,如果梨奶奶一直这样看着她,她这顿早饭肯定是消化不良了。

"早?!"

梨奶奶扬高声音看着裴衿衿，表情像是听到了一个令人惊恐的消息，手里的拐杖用力地砸了下地面，吓得裴衿衿手里的筷子赶紧放下，一颗小心脏更是被吓得不轻。

"你看看时间，还早吗?!"

面对梨奶奶的质问，裴衿衿乖乖地低下头，长辈啊，大长辈啊，忤逆不得。

"不早了。"

梨奶奶瞪着裴衿衿："知道不早了就好，十点，整整十点啊，像什么样子，啊，一个年纪轻轻的姑娘家，睡到上午十点才起床，昨晚都干什么去了？早睡早起的作息父母没有教你吗？上午都过去大半了才起来，能做什么事？一日之计在于晨，大好的时光都在睡觉，浪费！"

"这是第一次，也是最后一次。若是以后再让我看到你超过七点之后起床，我一定不客气。"梨奶奶的口气十分认真地道，"别以为孙少爷护着你就可以不把我放在眼里，在这栋别墅，还没那个人敢和我这个老婆子对着干。"

裴衿衿内心抗诉，她没有啊，她真的没有对着老人家干的意思啊。

"小姑娘家家的，睡到这么晚起来，以后我死了，你怎么照顾孙少爷的起居，难道让他每天都饿着肚子去上班？还是等到十点再起来给他做饭？或者让他天天去外面买速食早餐？"

裴衿衿皱眉，她什么时候说要照顾施南笙以后的起居了？

"在施家，少夫人可不是那么容易当的，除了管一大家子之外，照顾自己老公的事情必须你亲手做，这才像恩爱的夫妻，什么都靠下人做，孙少爷娶你回来做什么？妻子就该有妻子的样子，居然让孙少爷通宵照顾老夫人，自己睡到日上三竿才起来。不像话！"

裴衿衿更窘了！

她什么时候和施南笙是夫妻了？他又什么时候要娶她了？看来不止施奶奶误会她和施南笙，连这个身为别墅大管家的梨奶奶也误会他们了。

"梨奶奶，我……"

梨奶奶的拐杖又砸了一下，"长辈训话不得狡辩，认真听着，加以改正才是你该做的。"

裴衿衿愣住，这……人家法院里判刑之后还给人上诉的机会呢，这直接……霸权哇。

"以后，早上七点必须起床，晚上十点必须睡觉。听到了吗？"

裴衿衿咬了下下唇，点头，听到了，这个音量她想不听到都难啊，但是，她今天晚上就不住这儿了，嘻嘻，她离开还不成吗。

*

经历了早餐的训诫，裴衿衿觉得自己一定要回医院，而且必须尽快，她身上毛病可不止一点两点，要被梨奶奶盯上，训一整天都未必不可能。老人家传统思想严重，对女子的要求恐怕还停留在三从四德相夫教子上面，她当然不是说她不照顾未来的老公，但那种小媳妇一样的生活她肯定过不了，就她这性格，太娇弱的形象明显扮演不了啊。再说了，她就没想过她老公会是叫"施南笙"的物种。

可裴衿衿哪里知道，她早餐前被梨奶奶训诫的事情被于玲转告给施南笙，听完前因后果的施南笙闷笑了好一阵子，早料到梨奶奶不喜欢年轻人睡懒觉，但是没想到傻妞居然在第一个早晨就被她抓到了，而且一点没当她是外人就开训，虽然没有亲眼见到当时的场面，但是以他对她的了解，面对年纪非常大的长辈，她肯定十分尊敬，那种想反抗又不能反驳的样子，一定十分的有趣啊。

"呵呵……"

施南笙实在忍不住，笑出了声音，一双眼睛笑眯眯的。

于玲看着一脸欢乐的施南笙，孙少爷原来也会笑得如此开心，似乎提到裴小姐他的表情就是不同，她对他来说，真的是十分特别的存在吧。

裴衿衿走到门口，听到施南笙在屏风后面爽朗的笑声，什么事情这么高兴，是施奶奶醒来了，还是艾伦医生请到国内了？

走到屏风后，裴衿衿第一眼去看施奶奶，发现她仍然闭着眼睛，接着去看施南笙，于玲站在他的身边望着他，那一刹那，裴衿衿自己都没发觉地皱了下眉头，她自己虽然没有发现自己的小动作，但恰好转头看她的施南笙却敏锐地发现了，几秒钟后，他的心情莫名变得更好。

"吃完早饭了？"施南笙面色平静地问。

"嗯。"

裴衿衿回答的态度可不怎么好，拉着小脸，走到施奶奶的床边，问，"施奶奶情况怎么样？有没有好一点？"

"情况平稳。"

"那她什么时候能醒？"

施南笙声音沉了不少："还不知道。"

看到施奶奶的情况，裴衿衿真心觉得不好受，但是她留在这里似乎也帮不上什么忙，只得祈祷那个国外的医生能早点过来。

施南笙微微打了一个小哈欠，于玲轻声道："孙少爷，你现在去躺会吧，白天有我们呢。"

"没事。"

"施南笙，你不会昨晚守了通宵吧？"

施南笙看了眼裴衿衿，没说话，看了他的眼神，裴衿衿知道，自己猜对了。可是如果不休息，今天他怎么上班？啊，对了。

"施南笙，你今天不上班吗？"

"嗯。"

施南笙淡淡地应声，其实不是他不想去，而是他不敢去，奶奶的情况没有完全确定好转他怎么敢离开，如果离开就是永远的离别，他将不会原谅自己。人，在某些时候是需要有所取舍的，例如现在，施氏财团的案子就没有奶奶重要。或许，以前他会被妈妈的电话叫回公司，但是今时，必然是任何人任何事都没有他眼前的老人重要。

裴衿衿关心道："要不你现在去休息会，我在这里照看施奶奶。"

"你？"

"是啊。你告诉我千万要注意的细节和地方，你去睡觉。"

在催促施南笙休息的话题上，于玲和裴衿衿达成共识，在一旁也建议施南笙回房睡会，人不是铁打的，他的黑眼圈显而易见。

施南笙想了想，点点头，仔细交代了裴衿衿一些事情，就走出了施奶奶的房间。

裴衿衿总算知道为什么上个星期都没见到施南笙了，而且周六晚上他到医院找她怎么会那么疲惫，肯定是白天在公司忙工作，晚上没有休息陪护他奶奶。没想到，他还真是一个十分孝顺的人，到现在为止，她都没有见到他的父母过来，全部都是他这个当孙子的在鞍前马后。

有时候，当我们对一个人有好感后，慢慢就会控制不住自己的心，对他的感觉越来越好，然后每发现他一个优点就更加喜欢他，那份认同他的感觉怎么都抑制不住，像是淋了春雨的种子，在阳光下飞快地发芽生长，到我们发现的时候，已经完全来不及收回了。

现在的裴衿衿，怎么都控制不住自己对施南笙感觉越来越好的心，有句话说，医者不能自医，这话放到她的身上也成立，就算她明明发现了自己的心开始出现偏差跑错轨道，她也没法调整回来，她知道这样下去很危险，但她没法改变眼前的情况，或许要彻底断掉，只有赶紧出院回到C市，再也不见施南笙。

施南笙走后，于玲在房间里整理了一番，忙完之后，泡了一杯新茶放到裴衿衿的手边。

"裴小姐，请喝茶。"

"谢谢。"

于玲轻声："不必客气。"

见于玲陪在旁边，裴衿衿随口问她。

"请问，施奶奶到底得的是什么病？"

于玲的目光落到施奶奶的脸上，摇摇头："其实我也说不上来老夫人到底得了什么病，只是随着日子过来，她很容易疲惫，稍微劳累一点就可能睡一天一夜，而且脉搏气息都非常的慢，好像随时都会休克过去。我们现在越来越不敢让老夫人说话和走动了，她的身体虚弱得令人难以想象。"

裴衿衿拧眉："没有听说过这种病。"

"嗯，是少见。"

裴衿衿看向施奶奶，想起施南笙陪着的时候总是用手抓着她，她也学他，伸手握住施奶奶的手。施奶奶，请您一定要醒过来，请您一定好起来，你的孙子施南笙他真的非常在乎您，请您为了他恢复健康吧。

见到裴衿衿十分关心施奶奶的样子，于玲状似不经意地和裴衿衿搭着讪，"裴小姐和孙少爷认识很久了吧。"

"嗯，有些年头了。"

于玲有些诧异："看你和少爷的关系，怎么现在才过来看老夫人呢，其实老夫人一直都念叨着孙少爷，让他带女朋友过来见见。"

"我不是他的女朋友。"

于玲眼睛微微一亮，她在这里这么多年从没有听到说施南笙身边有一个叫裴衿衿的女孩，她知道他之前的正牌女友是一个叫孙一萌的女孩，在施氏集团工作，还获得了施南笙的爸爸妈妈认同，谁都知道施家夫人福澜的眼界奇高，能让她点头的儿媳妇，那可是不简单。本来她对他的心思都埋在心底，并不打算让他知道，只希望在老夫人活着的几年里多见他几次，她以为没人能改变施南笙娶孙一萌的结果。可没想到，施南笙竟然会带一个孙一萌以外的人来见施老夫人，这是不是说明，施南笙的心里有异变。看来，要改变他的心意也不是不可能嘛，施家少奶奶的位置也不是无法更改嘛。

"你和孙少爷不是……那种关系？"于玲似乎不相信。

裴衿衿轻轻一笑："不是。"

"可是老夫人和我们都……"

"你们误会了。而且，就算我否认你们也不会相信。"

于玲点头，确实。孙少爷从没带过女孩子来这，就算是孙一萌她都没见过，这次带她来，如果不是他心里有了主意，那还能做什么解释呢？

"裴小姐，冒昧问你一句，你觉得我们孙少爷怎么样？"

裴衿衿看着于玲："你指的是什么方面？"

"各个方面。"

于玲问得概念化，裴衿衿也答了一个大概念。

"各个方面都非常出众。"

"我指的不是这个。"

裴衿衿心底很明白于玲想问什么，只不过，人家不把话挑明问，她干吗给自己找麻烦回答呢，应对脸皮薄的人可比对凌西雅那类人来得容易，装傻到底就行。

"呵呵……"裴衿衿笑，"那你想问的是什么？"

"你……"

于玲犹豫再三，到底要不要问呢？

裴衿衿也不急，目光温和地看着于玲，这个女孩子看年纪应该比她大，但可能是因为长期在别墅里照顾施奶奶的缘故，接触的人不多也不是很复杂，眼神清澈，为人藏得不深，很容易就被她看穿。不过，话又说回来，既然她都能看穿她，那么施南笙肯定也能，这个于姑娘的心思在他心里怕是明镜似的吧，只是人家姑娘掖着，他也跟着装傻，倒是狡猾得很。

"那个……"

于玲的脸开始泛红，看着裴衿衿，小声问，"你……你喜欢孙少爷吗？"

裴衿衿笑："你指的是哪种喜欢？喜欢呐，也分很多种的。有同学间的喜欢，有亲人间的喜欢，也有同性之间的喜欢，例如我喜欢你。当然，还有男女之间的喜欢，例如你喜欢……"

从裴衿衿说她喜欢她那几个字开始于玲就想说话，当听到"男女之间的喜欢"后面几个字时，于玲整个人都不淡定了。

"裴小姐。"

裴衿衿停下说话，一双眼睛带着笑意看着于玲："嗯？"

"我没喜欢他。"

"他？"

裴衿衿挑高声调，好奇地看着于玲，"他是谁啊？"

"呃？"于玲傻了，难道她不是想说孙少爷吗？

"没，没谁。"

"能让你第一时间产生反应的人，肯定自有其人，呵呵，于玲，你是不是心里有人了？"裴衿衿装傻，"要不怎么会这么急着否认呢？说说，是哪个，帅不帅，在哪儿工作，你们认识多久了？"

于玲的脸更红了："没有谁，真的没有谁。"

"噢，是吗？"裴衿衿逗于玲，"听说女孩子真心喜欢上一个人后，看他的眼神都是不一样的。将来你要是和他一起出现在我的面前，我一定能确定他是谁。"

"裴小姐，你别乱开我的玩笑。你、你在这里照顾老夫人吧，我还有事，先去忙了。"

裴衿衿暗乐了。

"好。你先忙。"

于玲走出去之后，裴衿衿没憋住，扑哧笑出声，真想不到逗人竟是如此好玩，看着她急着想澄清的模样真的很乐，傻傻地不承认完全就是此地无银三百两，这样单纯的女孩子让人挺喜欢的，只是不要对她敌意太深，她想她会更喜欢的。

*

午饭之后，裴衿衿在施奶奶的房间做了一个简短的午休，醒后见施奶奶还睡，不免愈发担心起来。施奶奶，您可一定要好好的，不然我真的会一辈子都不安心，如果不是我突然过来，您也不至于被累倒，您可千万要好好的。

按着裴衿衿的想法，施南笙再怎么能睡，睡到下午三点就差不多了，哪里知道，下午五点他还没起床，而她又不好去他的房间叫他起床，到底人家是主人，而且昨晚熬了通宵，想睡到什么时候就可以睡到什么时候，但是他怎么不想想，如果他继续这样睡，她今天晚上怎么回医院呢？连续两天不在医院，难道那里的人都不会找她吗？还有，一整天，天阙都没有给她打电话，连一个讯息都没有，是他太忙，还是他在生她的气呢？

到五点半的时候，裴衿衿从施奶奶的房间朝施南笙的房间走，她得叫他起床。还没等她走到门口，施南笙竟然听着电话从房门里走了出来，语速颇快地和电话那端的人说着话，看他的表情似乎很高兴。

"我知道了，好，嗯，嗯。"

裴衿衿站在楼梯口看着施南笙走过来，他在通电话她不好打断，两人眼神交会了一下，施南笙抬手指指楼下，裴衿衿跟着他下楼。

"嗯，一定尽快。"

讲完电话，施南笙在楼梯的拐角站住，转身看着站得高他一阶的裴衿衿。

"找我，有事？"

"嗯。我想回医院。"

施南笙挑眉："现在？"

"可以吗？"裴衿衿问。

施南笙看了下时间，"现在吃晚饭，吃完我送你回去。"

还以为要费口舌的裴衿衿愣了下，哇，不是吧，这么容易就答应了？真是难得地没有刁难她。

两人朝楼下走的时候，想到刚刚施南笙接的电话，裴衿衿问："施南笙，刚才那个电话……"是不是艾伦医生的事情？

"艾伦医生,明天到Y市。"

裴衿衿惊喜:"真的?"

"嗯。"

裴衿衿快走两步和施南笙平行:"太好了,这样施奶奶很快就能恢复健康了。"

"希望吧。"

走到一楼,施南笙让人开始准备晚饭,没多久一桌丰盛的菜肴就上了桌,速度快得裴衿衿都怀疑是不是这栋别墅的厨房像古代的御膳房,随时待命准备着主子的吃食。

饭后,施南笙接到一个电话,事情似乎还比较棘手,他在书房打了近四十分钟的电话,等到他出来时,差不多七点一刻了,天色已暗。

"走吧。"施南笙看着客厅沙发里坐着的裴衿衿,说道。

"你事情处理完了吗?"

"嗯。"

回医院的路上。

大约是因为施南笙一天没有去上班,而且白天又在睡觉,他起床后,就不停地有电话打到他的手机上,黑色的沃尔沃汽车开一段路就不得不停到路边接电话。连着四次之后,裴衿衿终于忍不住了。

"那个……"

裴衿衿看着施南笙,"施南笙,要不,我来开车吧,这样方便你接电话。"

施南笙看着前方,手轻轻的搭在方向盘上:"不用。"

他可没有忘记五年前坐她开的车的经历,她的刹车踩得太彪悍,让他的脑门不止一次亲吻到挡风玻璃上,当然也多亏她,自从那天之后,他开车绝对养成系安全带的习惯,而且再不敢轻易坐女人开的车。所以有一次想开车送他回家的孙一萌都被他婉拒了,他实在不能容忍自己在第二个女人面前失态,她给的记忆太深刻太令人丢脸了,一次就够!

"可是我想你的电话肯定还有。"

裴衿衿的话音还没有落下,施南笙的手机又响起来了。

施南笙瞟了眼裴衿衿,大有一种"你真是乌鸦嘴"的感觉。裴衿衿耸了下肩膀,表情十分的无辜,又不是她给他打电话,不能怪她,要怪就怪施氏的工作事务太多,他太重要了。

第五次,施南笙将车停到路边,接通电话。今天是周一,事情确实比较多,他没去公司,很多管理高层找他的事情都被耽误了,如果事情不是真的重要,他也不想这样开车,停停走走,够烦人的。

裴衿衿坐在副驾驶的位子上,看着外面霓虹灯大亮的城市,哇,摩天轮耶!

不远处，一座高高的摩天轮伫立在夜空里，仔细看，似乎还在缓缓转动。

哎呀，好像是噢，五年前听说 Y 市要建一座超大摩天轮，那时她和施南笙还说，等建好了，他们一定第一时间去坐，可惜还没等摩天轮建成他们就分开了，到现在，摩天轮转了五年，他们分开五年，那个约定也早就不作数了。

裴衿衿转头看了看用果断口气做着决策的施南笙，用手示意指了一下车外，小声道："我去超市买点东西。"

施南笙点头。

裴衿衿打开车门，刚想下车，施南笙一把抓住她的手臂，在她疑惑不解的眼神里，递给她他的钱包，傻么，买东西不带钱怎么行。

看着黑色钱包，裴衿衿真不想接，好像自己真是靠他养着的什么人一样，不过如果不接，她还真不能从超市里拿出一针半线。想想，还是屈从现实吧。

裴衿衿接过施南笙的钱包，朝不远处的商超走去。

施南笙拿着电话在车里处理着公司的事情，透过前挡风玻璃，视线一直跟着她……

大约二十分钟后，几道闪电划破长空，远处的天际开始传来雷声。夏天的雨，常常说来就来。施南笙听着财务经理在那边说话，一边看了下商超的门口，还不见出来，可别等她出来刚好下雨。

又过了几分钟，一个响雷后，大颗的雨滴砸到了地面。

听着挡风玻璃上越来越急的雨声，施南笙打开雨刮器，从视线短暂清晰的玻璃这边看出去，这妞不是个聪明的人，也不知道她知不知道买把伞撑过来。因为想裴衿衿的问题去了，财务经理说了几句话施南笙没有听清，回神后，赶紧止住了自己的分心。

"你刚说什么，我这边突然下暴雨，听不太清。"

财务经理提了提声音又把前面几句话说了一遍，最后问施南笙的意思。

"就按你们商定的做，明天我有事不能到公司，你让助理把文件送到我这边来。"

收了线之后，施南笙再看向商超的门口，雨下得太大，人影浊浊的，根本看不清裴衿衿是不是出来了。把手机放下，施南笙看了看车内的暗格，空无一物，看来真要养成在车里放一把伞的习惯了。

在车里等了一会儿，施南笙眉头皱了下，打开车门，冲进了雨中，当他跑到商超的门口时，浑身都差不多湿透了，伸手想掏手机呼裴衿衿，才想起自己把手机放车里了，这么大一个超市让他到哪里去找人？正想着，一个惊讶的声音传来。

"施南笙？"

裴衿衿提着一些零食和水果从超市里面快步走了过来，看到他落汤鸡的样子，问："你怎么全身都湿了？下雨不知道躲雨吗？"真够笨的。

施南笙看着裴衿衿,不是怕她傻,他会干这么没有智商的事情?

"正好离家不远,我们回去换衣服吧?"裴衿衿看着施南笙的样子,这么湿答答的,还送她去医院她都于心不忍。

施南笙低头看着裴衿衿,嘴角翘了下:"买伞了吗?"

"没。"

"就知道这是你的智商能干出的事。"

裴衿衿毫不示弱地反驳:"我没买伞是因为在里面不知道外面下雨了,看到下雨,我肯定会去里面买伞的。可不像某人,好好的汽车里不待,淋得一身透湿。这果然是你施大少爷的智商干出的聪明事。"

施南笙被裴衿衿堵得一个字都说不出,真是不知好歹的女人,他完全是因为……

"去。"

施南笙下巴努了下,"买伞。"

"你要不要一起?"裴衿衿问。

"不了。"

"里面有卖服装的,虽然没你身上的高档,但肯定比你现在的穿得舒服。"

从男装区买了一套干净的衣服出来后,施南笙和裴衿衿两人去买伞,在买几把伞的问题上,两人出现了分歧。施南笙坚持买一把,裴衿衿觉得应该买两把,外面的雨大,一把肯定不行,到时两人估计都会被淋湿。

"夏天的雨来得快去得快,不需要两把。"

裴衿衿说:"问题是现在外面的雨就很大,一把不行。"

"我都好多年没用过雨伞了,买一把给你用就差不多了。"

"那你换什么衣服。"裴衿衿一点不客气地反驳施南笙。

"我本就不想换。"

"你的意思是我叫你换的?"

施南笙挑眉:"难道不是?"

"你!好心当成驴肝肺。"

"我也是好心啊,一把确实够了。"

裴衿衿抓紧自己手里的伞:"反正我要买两把。"

"那就买你手里那把。"

"施南笙,你最不缺的就是钱,你犯得着和我较这几十块钱的劲吗?"

施南笙一本正经道:"哎,你这话就不对了,现在提倡节约,不需要两把伞自然就不要浪费,我不缺钱是一码事,但浪费又是另外一码事,有句话不是说吗,一个亿不嫌多,一分钱不嫌少。"

"我就要两把。"

施南笙笑了。

"可以。自己付钱。"

看着施南笙放下手中的伞，裴衿衿气了，拿了两把伞跟着他，她就要两把。

可是结账的时候，施南笙还真做得出，愣是只付了一把雨伞的钱，气得裴衿衿差点不顾形象戳他几下。

看着施南笙拿着雨伞趾高气扬地走出收银台，裴衿衿瞪着他暗自呲了好几遍，这人，真的是越来越讨厌了，讨厌，讨厌，不就显摆自己有钱她没带钱包吗，哼，一把雨伞，犯得着这样小气吗。

当两人来到商超门口的时候，门厅下躲雨的人没有先前那么多，有些人被自己的朋友接走了。看着雨中相携而行的伞下成对行人，裴衿衿忽然觉得有种莫名的温暖。那些伞下疾步赶路的人可能不觉得自己有多么幸福，他们或许只想快点到家，或者大雨赶快停。可是在此时她的眼中，他们很幸福。

因为，长大后，我们很多时候都找不到那个大雨里陪我们一起赶路的人，他可以是男人，也可以是女人，只要他紧靠在我们身边，听着雨声，踩着雨水，经历一段路，便是无言的幸福。扪心自问，那个与我们一起伞下同行的人，有吗？曾经有，那他现在还在吗？如果他在，请拥抱他，告诉他，能有他陪，你觉得好幸福。如果他不在，你的心会痛吗？请告诉自己，亲爱的，就算我们不再同行，可我依然可以面对风雨，走到我的目的地，因为，我会为你而勇敢，迎接未来的时光。

那么，施南笙，曾经的你，现在的我们，还可否一起雨中伞下同行？

"喂！"

裴衿衿恍然回神，看着盯着她的施南笙，不明所以："怎么了？"

"想什么那么入神呢？"

"呵呵，没什么。走吧。"

施南笙撑开雨伞，看了看，雨这么大，伞这么小，似乎真的应该买两把，但距离车也不是非常远，应该不会有太大的问题吧。

走到阶梯边的施南笙转脸去看裴衿衿，见她在仰头看另外一边，顺着她的眼神看过去，摩天轮？

"走吧。"

裴衿衿收回视线，走到施南笙的身边。

"嗯。"

在雨中走了几米，施南笙忽然站住脚，问裴衿衿，"去摩天轮坐坐吧。"

雨声打在伞上，裴衿衿一下还没有听清，看着施南笙。

见裴衿衿看着自己，施南笙也不和她再废话了，一只手揽过她的肩膀，带着她朝摩天轮走去。

"哎，我们去哪儿？车在那边。"

"摩天轮。"

这次，裴衿衿听清楚了。

雨，越来越大。

施南笙揽着裴衿衿的手背都被打湿了，两人头顶的伞变成几乎都撑在裴衿衿的头顶，施南笙刚换的干衣服等于没换。这些，踩着水在街灯下走着的裴衿衿一时都没有发觉，只觉得这样的画面太过难得，好像是一场梦，特别的不真实。

看着不远的摩天轮，真的走起来，却又不那么容易。施南笙和裴衿衿在雨中走了大约二十分钟才到摩天轮底下，雨势实在太大，尽管施南笙把伞都护在裴衿衿的头顶，她身上还是被水汽弄湿了，裙子虽然不像他的衣服拧得出水，但也没几块完全干燥的地方。

"哎呀。"

裴衿衿站到摩天轮售票厅里，看着自己一身，皱眉，全部都湿了。当她看到施南笙的样子时，瞬间就没抱怨了，小声地说了一句。

"傻瓜。"

施南笙收好雨伞："我去买票。"

"嗯。"

看着施南笙又一次浑身湿透的背影，裴衿衿鼻头发酸，这个笨蛋，她怎会不知道他冒雨到商超是为什么，又怎会不知道他为什么要坚持来摩天轮。南笙，我该怎么抗拒你呢？通宵守护奶奶的你，工作中睿智强势果断的你，言行不一照顾我的你。

南笙，我们……有未来吗？

第十六章＿＿＿＿＿＿＿＿
现今，无悔倾情，爱在我在

　　拿到摩天轮票的施南笙连喊了裴衿衿好几声都不见她有动作，无奈，不得不走到她面前，抬手敲了她一个不轻不重的栗子。

　　"干吗？"裴衿衿老大不乐意地看着施南笙，没事敲她干什么，本来就不比他聪明多少的脑子被敲得智商比他低了怎么办。

　　"怎么老是走神。"

　　每次走神还走得特别深沉，叫好几次都听不到，让他不禁怀疑，是不是只有和他在一起才会走得这么厉害，如果她觉得和他在一起对不起余天阙大可直接对他讲，他绝不勉强她，立即送她回医院。

　　"没，没有啦。"

　　施南笙盯着裴衿衿的眼睛看了几秒，问她，"想余天阙了？"

　　"没有。"

　　裴衿衿疑惑地看着施南笙，好好的提天阙干什么呢？

　　施南笙目光一丝不移地锁着裴衿衿，真的没有想余天阙吗？如果不是她那个男朋友，他不觉得还有什么人什么事情会让她频频思想开小差。

　　"真的不是想他？"施南笙顺口就问，"那是想我？"

　　裴衿衿毫不犹豫地直接脱口道："是啊。"

　　一瞬间，施南笙愣住，看着裴衿衿。她的眼神如此清澈，完全不像撒谎，也不像是在哄他开心，莫非……是真的？

　　裴衿衿呢，则因为太爽快地承认而弄得满脸通红，哎呀，真是够窘的，干吗承认，就算他说对了，她死不承认他又怎么知道自己心中所想，现在当着他的面承认他心底还不知道会怎么嘲笑自己呢。

本来还有一丝质疑裴衿衿话真实性的施南笙见到她红脸，心里一下就定了案，看来这傻妞刚才真的是在想他啊。

施南笙嘴角很快勾了一个微小的弧度："走吧。"

"嗯。"

好心情的施南笙和窘心情的裴衿衿一起从售票厅旁边的入口进入摩天轮的等候区，他们进去的时候，里面已经有六组人在等了，五对男女，另外一组是两个女孩和一个男孩。坐到椅子上的裴衿衿忍不住多看了几眼身边的男孩，帅哥！不过，用她的职业眼光看，他似乎有点不正常，非常的紧张。现在的气温并不是十分的高，可他的耳鬓竟出现了汗滴，眼神也有点飘忽不定，似乎不知道该看哪儿，又似乎在寻求什么东西。

裴衿衿想，真是奇怪，如果是有恐高症，那可以不坐摩天轮，但如果是想克服恐高症，也不会找两个女孩子来陪他吧？顶多叫一个就不错了，失态的时候让一人看见就够尴尬了，还让两个女人看直播，费解。

施南笙低头看着票，身子稍稍倾近裴衿衿，小声对着她耳语："小心人家女朋友发飙。"

裴衿衿同样小声地道："看两眼怎么了，不帅我还不看呢。"

"莫非你的意思是他该感到荣幸？"

"他们能这么想自然是再好不过。"

施南笙扫了下等候室里的人，颇为得意道："以本少爷1.5的视力查探后，我觉得我的观赏价值可能更高。"

"你能再好意思一点吗？施大少爷。"

裴衿衿想，就算他帅得天塌地陷的，也不用这样夸奖自己吧，好像暗讽她没有眼光一样，摆着这么一个倾国倾城的大美男在身边不享用而去看旁边低了不止三个档次的小帅哥。

"在事实面前，裴小姐似乎总是不愿意干脆地承认。"

也不知道是不是施南笙的声音有点大，男孩子另一边的两个女孩同时朝他和裴衿衿看过来。

也许是因为职业关系，裴衿衿的视线看着自己脚尖前的地面，但人人第一秒起她就感觉到女孩在看她，装成不经意地转脸过去，挨次地和两个女孩的视线都对了几秒。

奇怪！

又一次，裴衿衿感觉到匪夷所思，这两个女孩的眼神也有问题，看她们的年纪不过二十出头，眼睛不该是这样感觉，好像笼罩了一层什么东西在她们的眼底，又好像有什么狠劲儿藏在深处。尤其，让她感觉最不可思议的是，一般女孩第一次见到施南笙都会现出非常惊艳的表情，就算是再冷静淡定的女性，在见到施南笙的第一眼绝对会有眼前大亮的感觉，不是她夸施南笙，他有这个资本。可是眼前两个女孩子却完全没有那种惊色，她当然不是说所有女人见到施南笙都是花痴样，但她们的反应实在太奇怪了，眼神完全没有变化，是完全没有，一丝波动都没有。这，不正常。任何一个人，见到一个姿色十分出众的异性，就算是自制力和理性思维极强，眼神也会出现波动，只不过是明显和不明显之分。她自认观人眼神的能力没有达到登峰造极的地步，但让她一丝一毫都抓不到神色变化的眼睛，除非一种情况，瞎子。

但，这两个女孩是盲人吗？

"施南笙。"裴衿衿收回视线，装作恋人般地将头靠在施南笙的肩头，用极低的声音说着话，"你看旁边的三人，觉不觉得他们很奇怪？"

施南笙一派毫不在乎的口气："关我什么事？"

裴衿衿一下没话接了，是啊，施家大少爷就是一副全天下的事只要不关乎他就不浪费时间关心的脾气，他这个不好管闲事的习惯不知道到底是好还是坏，有时候就需要这样的人，但有时这样的人给人感觉好冷情无情绝情，跟一块冷冰冰的大石头一样，没点儿人情味。

"我觉得他们好奇怪。"

"你可以花更多时间关注别的东西。"

裴衿衿将头从施南笙肩膀上拿开，看着他："什么？"

"例如，你为什么买这么多垃圾食品？"对她的身体没点儿好处，施南笙问，"医院里我买的那些水果你都吃完了？"

"没有。"

说起这个，裴衿衿还真的很感激施南笙，从她住院的第一天起，她的病房里就没少过吃的，尤其是新鲜的水果，很多种，每一种都是上品。他没到医院看她的一个星期水果店的人都按时送东西来，这一点，是真的让她感觉欢心。

当然，裴衿衿自然也不知道施南笙做得这样贴心是因为凌西雅。当初凌西雅让白丽送火龙果到她的病房，她们的行为他看在眼底，立即就动了想法。他接来Y市的人，哪怕是欺骗过他的裴衿衿，也不容别人这样对待，想端个人优势在她面前跩什么的，别让他看到，瞧见了，自然会回敬。他既然能接她来，就一定能给她最好的东西。

只不过，施南笙和凌西雅之间暗中的较劲裴衿衿一点都没有感觉出来，反正施少爷不差钱，他爱买，她爱吃，吃几箱水果不是什么大事。

裴衿衿低头看着自己在超市买的东西，说到营养确实是没有营养，但人活一世，谁还没消化几吨垃圾食品呢，没吃过垃圾食品的都不好意思称自己来世上走了一圈。

"呵呵,吃吃抵抗力就强了。"

施南笙看着狡辩的裴衿衿,有时候觉得她成熟得让人惊叹,有时候又觉得她怎么还像五年前一样没长大,这样的她,总觉得似曾相识中带着一股别样的味道,不过有点他还真得承认,这妞儿比当年还要漂亮,时间将她雕琢得更加精致了,这样的她,在他身边认识的女孩中寻一圈儿,还真难找出几个比她更好看的,记忆里大约就只有世瑾琰的妹妹世瑾慈和Queen了,慈砣和Queen是上一辈的遗传太好了,他们的女儿想不漂亮都难。这样一看,他和她未来的女儿岂不是……没想完,施南笙就吓到了。

怎么……他怎么会想到和她的女儿?

裴衿衿不解地看着施南笙:"施南笙!"

"施南笙!"

搞什么嘛,说她走神,他也会走神。

回神的施南笙站了起来,看着摩天轮管理处的工作人员站到了进摩天轮的入口处,面无表情说道:"来了。"

要进摩天轮座舱的喜悦让裴衿衿忘记问施南笙为什么走神,欢喜地跟着他排在第六组的后面,满心想着,不知道当摩天轮转到最上面的时候会看到什么样的风景。

终于轮到他们进座舱了,工作人员看了下施南笙和裴衿衿身上的衣服,一个湿透透的,一个裙子也干不了几分,虽然知道这场突然下的大雨让不少人淋湿,但还有闲情逸致跑来坐摩天轮的情侣还真是少见,哪个不是赶紧回家换衣服啊,再是夏天湿衣服穿在身上也不合适,湿气从皮肤毛孔里钻到体内,伤身。

"请不要在座舱内打闹、吸烟、乱扔垃圾,不要在摩天轮转动的时候拉扯座舱门,当摩天轮转到停靠区域的时候,工作人员会从外面打开门,那时再请注意安全走出来。"

工作人员一边说着每天要重复上百次的叮嘱一边为施南笙和裴衿衿拉开座舱门,施南笙用手抓着裴衿衿另一只手臂,跟着她走进缓缓移动的座舱。当两人进去后,座舱门被工作人员从外面关上,落锁。

裴衿衿内心乐得不行,面儿上却故意保持镇定,将手里的购物袋放到座舱内的座椅上,坐了下来。

"施南笙,你以前来过吗?"

施南笙依旧站着,低头看着裴衿衿,她这不是问的废话吗?五年前不是她想来,他绝对不会把关注力转到什么在建的摩天轮上,更何况这些年来的他忙碌得睡眠时间都不足,这是小孩子爱玩的事情,不适合他。

裴衿衿笑,"不知道转到最高点是什么感觉。"

是看到了Y市全貌,还是感觉到自己离星星近了许多,甚至触手可及?又或者,是无尽的恐惧？

施南笙嘴角扯了扯："待会不就能知道了吗。"

"是啊。这样的问题，很快就有答案。"

不像有些问题，不到最后都不知道结果，过程漫长得要用一生的时间，真想人能有预知的功能啊，那样能规避掉所有的危险和不好的事情。

因为雨一直下，当座舱转出上客区域的时候，大量的雨滴砸到玻璃上，根本看不清外面。裴衿衿站起来，走到窗边，不是吧，看不清东西，难怪来坐摩天轮的人那么少。

"施南笙……"裴衿衿转身，眼底有着藏不住的失望，两人好不容易来坐摩天轮，没想到是这样的情况，"我们好像选错时间了。"如果是大晴天的晚上，一切是不是就美得让人心醉？

施南笙轻轻笑了下，走到裴衿衿的面前："时间没有错，人也没有错，地点，更没有错。"

很多时候我们以为错误的事情都不是真的错，只是站立的角度不同，换一个思维，从另一方面考虑，坏事就能变成好事。他和她来摩天轮，又不是真的来看风景，不过是把心中惦念的一件事做一个了结，外面的夜景他其实一点也不在乎。自然，他也知道，她不是真的在意。他们想要的，不过是在一个小小的空间里，将当初的约定转一个圈儿，也许转完，他们就像完成了一个任务的搭档，轻松了。

看着施南笙，裴衿衿懂他的意思。

"施南笙，我看到过这样一段话。一件事，就算再美好，一旦没有结果，就不要再纠缠，久了人会倦，会累；一个人，就算再留念，如果抓不住，就要适时放手，久了人会神伤，会心碎。有时，放弃是另一种坚持，错失了夏花绚烂，必将会走进秋叶静美。任何事，任何人，都会成为过去，不要跟它过不去，无论多难，我们都要学会抽身而退。"

施南笙目光淡淡地看着裴衿衿，品味着她话里的意思，她想说，让他抽身而退吗？可是他没有进过，如何需要退呢？又或者，她是想说，想退出他的视线吗？

"我说了，等我想放你走了，你就可以走。"

裴衿衿笑笑，转身看着窗外的雨，不知道是说给自己听还是说给施南笙听，声音很轻很轻："施南笙，你知道吗？我们现在，就是自己和自己过不去。"

裴衿衿想，他在为难他自己，她也把自己紧紧地捆住，他们都不是自由的人，只不过制约他自由的东西可以看到而让她不自由的东西却是无形的。

在世的人中，绝大部分人的爱情是要兜一个大圈子才能获得结果，有些人甚至要付出惨烈代价，是因为他们的爱情生不逢时。拥有爱情的时候我们不是太年轻就是缺乏必要的智慧，等我们有足够能力的时候，大多数的人已经没有精力去谈一场纯粹的恋爱了。

施南笙走了两步，和裴衿衿并肩站着，看着根本就看不清外面的玻璃："现在的为难自己是为了不用一辈子为难自己。"也许他是自私的，自己走不出惯性的生活强拉着她利用。可除了她，再无第二人选。

摩天轮一点点升高，视野也越来越广，原本看不到外面什么东西的裴衿衿渐渐发现惊喜了。

"那好像是你们施氏集团的大厦吧？"

施南笙顺着裴衿衿看的方向看去："嗯。"

"没想到才这么点高度就能看到了，高楼就是高楼啊。我看看能不能数清楚你办公室所在的楼层。"

说着，裴衿衿还真的很认真地将脸贴近玻璃认真地一层一层数起来。

"那层好像是第五层吧，我记得五层有那个大阳台，往上就是六、七、八、九……"

数到第十三的时候，裴衿衿乱了，模糊的视线让她分不清十三层到底是哪层。

"再来。"

在一旁的施南笙轻轻失笑，就这样的清晰度她想数清还真有些难度，看着裴衿衿一眨一眨的眼睛，长长的睫毛翘出一个弯弯的弧度，浓密得像一把小扇子，真是可爱有余。水润柔软的红唇微微地翕合，让人有种……想法。

"五、六、七、八……"没一会儿，又听到裴衿衿懊恼的声音了，"哎呦，又乱了，再来数一次。"

摩天轮又转高了几米，裴衿衿想数清楚施氏集团大楼楼层的难度又增加了不少，施南笙觉得她真是蛮无聊的，倾身靠近她的脸颊，问："数清楚了吗？"

"有点……"说话边转头的裴衿衿刚转过脸，话音就断了，眼睛里的惊恐越来越多，看着近在咫尺的一双眸子，唇瓣传来柔软的感触。两人之间由于距离太近，她转脸后，两人的唇，竟贴到了一起。

事情发生得太突然了，裴衿衿脑子一瞬间像死机的电脑，没了下一步的反应，直到感觉到施南笙的舌尖在轻轻扫着她的唇瓣，心尖猛地一颤，一股热血直接冲到了她的脑门上，OMG！她和他怎么可以……大脑直接否定后，身体迅速作出动作，飞快地后退一大步。结果，退的幅度太大，撞到座椅的边缘，身子没稳住，惊呼一声朝后仰去。

"啊。"

施南笙眼明手快地伸手捞住裴衿衿的腰身，但他似乎也没想到裴衿衿会摔倒，顺着她后仰的姿势他扑了下去，将她整个压在了长长的座椅上。

"啊。"

跌到椅子上的裴衿衿又叫了一声，看着自己上方的施南笙，估计这厮肯定又要嫌弃她笨手笨脚尽给人添麻烦了，连她都佩服自己，在这样的情况之下她居然还有空想自己是不是要被他嘲笑，她的脑子实在太强大了。

只不过让裴衿衿没料到的是，压下来的施南笙的嘴唇不偏不倚地刚好落到了她的唇上，两人结结实实地亲到了一块儿，要命儿的是，这次的她根本没地方退，躲无可躲地和身上的男子来了个亲密接触。

裴衿衿嘴巴张开一条小缝刚发出一个"S"的音，施南笙的舌头就强势地钻进了她的牙关，毫无防备的她，舌尖直接和他的碰到了一起。

瞬间，裴衿衿像被雷劈了一样，浑身都僵硬了。

被压住的裴衿衿用力地推开身上的施南笙，飞快地从椅子上坐了起来，微喘地看着一脸歉意看着她的施南笙。

"你干什么！"

"这话是该我问你的吧。"施南笙一脸无辜地看着裴衿衿，"好心拉你，结果被你带倒不说，怎么像小狗一样地咬人啊。"

咬人？！

裴衿衿反思，她刚才咬他了吗？没有，明明没有啊。明明就是他的舌头探进了她的嘴里，现在居然说她咬他，这人还真会颠倒是非黑白。

"我根本没有咬你，是你自己……"

下面的话，裴衿衿说不出口，瞪着施南笙，想从他的眼睛里看出是不是在装傻。但让她失望的是，施南笙似乎真的在怪她"咬人"，好像他是真的想帮她结果被她伤害了一样。难道……因为两人摔下来的重力让他不小心亲到了自己，而在他心里那不是亲密接触，是自己多想了？裴衿衿开始怀疑是不是自己太小题大做了，人家似乎没当回事，她却生气了。

施南笙问："我怎么？"

"没什么。"裴衿衿站起来，掩饰掉自己的尴尬，"没事了，刚才谢谢你出手救我。"

施南笙看了裴衿衿两秒，转身走到窗边，一派"懒得理你这个女人"的模样，可裴衿衿哪里知道，某人刚转身嘴角就开出了一朵花儿，笑得格外坏，如果不是在座舱里，只怕他都会笑出声来。

封闭的小空间里似乎变得异常安静，裴衿衿觉得都能听见自己的心跳声一样，怎么就会发生刚才那一系列的事情呢，好……窘。

"马上到顶点了。"站在窗边的施南笙开口说话。

裴衿衿连忙走到施南笙旁边，向外面看去，雨就在她接连出状况的时候小了，现在的视线变得清晰，从她的位置看去Y市繁华的夜景尽收眼底，那些平时看着高大的建筑在

此刻都变小，一栋栋就像建筑模型，不再是冷冰冰的硬朗感觉，像一处水中花镜中月，供人欣赏。

情不自禁地，裴衿衿发出感叹："真漂亮……"

俯视外景，施南笙承认，站在这里看，Y市的夜景，确实漂亮，漂亮得不真实，一点不像白天给他的感觉，像一个捆绑人的牢笼，现在的Y市，只是一道风景，让他放松下来的景色而已。

忽然，就在施南笙和裴衿衿都完全沉醉在欣赏雨景中时，接连出现几道闪电在空中，跟着惊雷轰隆隆地炸响。慢慢地，摩天轮停下来了。

停在大雨中的摩天轮让吊篮里的游人开始惊慌，有些胆子小的姑娘在不断的闪电和雷声中哭了起来。裴衿衿虽然没有哭，却也被一个紧接一个的炸雷吓到了，坐在椅子上，双手捏着拳头放在腿上。

施南笙坐到裴衿衿的身边，将她搂到怀中，温柔地安慰她："衿衿，别怕，有我呢。应该是雷雨影响了摩天轮的供电，一会儿就会恢复正常的。"

"嗯。"

倾盆大雨伴随着电闪雷鸣下了足足半小时，摩天轮停了四十分钟后，又慢慢转动了。

埋首在施南笙怀中的裴衿衿小声问："怎么还没有转完？"

"快了，马上就到。"

到这个时候，施南笙才真的感觉到裴衿衿还是当初的裴衿衿，她会在有真正的恐惧感时投奔到他的怀抱里，从他的身上寻求温暖和安全感，就像当初从她的房间跑到他的房间和他挤一张床的姑娘，平时好像刀枪不入的女超人，伶牙俐齿，心思细腻，心智理性，却在某些时候，她的胆子小如蚂蚁，需要人分分秒秒保护。

当摩天轮终于转到下客区域后，工作人员打开座舱的门，裴衿衿就像被吓坏的孩子，紧紧抓着施南笙不肯撒手，施南笙站起来她就站起来，施南笙走一步她就走一步，连椅子上买的东西都不记得提，贴着施南笙走出座舱。

双腿踏到实地上，裴衿衿双腿发软，朝地面跌去。

"衿衿。"

施南笙搂住裴衿衿，见她脸色差得出奇，二话不说将她打横抱起，大步流星地朝外面走，没多久就回到他的车边，将裴衿衿放到副驾驶位，替她扣好安全带，坐到驾驶位后将车发动疾驰回了施家的老别墅。

*

省军区医院。

医生正在给凌西雅做检查，一个小护士站在一旁等候主治医生的吩咐，凌西雅见她无事,笑着客气道:"护士小姐,麻烦下,到隔壁的隔壁,9号房,帮我看下住在那里的病人有没有在。"

"好的。"

护士走后,医生看着凌西雅,轻叹一口气:"哎,我说凌大小姐,你是钱多还是想偷懒不工作啊,让我陪着你演戏,都多少天了,别人都想当健康人,你倒好,天天装病人。"

"李希,你没跟别人说实话吧?"

"当然没有,我像是出卖老同学的人吗。"

凌西雅笑了:"我就知道你很可靠,要不也不会找你帮忙了。"

李希将双手插到白大褂的兜里,看着凌西雅。

"到底怎么一回事啊?"

"没事,就是想……偷懒舒服舒服几天。过几天我就出院了,别怕,我可不会给你添麻烦的。"

李希笑:"我才不是怕你麻烦,你住着花着钱,医院求之不得,哪里舍得你走啊。但我说,你当我是傻子还是智商是-2啊,你想休假,直接放自己假不就得了,你一个老板,难不成那些员工还敢说不许你的假啊。又不像我这样的上班族,时间由不得自己,每天按部就班,哎,生活无趣得很。"

凌西雅叹气,"老板也有老板的苦衷,不是当了老板就什么人什么事都在自己的操控范围内,有些东西啊,怎么努力都抓不住,看着一次次失败,人都快怀疑自己为什么还活在世上了。"

李希看着说话莫名其妙的凌西雅,凝了下眉头。

"你说什么呢?一句都听不懂。"

"呵呵,我就随便感慨了下,觉得世上并不是所有事情都能随心所欲地实现。"

"废话,什么都顺着我们的想法来,那还是人生吗。"

说着话,女护士回来了。

"9号房的病人没有在。"

凌西雅问:"是出门吃饭了,还是做检查去了?"

女护士摇头:"都不是。我问了负责那边的同事,病人这两天都没有在医院。"

听到裴衿衿两天都没在医院,凌西雅眉头忽然皱起来,施南笙接走裴衿衿到底去哪儿了?居然两天都没送她回来,难道是带到他家里去疗养了吗?不可能,如果是那样的话,裴衿衿应该办理了出院手续,那么他到底带她去哪儿了?

李希问,"怎么?你认识9号房的病人?"

"嗯。一朋友。"

"要不要我帮你问问她的主治医生？"

凌西雅点头："嗯。"

"那好，你先休息。我去看看9号房谁负责，有回复了就告诉你。"

"谢了。"

"和我还客气什么。先走了。"

＊

施家老别墅楼。

于玲从二楼的窗户里第一时间发现施南笙的车开了进来，嘴角不由自主向上弯了起来。不过，到省军区医院一个来回有这么快吗？见到施南笙从车内出来，走到副驾驶门外，拉开车门，从车内抱出裴衿衿时，于玲脸上的笑容僵住了。她……怎么又回来了？

"小玉，你在这照顾老夫人，我下去看看。"

"好的，于玲姐。"

于玲脚步略急地走出施老夫人的房间，刚走下楼梯就见到快步穿过客厅的施南笙抱着裴衿衿朝她这边走来，急忙迎了上去。

"孙少爷，这是……"

"没事。"

施南笙简短应声之后抱着裴衿衿径直上楼，走了几步，站住，对着身后的于玲吩咐道，"按我昨天告诉你的尺码，让店里把今夏最新推出的几款衣服各送三色过来。"

"好的。"

站在楼梯上的于玲看着施南笙的背影，心中痛意渐渐变重，从进来到他离开，他都没有正眼看她一秒，整个人都关注着怀中的裴衿衿，她知道他的心里很难进，知道他对裴衿衿有特别的感觉，但很多东西想是一码事，亲眼见到又是另一种感觉。听他的话，似乎这个女孩子还要在这里长住。她真的想知道，刚才他送她回医院的路上到底发生了什么？为什么孙少爷会带她回来，而且会变得如此在意她？又为什么少爷身上的衣服都不是出门时的那套了？

施南笙直接将裴衿衿抱进了自己房间的洗手间，放下她，朝浴缸里放水。

"把身上的衣服脱下来。"

她的衣服潮湿，他的衣服湿透，两人都必须赶紧换掉身上的。水放好了，裴衿衿还像个木头人一样，施南笙无法，伸手三下五除二地脱她的裙子。

"不要。"

裴衿衿惊恐地看着施南笙，"我、我……我自己可以。"

"嗯。"

施南笙走到门口，打算将门关上，裴衿衿从后面叫住了他："等一下。"

"什么事？"

裴衿衿犹豫了片刻，小声道："可不可以请你不要关门，而且，你别走远，就在外面的房间，行吗？"

施南笙看着裴衿衿，点点头。

"好，我不走，你赶紧洗，我在外面。"

浑身湿透的施南笙靠着洗手间外面的墙壁，听着里面的动静，面无表情，一双眼睛深邃无比，墨色无波的安静中带着让人看不透的深沉。时至今日，面对她的脆弱，他还是会伸出呵护的双臂。其实，在摩天轮里，有一瞬间，他真不想管她。他们之间并不是多么特别的关系，以她现在的身份来说，她完全不在他出手帮助的朋友之列，但是又说不清为什么对她会控制不住地加以保护。她当初胆大到来招惹他欺骗他，现在更加成熟了，难道还怕在摩天轮经历的事情吗？

"哎。"

施南笙无奈地叹了一口气，她似乎有很严重的幽闭空间恐惧症，应该是五年前捡到她时患上的吧。

席慕容曾说过，在年轻的时候，如果你爱上了一个人，请一定要温柔地对待他。不管你们相爱的时间有多久，若能始终温柔地相待，那么，所有的时刻都将是无瑕的美丽。若不得不分离，也要好好说再见，要心里存着感谢，感谢他给了你一份记忆。长大以后，你才会知道在蓦然回首的刹那，没有怨恨的青春才会没有遗憾。

施南笙想，他之所以有现在的举动，大约是对裴衿衿还有着遗憾吧，因为五年前她刚离开的那段时间，对她，他有着太多太多的怨恨，他们的分手并不是好聚好散，更加谈不上彼此间的感激，留下在各自心底的都是埋怨和不理解。他温柔待她，她也用过真心对待他，但她的真心到底有几分，他没有答案。

裴衿衿，感谢你曾赠我一场空欢喜，我们有过美好的回忆，但那些已经被岁月冲洗得模糊不清了，现在想起来，虽然记忆犹新，但时间都是向前的，我们回不到过去了，真的回不去了。时间是往前走的，钟不可能倒着转，所以一切事情只要过去，就再也不能回头。

我们可以转身，但是不必回头，即使有一天，你发现自己根本没有错，发现自己才是受到伤害的那个人，发现你一直愧对的人其实不是你想的那样，那么你也应该干干脆脆地转身，不要留恋，不要痛苦，不要恨，大步朝着未来的方向走去，你要记得，人生路，是不能回头的。回头，意味着危险。

他其实好喜欢在C大的他们，他爱她，没有什么目的，只是爱她。那真是最美最纯

的一段时光，感谢那段时间，是她出现在他的身边。

裴衿衿，感谢，是你！

于玲轻轻敲门，走了进来，见施南笙靠在洗手间外面，疑惑不已，走了过去。

"孙少爷，你这是……"

不知道是于玲说话的声音传到里面洗澡的裴衿衿耳朵里，还是裴衿衿想到了什么，尖叫了一声。

施南笙心一紧，转身就冲了进去。

裴衿衿双臂抱在自己的胸前趴在浴缸的边缘，惊慌地看着施南笙："不要让她进来。"

施南笙很快反应过来："于玲，站住！"

刚出现在洗手间门口的于玲一下吓住。

施南笙转身看着于玲，修长的身子刚好挡住了春光外泄的裴衿衿，说道："你下去照顾奶奶。"

"是。"

走出施南笙房间的于玲想，怎么……他们怎么可以这样？一个女孩子家，洗澡不关门，还让孙少爷在门口站着，这到底是什么意思？她难道就不知道要避嫌吗？而且，这不是明明白白的引诱吗？她到底是什么意思，看她年纪轻轻的，怎么心思就这么重？

但不管怎么样，施南笙陪在洗手间外的事情还是让于玲受到了巨大的刺激，她觉得孙少爷对裴衿衿根本不单单是特别的感觉，而很可能是他的心里装了她，深深地装着，不然，以施家大少爷的脾气，是不可能委屈自己的，他为裴衿衿做的事情实在是太不可思议了，完全不像他的风格，如果这都不算爱，那他的爱，到底是怎样的？

爱？

想到施南笙对裴衿衿的感情，于玲的心，猛地扯痛了，靠着楼梯处的墙壁，眼睛里不觉有了湿意。

"真的……"爱上了她吗？

于玲走后，施南笙正打算走出去，裴衿衿带着哭意的声音从他身后响起。

"施南笙，我……我怕。"

施南笙转身，看着裴衿衿："你怕什么？"

"不知道。"

施南笙蹙眉，走到浴缸旁边，蹲了下去："什么都别怕，有我在。"

施南笙伸手摸摸裴衿衿的额头，"乖，别想了，赶紧洗完澡，休息。好好睡一觉，明天起来就什么事都忘记了。"

"我还是觉得害怕。"裴衿衿痛苦地摇头，"我说不上来是什么感觉，总是感觉自己会闷死。"

　　看着裴衿衿的样子，施南笙微微眯了下眼睛，她现在该想的难道不该是她此时的模样吗？一丝不挂地在浴缸里望着他，是觉得自己太没吸引力还是不把他当男人？要知道，他是一个正常得不能再正常的成年男人，想做的事情不会比别的男人少。

　　"衿衿，听我说，现在你要做的事情就是洗澡，然后休息。"

　　"可是施南笙……"

　　忽然地，施南笙加重声音："好了，洗澡。"说完，站起来打算出门，再看着她，他真怕自己会做点什么了。

　　"施南笙。"裴衿衿下意识地伸手就去抓施南笙，身子探出水面不少，两人就那么直接地面对面凝视住了，"我……"

　　施南笙也不知道哪里来的情绪，双手一把抓住裴衿衿的双臂，将她从浴缸里提了起来，声音里似乎压抑着什么，眼睛紧紧地锁着她的双眸。

　　"裴衿衿，你真的让我……"

　　她到底有没有带脑子在和他说话？要不要这么放心他的人品？还是要等他真做了什么她才知道后悔？

　　裴衿衿看着施南笙乌黑的眼珠，这时才知道有些不对劲了，但她的反应来得太迟了，施南笙的唇直接侵了过来，将她的唇密实地贴上了，火热的舌头根本不给她拒绝的机会直接探进了她的唇内。

　　"唔。"

　　自然反应的推拒让裴衿衿的身子开始摇晃，施南笙滑下手臂箍住她的细腰，一手托住她的后脑，丝毫没迟疑地加深了这个吻……

　　本就力气差别大的两人很快就变成施南笙掌控全局，事实上自从再相逢后裴衿衿也就没占过主动权，这次也不例外，玲珑的身子被他禁锢在身前，唇舌被狂风肆虐般掠夺着。

　　白皙的身子无力地靠在施南笙胸口，在他缓缓退开唇后慢慢睁开了眼睛，微微仰着头，看着眼前挑不出任何不足的脸，是了，就是这张脸，只要看见他，就有种心安的感觉，曾经是，现在，又是。哪怕是面对余天阙，她都没有如此笃定的相信，她相信他，像一个被洗脑的人，一点都不怀疑他的好。

　　"别用这样的眼神看着我。"施南笙的声音低沉无比。她这样的目光让他太想犯罪，而他知道她现在并不会心甘情愿和他发生什么事情。他又不打算当圣人或者柳下惠，这样难保不会做什么，毕竟，对象是她，他不排斥也不反感。

　　裴衿衿想，她的眼神怎么了，她只是用正常的眼神看他。可有时候，最不加掩饰的眼神，最真的眼神，就是最具诱惑力的眼神，所以太多人无法抗拒孩童天真的眼睛。

"南笙……"

裴衿衿自己都不知道自己脑子是不是发烧了，在这个时候轻轻柔柔地喊了施南笙，而且去了姓氏，放平常这两个字也没什么，但这个时候，这一句呼唤仿佛承载了太多的信息，太容易让自己诧异让别人误会这两个字。

哗的一声。

裴衿衿被施南笙拦腰抱出了浴缸压在了旁边的墙上，低眸抓住她水汪汪的眼睛，声音更加哑沉。

"你知道这样喊我的后果吗？"

他不是傻子，这几天她对他感情的变化，他一丝不差全部看在眼底了。他也知道自己如果真的想做什么，她根本没法逃，也不会逃。但是他不想让她脑子清晰后后悔，他知道她心里的防线在瓦解，也知道她现在对他的依赖都是因为摩天轮事件，但他怕她将来分不清自己到底是心甘情愿还是他趁人之危。他自认不是十全十美的人，男人的劣根性他同样具有，只不过平时对自己的要求和自制力比一样人高而已，但不表示不会出现意外情况。

裴衿衿点头。知道。她知道喊他的后果。可是，她没法自控。这时，就算是余天阙在她身边她都不会有这样的安全感。她只想眼前是他，只想听到他的声音，闻到他的气息。

施南笙，原来，有句话是真的，一句她曾经死活不相信的话。

那句话是：这世上，真的有人，无可取代！

他，就是她任何人都无法取代的人。只是他，再无第二个。

下一秒，裴衿衿的唇再度被封上，这一次，她的手臂慢慢地勾到了施南笙的颈子上……

洗手间的地上，落下一件黑色的男士衬衫。

一切的发展都显得太顺理成章，临到最后一刻，被抵在墙上的裴衿衿像是突然从梦中惊醒一样，看着已然和她一般浑身赤裸的施南笙，眼中慌乱不已，心中迅速地打退堂鼓。

"施、施南笙，不……"

裴衿衿一句话都没有说完，施南笙就果断入侵了她的身子，根本没有给她任何反悔或者叫停的机会。他早就不是五年前的施南笙，换成当初的他，今天意外的擦枪走火肯定不会发展成实质性的事情，但可惜，今天的他不是那个男孩了，现在的他太知道什么时候做什么事，太知道什么叫最佳时间点了，也太明白她如今纠结的心情了。她不能下决心的事，他来帮她下；她不能好好地休息，他来帮她；用他的方式，用一个男人的方式。她也不是小孩子了，也该知道对男人不该太过信任，哪怕是他，有些时候有些地方，她若不顾忌，就会出现意外的事件。只不过，她算幸运，这次是他，他不是好人，却也不会坏到家。别的男人，可就不好说了。

一直"过着平静生活的身体"被打扰，裴衿衿眉头皱到了一块儿，他一点儿缓冲时间都不给她，让她如何能适应他？

深埋在裴衿衿身体里的施南笙看着她，虽然从她的身体反应已经猜到了什么，但他就是想听到从她嘴里出来的答案，这个认知让他内心涌起莫名的喜悦，是非常大的欢喜，几乎接近狂喜了。

"怎么了？"

"疼。"

以前的他不是这样猛烈的，那时的他无比温柔地对待她，每一次都考虑到她的感受，现在怎么会这样激烈，对于沉寂五年的身体他都不给她一个苏醒的时间吗？不温柔，一点不温柔。

"怎么会？"施南笙明知故问道，"这五年，你是不是……一次都没有过？"

裴衿衿脸颊越发红了，看了一眼施南笙，再不敢看他的眼睛，这人，有必要问这个问题吗？让她怎么好意思回答？

见裴衿衿不回答自己，施南笙深入她的身体，逼得她抬起头，"回答我！"

"我不是你。"

施南笙突然发笑："你怎么知道我的情况。"

"施家大少爷的身边什么时候缺过女人。"

说起来裴衿衿就觉得心里不舒服，她也是近一年才和余天阙走得近，而他是从她离开的那一秒就和孙一萌恢复了男女朋友的关系，这么多年，她大部分的时候是单身，而他，身边美女无数。

"身边不缺女人和有没有属于我的女人，是两码事。"

难道她以为是个女人他施南笙就会要吗？

"正面回答我！"施南笙又一次追问裴衿衿，好像非要一个准确的答案不可。

随着身体的反应越来越热烈，那份浓烈的羞涩感也在退却，裴衿衿诚实地点点头。

施南笙心满意足看着裴衿衿，他要的就是这个回答，她的身体早就干脆又诚实地告诉他事实了，可听到她亲口回答，他真非常非常高兴，满足感无与伦比。他的女人，到底就是他的女人。五年前是，五年后还是，余天阙就算进入她的生活又怎样，他比他先遇到她，这就是命，他扎根在她的心最深处，无人可撼动。

水晶灯下，我看不清你的脸，可我知道我回不去了，我的心，已经再度打开了，没法回到波澜不惊了。或者，一直都是我自己在欺骗着自己，你从没从我的心里走出去过，只是被我故意压着藏着，我不让你冒头，是因为我害怕自己关不住自己对你的感情，更是因为我担心我们没有美好的结果。我不怕过程如何艰难，我只怕不能在老年时自豪地对我的

孙子说我成功的爱情故事。

施南笙，回不去的我的心，可不可以放开大胆地再爱你一次？

*

事后，裴衿衿躺在床上，施南笙是他无法再隐瞒的人，也是她在过去日子里开心或者难过时想起的第一人，一直就是他，只不过她把他埋在心底从来没有对爸妈和天阙说起过，她和天阙之间怎么也到不了完满恋人的真正原因，大概就是这一个。天阙没有问，她也没说，觉得一辈子和一个阳光男孩一起走下去也不错。可现在看来，好像不行。她不想挥霍施南笙和她之间的好运，也不想回忆过去五年是如何过来的。现在的她，走到这一步，不后悔，但还是缺乏和他义无反顾走下去的勇气。她不能撒谎，现在的他，比五年前更强大更夺目，他们之间的差距根本不是可以计算出来的，人家门不当户不对的差距叫鸿沟，她这个是天堑了，天堑啊。

"南笙。我们……"

施南笙笑了笑："我们怎么样？"

裴衿衿报着嘴，其实她也不知道他们应该怎么样，但有一点她是肯定的，她和天阙肯定是得分手了，她不能做了这种事情还和他在一起。

"没什么，以后再说吧，今天有点累了。"

"嗯。"

施南笙在房间里陪了她一小会儿就下楼去看施奶奶了。

裴衿衿靠在床头，想起自己和施南笙做的事情，她必须跟天阙分手，若不然，背着这样的心里罪恶感，她两个男人都对不起。天阙不可能容忍女朋友和别的男人发生关系，施南笙则更不可能接受他的女朋友挂着别人名号。

"哎，快刀斩乱麻。"

决定后，裴衿衿走下床，在桌上找到自己的手机，拿起，翻到余天阙的号码后，又犹豫了。通了之后要怎么说呢？

裴衿衿用手抓抓自己的头发，真是个麻烦的问题，天阙会不会觉得自己发神经病呢，好好的提分手，难道对他说实话？太残忍了吧。可不说实话，他能同意吗？虽然不知道他到底爱自己多深，但他都想好了出差回来和她结婚，如果现在和他分手，会不会太突然？

裴衿衿抓得自己的头发像一个鸡窝，真的太闹心了，以前看到什么"一对恋人，某一个出差，另一个背着在家干出背叛的事情，结果被出差提前回来的人抓个正着"的事情就觉得超级狗血，现在想来，她虽然没有被天阙捉奸在床，但也是做出了对不起他的事情，自己真是……欠收拾啊。

头发丝都被裴衿衿抓掉几十根之后，电话终于打出去了。电话响到几乎要断了，那端才传来余天阙的声音,而且声音里还带了一丝轻喘和慌乱,似乎是急匆匆地在慌张中接通了手机。

"喂,衿衿?"

裴衿衿疑惑:"天阙,你在干吗?"

"没,没干吗。怎么了,衿衿,有什么事吗?"

"噢,没事。不是,有事。"

余天阙问:"那到底是有事还是没事啊?"

"天阙,你是不是在忙?我是不是打扰到你了?"

余天阙慌忙说:"没,没忙,你没打扰我。"

隐隐约约的,余天阙的话音后,一个低低的笑声响起,虽然隔着电话,但裴衿衿非常肯定,那绝对不是男人的声音,是个女人,而且是个年轻的女人声音。

裴衿衿沉默了。

"衿衿,真的,我没忙,你找我什么事,你说,我听着。"

裴衿衿努力攒足决心,口气变得很认真,说道:"天阙,我们分手吧!"

电话那端安静了好一会儿,仿佛没有听到裴衿衿说的话一样,裴衿衿又清晰地重复了一遍。

"天阙,我们分手吧!"

三秒之后,余天阙的声音惊慌不已地传来:"衿衿,你说什么?"

"天阙,你听清楚了,不是吗?"

"为什么?为什么突然要和我分手?"余天阙不敢置信地连提高了几阶音量,"是不是因为施南笙?你是不是和他在我出差的日子里旧情复燃了?是不是?"

"天阙,不关他的事,问题在我的身上。是我,是我觉得不能继续和你在一起了。"

"为什么不能?"

余天阙问着,好像在那边手忙脚乱地做着什么,撞了好几次东西,一个娇滴滴的女声响了起来,"急什么啊,不就是女朋友要和你分手吗,有什么大不了的,你自己还不是……"

余天阙对着女人怒喝道:"你给老子闭嘴!"

"哼!你自己做亏心事还怕人说吗?"女人似乎被余天阙的态度惹到,加大声量说道,"小妞,你分手就对了,他在外面背叛你了,这样的男人不要也罢。"

余天阙彻底恼火了,大怒道:"走!"

"哼!"

摔门声传来,裴衿衿也听到了自己心脏震动的声音。那边的事情,已经不需要再多说

倾城之心·下

410

什么了，她不是小白，已明白发生了什么。看来，她的电话确实打扰余天阙了。

"衿衿，你听我解释。我没法否认刚才发生的事情，但是请你相信我，我的心里只有你，我是爱你的，而且是真心的爱你。但是你知道，我是个成年的男人，和你在一起，你总是……你知道，有些生理需求我……需要发泄。"

裴衿衿静静地握着电话，打电话前的慌乱心绪一下扫而光，生活果然比小说狗血多了，处处都是直播，连预告都没有，直接就会撕开最邪恶的一面展现在你面前，杀你一个措手不及。现在的她，理智得近乎吓人。

"天阙，别说了。"

"衿衿，你相信我，我是爱你的，我真的只爱你一个。我爱你！"

电话那边的余天阙开始慌了，一天都没有裴衿衿的电话，他以为她不会主动给他电话的，他怎么能想到她会在这个时间给他电话呢？

"衿衿，我爱你，相信我，我爱你，我现在就订机票，我现在就回去找你，亲爱的，相信我好吗？我们不要分手，好不好。我保证，以后再不会发生这样的事情，我保证！"

"衿衿，别和我分手，行吗？"

到这一刻，裴衿衿忽然就觉得，为什么余天阙做出了这样的事情她却没有心痛的感觉呢？男朋友被自己直接抓到背叛，她不是该很心痛吗？可为什么有种解脱的感觉呢？刚才还压在心头难以启齿的问题瞬间就消失了，原来她一直谈着的所谓恋爱，竟经不起一次出差的考验，原来她之前一直觉得适合一辈子携手向前的人，在一个不注意的时候，就成了必然分开的一条平行线。原来，爱情真的有真假之分。对的人，真的感情，经历时间，还会在；错的人，假的爱情，不需要时间来考验，空间就能攻破。

"衿衿……"

"衿衿……"

余天阙似乎真的在收拾什么东西，"衿衿，我明天就回。"

"天阙。别回。"

"衿衿，你相信我，我是真的爱你，我知道这事是我不对，但我的心里除了你从没有别的女人。"

裴衿衿长长地吐出一口气，声音里听不出她的情绪，可每一个字都清晰得让余天阙感到仿佛她就在他的身边说话。

她说："余天阙，原来，我们之间，没有谁对不起谁！我们，分手！"

"衿衿！"

"别说了，说多了，只会让我感觉到我们之间的爱情多让人恶心。不对，我和你的这段日子，也许还谈不上爱情，它只是亵渎了'爱情'这个神圣的字眼。"

"衿衿！别这样好吗？"

"天阙，好好出差吧，我们，就只能走到这里了。再见！"

说完，不管余天阙在那端怎么喊，裴衿衿都果断地挂掉了电话，关机。不用想，他肯定会再打来电话，不关机，今天晚上睡不安稳。

躺进被子里的裴衿衿想，今天发生的事可真够多的，前几天在医院闷得要发霉了，没想到，几个小时内，刺激人的事情接二连三，果然老天爷不是好惹的。现在，余天阙的事情解决了，那施南笙的呢？要怎么办？这可不是一两句话就能说得清的。她虽然明白自己对他的感情了，但他呢？是不是和她一样，还是，他依旧是只想依靠她来找回当年意气风发的自己？

在床上翻来覆去好久，裴衿衿怎么都睡不着，掀开被子穿着拖鞋就去了二楼，在施奶奶房间的门口，遇到了从里面出来的于玲。

"裴小姐。"

"于小姐。"

于玲面无表情地看着穿着睡衣的裴衿衿，"很晚了，裴小姐还不睡觉吗？"

"我找施南笙。"

"孙少爷正在陪老夫人，你还是不要打扰吧。"

裴衿衿想，怎么每次找施南笙碰到于玲她都要阻拦呢，她难道就不知道，她的阻止对她来说没什么作用吗？

"呵呵，没事，他不会生气的。"

于玲一愣。

裴衿衿暗笑，这么单纯的姑娘和她比还是嫩了点，她不就看不得施南笙对自己好吗，那她不如索性让她看看施南笙到底可以纵容她到什么程度，这年头啊，长痛不如短痛，就算她不和施南笙在一起，她这样的性子施南笙也不会和她在一起的，趁早死心对这样简单的姑娘来说，不是坏事。

"南笙。"

裴衿衿直接对着房里喊，"南笙。"

于玲惊恐地看着裴衿衿，她……她怎么可以这样……

很快，施南笙就从里面走了出来，看到裴衿衿，走到她跟前，声音温柔得很："怎么起来了？"

裴衿衿鼓了一下腮帮子："我怕。"

"呵呵。"施南笙笑了，眼底带着宠溺，伸手揽过裴衿衿的肩头，"来，到房间里坐会儿，等会儿我就上去睡觉。"

"嗯。"

"于玲，半小时后你再来接我的班。"

"是，孙少爷。"

进房间后，施南笙将裴衿衿带到施奶奶床边一起坐着，看着她，轻轻地笑了一会儿，眼睛弯弯的，帅气迷人得很。裴衿衿怎么都想不通，一个男人，怎么就会优雅成这副模样呢，举手投足都让人迷恋得不忍移开眼睛。

"干吗一直傻笑？"裴衿衿问。

施南笙笑容加大："你故意的。"

裴衿衿听了，扑哧笑出来："是又怎么样。"

"够坏。"

裴衿衿抗议："哎，我还不算坏好吧，比起某人，我都可以说是好人了。也不知道是谁，明明看得出于玲喜欢自己，却装傻，让人家姑娘为了他耽误时间。"

"呵呵……"施南笙笑，伸手捋顺裴衿衿的头发，"怎么闻到了一股酸味。"

"是吗？"裴衿衿挑眉，"我却闻到了一股血腥味。"

"噢？"

"我准备好好组织下语言，然后将来找到了未来老公人选，就严肃地告诉他，当我男人应该注意的基准。"

施南笙放松身姿，靠到椅背上，看着裴衿衿，风轻云淡地笑："说说，我听听你对未来老公想说什么。"

"对你说？"

"嗯。你演习下。"

裴衿衿清清嗓子，挺直了背脊，一脸严肃地说道："咳咳咳，我准备告诉他。如果他确定留在我的身边，那他一辈子都不可以离开我，活着是我的人，死了是我的死人，就是化成灰也要给我家肥田。他得像一个纯爷们，是刚烈的，该干什么不该干什么都得很清楚，不可以和前女友纠缠不清，不可以和女同事玩办公室恋情，不属于与小萝莉玩奸情，对全世界的女人都狼心狗肺，独独对我掏心掏肺。不可以拈花惹草，不可以招蜂引蝶，更不可以和小狐狸精私奔、和老狐狸精眉来眼去，他要是敢离开我的身边，左脚走就断左脚，右脚走就右脚少一半，轻则断手断脚，重则长江漂尸。孰轻孰重，请他一定考虑好。跟我裴衿衿在一起，结婚有风险，扯证须谨慎。最后，他必须符合现代老公的最高标准：带得出去，带得回来。尤其是最后四个字，它意味着一个男人能给他的女人多大的安全感。"

说完，裴衿衿还补了一句，"就这么多了。"

施南笙看着裴衿衿足足有一分钟，然后……

爆笑！

施南笙越笑，裴衿衿的脸就拉得越长，笑笑笑，有那么好笑吗？看他笑得那样，还真是越看越不爽，一个男人，没事长得这么好看干什么，带出去肯定完全毫无疑问，且是那种拿出去能直接秒杀众人的物种，而带不带得回来，就成大问题了。

"你笑完了吗？"

裴衿衿看着施南笙，一张小脸满是不爽，"要是没笑够，我出去，等你笑够再进来。"

"哈哈……"施南笙伸手捉住裴衿衿的手腕，"好好好，不笑了，不笑了。"

两人对视了一会儿，施南笙的眼睛里还带着笑意，她一番话说得让他想起了五年前的她，果然本性还是没变，也难为她了，这些话恐怕在心底打了不少次的草稿吧，以她的智商能把话说得这么顺溜，那肯定不是一次成功的。不过，听来倒真让人不免一乐。

"有那么好笑吗？"裴衿衿用手指戳了一下施南笙的肚子，"快笑破肚子了吧。"

"我没笑了啊。"

"你眼睛里明明还有笑意，别以为我看不出来。"

施南笙忍不住笑出声，"因为你说得太好了。"

"喊。"

两人嬉笑的时候，忽然裴衿衿眼尖地发现了施奶奶的手有了动作，手指轻轻地动，惊喜道："施奶奶，施奶奶醒了。"

施南笙的眼睛飞快地转过去，果然见到床上的老人有苏醒的迹象，连忙起身弯腰凑近施老夫人。

"奶奶，奶奶？"

施奶奶居然自己翻了一个身，呼吸均匀地继续睡觉，床头的仪器显示她的脉搏和心率完全到了正常人的水平。

裴衿衿看着施奶奶，"南笙，这……这是不是说，你奶奶她开始好转了啊？"

施南笙惊喜地看着仪器："奶奶的意思是，她叫我们回去睡觉。"

呃？！

"那……"

施南笙的心，完全放下了，转脸看着裴衿衿："走吧，上楼睡觉。"

"要不要叫于玲过来？"

"嗯。"

施老夫人的身体好转让施南笙的心情好上加好，和裴衿衿一起回房间休息时，嘴角都带着笑，连他自己都觉得不可思议，五年来，他笑的次数不多，看到过他笑容的人也不多，

一双手数得过来，没想到今天居然会笑得如此畅快，生活好像一下被注入了色彩，原来的黑白生活变得像彩虹一样，各种情绪都出现在他的心底，开心，生气，恼火，无奈……

当然，他很清晰地知道，带来这一切变化的人，是裴衿衿。

到三楼的时候，裴衿衿朝西边自己的客房拐，施南笙长臂一捞，搂着她的腰肢朝自己房间走。

"还装？"

"不说男人喜欢傻傻的女人嘛。"

"男人喜欢裸女拿着一瓶红酒去找他。"

裴衿衿笑："我以为，这样的场景，你施大公子肯定没少见到。"

"NO，一次都没有。"施南笙低头看着裴衿衿，眼底尽是邪笑，"美丽的姑娘，你要不要成为第一个？"

"我没有当裸女的嗜好。"

"可以培养的。"

"不要！"

"裴姑娘？"

"NO！"

"裴小姐？"

"不可能！"

"裴衿衿？"

"没戏！"

"衿衿？"

"别做梦！"

施南笙关上房门，门锁刚落，里面就传来裴衿衿的叫声。

"施南笙，你放我下来。"

一小时后，施南笙房间的床头灯熄灭时，裴衿衿想，老天爷，明天她肯定又没法在七点前起床了吧。梨奶奶，原谅我，不是我不想早起，实在是某人让她没法早睡早起啊。

关灯时，施南笙注意到，本来他放在桌上的裴衿衿手机到了床头柜上。打电话了？呵呵，他果然还是料得不错，以她的性格，和他在洗手间发生了那样的事情，绝对不可能和余天阙再在一起了，她的良心不允许她在犯错之后再欺骗人。呵呵，那人本也算不得什么值得她死心塌地的人，早点结束也好，只是以这样的事情让她和那人分开，他到底还是有些不喜欢。

哎，罢了，发生了的，面对就好，只要她不后悔就好。

第十七章
现今，一瓣心香，默默相伴

第二天。

裴衿衿醒来的时候，因为房间里拉着窗帘，看不清外面的天光，她不清楚具体的时间，翻了一个身，只觉得浑身酸痛，嘴里咕哝了几声，闭上眼睛，继续睡。

想来是真的睡饱了，醒后再睡的裴衿衿睡得极浅，一点轻微的响动就能让她醒来。在床上半梦半醒地窝了大约一个小时后，到底睡不着了，伸手摸到床头柜上的手机，开机，看时间。

"哇。"裴衿衿惊吓不小地哇了一声，不是吧，中午十二点差五分，难怪她怎么都睡不着了，原来是睡到这个点了，"完了完了……"这下梨老太太不知道要怎么训她了，上次十点就训成那样，今天简直是恶劣到不容原谅的地步啊。

嘴里碎碎叨叨的裴衿衿连忙爬了起来，走到窗前将窗帘拉开，刺眼的阳光让她一下难以适应，眯起眼睛，用手掌挡住了光线，一会之后眼睛舒服点了才放下手臂。转身后，见到了桌上的新衣服，好几个款式，连颜色都有几种，任君挑选。

裴衿衿走过去，选了一件素雅的湖蓝色裙子穿上，看着穿衣镜里的自己，想起，当年她和他相遇就是这样的境况，她什么都没有，什么都需要他准备，生活都由他来照顾。现在虽然是因为治疗在 Y 市，但情况和那时真是非常相似，他依然毫无怨言地照顾着她。她素来是无神论者，但这次，她真的有点信自己和施南笙是注定要纠葛在一起的两个人，只但愿，第二次的交集能让他们有个好结局。

下楼的时候，裴衿衿作好了被梨奶奶大训一场的准备，当她走到二楼的时候，发现走来走去的人比平时多了许多，好些都是穿着白大褂的医生。

对！今天是艾伦医生来国内诊治施奶奶的日子。

裴衿衿准备朝施老夫人的卧室走，被两个女护士拦住了。

"不好意思，小姐，你不能进去。"

"为什么？"

"艾伦医生给人看病的时候不喜欢有外人在场，不好意思。"

裴衿衿朝紧闭的房门看了眼，她不能进，那施南笙肯定在里面了？不知道艾伦医生能不能让施奶奶恢复健康。

于玲从楼下走上来，见到裴衿衿，走到她的身边。

"裴小姐，你起来了，午饭已准备好了，请到楼下吃饭吧。"

裴衿衿看着于玲，问："施南笙吃了吗？"

"大家都吃过了，就剩你。"

裴衿衿咋舌，完了，梨奶奶那关肯定逃不过了。

"嗯，我马上就去。"

施奶奶的房间不能进去，裴衿衿走到餐厅，打算等施南笙出来再问情况，她前脚刚进餐厅梨奶奶后脚就跟进来了。

听到身后干咳的声音，裴衿衿立即绷紧神经，转身，像一个犯错的小学生一样站好，看着拄着拐杖盯着她的梨奶奶问好。

"梨奶奶，早，呃，不是，中午好。"

拄着黑色手杖的梨奶奶看着裴衿衿，没有立即应声，只是看着她，吓得裴衿衿以为自己错得离谱，连忙出声认错。

"真的不好意思，我不是故意想起得这么迟，昨晚……昨晚事情有点特殊，我……总之真的很抱歉，给大家添麻烦了，我以后一定早睡早起。"

"没事。赶快吃饭吧。"

裴衿衿以为自己听错了，惊诧地看着梨奶奶，不是吧，这么轻而易举就放过她了？难道不训诫她吗？还是今天因为艾伦医生来了，梨奶奶的心情大好，爽快地放过自己？

"还愣着做什么，饭菜都要凉了。"

"哦，好，谢谢梨奶奶。"

吃饭的时候，裴衿衿偷偷地转头四处看，这也太诡异了，怎么感觉今天别墅里的人都不太正常呢？不喜欢她的，变得更加不喜欢她；而对她严厉的，忽然一下子变得好和善；还有，平时总有人走来走去的大客厅里这会居然没有一个人，整层楼好像就她一个人在餐厅里吃着饭，莫非都去午休了？

饭差不多吃完的时候，小玉端着一碗热汤放到裴衿衿的面前。

"裴小姐，这汤请你趁热喝完。"

看着飘香的白色瓷碗，流口水，但是……

"我饱了。"

"饱了也请喝一碗吧,是滋补你的身体的,梨奶奶特别交代要看着你喝完。"

裴衿衿奇怪,"我身体很好,不用补什么的。"

"不行。梨奶奶说,你太瘦了,必须要补补。不然……"

很多的话,不管前面说得如何动听,但凡出现什么"不然""否则""但是""可是",那重点就在后头了,听话的人要是不会听,下场就得自己承担了。裴衿衿觉得自己还不至于太笨,看着小玉,微笑。

"不然什么啊?"

"不然没办法为施家生几个宝宝。"

啥?!

裴衿衿有种大晴天头顶霹雳的感觉,为施家生宝宝?还是……几个?OK,她知道,在这个生儿容易养儿难的年代,养几个孩子对施南笙确实不是问题,但问题是,她还没有想那么长远。她还不知道他现在的心意,她不想什么都靠自己的心灵感觉,五年前,施南笙恨不得天天告诉她他的心,现在的他,重逢后为她做了很多的事情,但却没有一句对她表明心迹的话,他不明说,她总觉得少了什么,这是他的小心翼翼,还是他的成熟,她不知道,她只想要他明明白白的话。现在,他们的目标不是生孩子,而是如何攒积足够的信心和勇气一起朝"在一起"努力。

小玉把碗端到裴衿衿的面前,期待地说着,"裴小姐,味道很好的。真希望你和孙少爷早点生几个宝宝,这栋别墅里好多年都只有我们这些人,如果有几个宝宝,肯定很好玩很热闹。"

有一点,裴衿衿承认。

这座别墅真的很清静,人不少,但每个人都太安静,人气显得不足,每天大家说的话都差不多,说生活是一潭死水可能太夸张,但真的超乎寻常的平静,像一缸没有一丝波澜的静水,日复一日,年复一年。老人爱安静不假,但老人可能更喜欢那种含饴弄孙的生活吧,几个小孩儿围着她闹着跳着撒娇着,有笑的时候,也有哭的可能,生活不就是这样吗,各种姿态。

"汤,我喝。但我先声明啊,我不是为了生孩子啊。"

小玉笑:"噢。"

她喝了汤就行,生不生孩子又不是小小的她能做主的,这是孙少爷的事情,嘿嘿,她只要完成了梨奶奶交代的任务就好。

裴衿衿可能不知道,自从她和施南笙在一个房间过夜后,在别墅其他人的眼中,她就是准施家孙少夫人。

小玉和所有人的想法是一样的，第一个被孙少爷带过来的女子，第一个和孙少爷同床共枕的女子，她不是孙少爷的女朋友还能是谁？而且，施老夫人也是因为和她聊得太开心才出现昏睡的危险情况，如果不是因为她的身份特别，老夫人肯定不会花费那些精力。最让他们感觉她很可能被"扶正"的是，一大早，施南笙起床后，就让人不要去三楼走动，而且亲自跟梨奶奶说，随便她睡到什么时候都不要说她，昨晚她的睡眠质量格外不好，让她补觉。嘿嘿，昨晚……多么让人产生遐想的词啊，昨晚的情况到底有多激烈，大概就只有孙少爷和未来孙少夫人知道了。

　　饭后，想到二楼的情况，裴衿衿没有上去，一个人慢慢散步，不自觉地，又走到了四十九宫格的迷宫花园入口。

　　再独自进一次？

　　施南笙说，只有最纯的心才能找到出口，当初她的心真的是剪不断理还乱的状态，每一件事每一个人都好像是她的死结，现在事情一件件变得明朗，她的心也跟着开明。现在的她，心里的夜晚开始走向光明，再试一次又有何妨？

　　一步步朝迷宫深处走去，这一次，裴衿衿发现，她的内心没有之前的惶恐和躁动，每一步，她都走得格外轻松。而且，更多的时候，她是在欣赏迷宫花园里的花草，之前只顾着用脑子记路，忘记看花园里的植物，现在认真看来，很多都是她认不出来的物种，而那些她能叫出来的几个，都是名贵而不俗的草花，其他的自是不必猜也知道肯定是经过精心挑选的了。

　　越往迷宫深处走，裴衿衿的心就越安宁，忘记要找唯一出口的念头，整个心都在赏园上面，出口找不找得到，是不是第一次就找到，已经不重要了。她的心，完全的放松，闻到了花香，看到了草绿，听到了树叶随风而动的细语。

　　人生在世就是这样，很多东西，我们马不停蹄地追逐，以为那就是我们最在乎的东西，只要找到那个东西我们就能幸福了。在追逐的路上，我们不顾身边的风景，不去在乎自己浪费了什么，错过了什么，我们的双眼和心灵都被大脑中最念念不忘的那个东西操控着。当我们一门心思将所有关注点都放在它的上面时，可能努力很多次都得不到，我们变得越来越急躁，实验的办法也越来越多，最后却只是把自己弄得越加疲惫不堪，忘记了，每个人的人生都只有一次，走过的时间，再不会回来，错过的风景可能就再也没机会欣赏第二次了。

　　可是，一旦我们用平和的心态对待事物的时候，很多惊喜会不期而至。

　　比如，裴衿衿面前的出口！

　　意外地，在她欣赏风景的路上，在她的心里不再乱糟糟地布满众多解不开的问题时，在她用幸福的心态散步时，四十九宫格迷宫花园的唯一出口，已经出现在裴衿衿的眼前。

看着曾经一直找不到的出口，裴衿衿顿悟了！

她总算知道为什么之前她找不到出口的原因了！

之前，她想得太多了，什么方面什么人都去想，越想越找不到解决的办法，心中的杂事一多，眼睛就看不到最该看的东西。眼迷心乱，怎么能找到最正确的路呢？南笙说，施奶奶之所以能每次都找到出口是因为她的心很纯，她其实一直都是不信的，在她看来，要走出来，要么是智商很高，像施南笙这样；要么就是像施奶奶那样，长年累月住在这里，走得多了，自然就能找到。此刻看来，施南笙没有说错，是真的，只有心中无杂质的人才能走出来。世间有个词叫，顺其自然，仔细想想，真是一个非常强大的词。

南笙，我想我真的明白了！

如果心中干干净净，那其实就是世上最聪慧的人了！

每一个人，在世上活着，随着接触的人和事越来越多，就像一张白纸被染上的杂色越来越多，到一片花的时候，就连自己本来的面目都不知道了，那时还如何在上面写下一篇篇逻辑清晰的文字。我们就是这样，忘记了自己，忘记了生活的本真。

裴衿衿走出花园，嘴角带着最幸福的笑容，是的，是最幸福的，她想，现在的她，应该是最清楚自己要做什么的时候了。比五年前还要清晰，当初的她混混沌沌，犹犹豫豫，迟迟疑疑，而过去的五年，她也是在浪费时间，她从没像此时这样明白自己的内心，她的人生，其实只有两件事。

一件：做自己！

还一件：爱施南笙！只爱他！

人之所以大部分的时候不快乐，是因为没做对于自己真正应该做的事情，想得太多，招惹的太多，烦恼自然就来了。

裴衿衿走路的步伐变得越来越轻快，毕淑敏的《心灵密码》上说：其实，天堂和地狱的距离，并不像人们想象的那样大，它一点也不遥远，都在女人的心中。一个人就可以让你上天堂，一个人也可以让你下地狱。看了这句话，很多人就会想到是别人让自己上了天堂或是下了地狱，其实，她指的这个人就是你自己。

是的。没有人能让我们去天堂或者下地狱，除了我们自己。你有一颗什么样的心，你的人生就生活在哪儿。天堂还是地狱，由我们自己选择。

走进屋内时，梨奶奶正一个人坐在沙发上，手里捧着一本老相册。

"梨奶奶。"

裴衿衿走过去，瞟了一眼泛黄的老相册，一张有不少年月的黑白照片占据了整个相册的版面，上面并排站了七八个人的样子。

"梨奶奶，这是你的家人吗？"

梨奶奶的目光亮了一丝，看着相片，慢慢伸手抚摸着照片上的人，声音像从很远的过去传进裴衿衿的耳朵，沉沉的，厚厚的。

"他们，不是。"

不是？！

不是她的家人她怎么会一直看着这张照片呢？

想着，裴衿衿将目光转到照片上，认真地一一细辨，其他人她是不认识啦，但有一个人她肯定不会认错，施南笙的奶奶。不得不说，难怪施南笙会这么好看，施南笙的老爹功不可没，但让他爹能有这样俊美皮囊的，不得不说是施家老夫人的自身条件。虽然年纪差别很大，但从照片上还是能很容易地认出施家老夫人，因为她年轻的时候真的非常水灵漂亮，照片上七个人，女的四个，她在其中非常的出众，出众到只看她的模样就很想去认识她。

"梨奶奶，施奶奶身边的男人是不是施南笙的爷爷啊？"

梨奶奶点头，"嗯。就是他。"

裴衿衿又认真看了下施奶奶身边的男人，高大，干净，但谈不上长得多么俊美，穿着和身姿为他增了几分，倒也算得上是一个比较帅气的富家少爷了，从他的身上倒真看不出施南笙遗传了哪一点，噢，有，身高。

听到梨奶奶的回答裴衿衿才注意到一个细节，梨奶奶的手，一直都是放在施南笙爷爷身上的，没有碰其他人，也没有碰施奶奶，而且，照片上的人中并没有梨奶奶，从他们的衣服看，应该是什么少爷夫人小姐的合影，服侍他们的人都没有一起照。但，这样的照片，怎么可能到梨奶奶的手里？

梨奶奶看着施南笙的爷爷，声音变得更厚重。

"风少爷，四年了。"

裴衿衿静静地看着梨奶奶，这眼神……

梨奶奶似乎忘记了裴衿衿的存在，独自看着照片，再不说一句话，只是深情地凝望着那个已经死了四年的施家老爷。

轻轻地，再轻轻地，裴衿衿从梨奶奶的身边走开，看着她陷入回忆的样子，有些故事，她已猜到几分了。

这一秒，看着梨奶奶的孤寂，裴衿衿想到了楼上的施奶奶，那个心似明镜的老人，怎会在这么长的岁月里不知道楼下这个老人的心思呢？可是，是怎样的深情让两个明明是情敌的人能生活在一个屋檐下这么多年。一个可以用自己的身份将对方驱逐出自己的世界，可她却包容了她；一个可以用太多的方法破坏一段完全不匹配的婚姻，可她却无怨无悔地鞍前马后照顾她一辈子。也许，解释这一切的，只有一个理由。那就是，她和她，唯一的共同点：她们，真心地爱着同一个男人。一个学会了容，容下不越雷池一步的一份真爱；一个学会了忍，忍下一份永远只能羡慕的爱情。

施南笙，五年前，因为爱过你，所以后来的几年我知道寂寞的滋味；因为心会难过，所以刚离开你的那段时间我常常流泪；因为重逢让我不想错过这一站的幸福，所以今后我会更加珍惜你。我想，我懂了，爱一个人是自私的，卑微的。你若此生只愿执我之手，我必定誓死相随，相伴一生一世。

定了心，裴衿衿转身飞快地朝二楼跑去。

施奶奶的房门，恰巧在裴衿衿到二楼的时候打开，一个四十多岁的外国医生和施南笙走了出来，裴衿衿猜，这个应该就是艾伦医生了，施南笙正在和他用英语交谈，见到她，两人同时看了眼，继续对着话。

终于，艾伦医生和施南笙说完了，于玲带着艾伦医生朝楼下走去。

裴衿衿走到施南笙的面前，也没管是不是还有外人在场，忽然就伸手抱住了施南笙的腰身，声音带着一丝撒娇的味道。

"南笙……"

施南笙愣了下，看着忽然对他如此亲近的裴衿衿，稍稍犹豫了下，伸手轻轻圈住她的腰肢，"怎么了？"一觉醒来变小白兔了？真不像她的风格。

"没什么。就是想抱抱你。"

裴衿衿没法告诉他，她想得好明白了，更不知道要怎么让他知道，她的心里，满满当当的都是他。以前听说，爱情的产生，只需要一秒。她一直觉得是瞎扯，现在她虽然没有感受到一秒钟的爱情，但仅仅三天，她辛辛苦苦压抑的旧情就这样爆发了，她觉得太不可思议了。她，现在就想好好抓住他。

施南笙浅浅地笑了一下，将裴衿衿抱紧了一些。真是奇怪，身边的女人这么多，怎么就是对她感觉特别不一样呢，真是一点儿都不反感她，做什么亲密的行为都不排斥，反而总是情不自禁地想配合她。

一个穿着白色衬衫的年轻女孩从施南笙奶奶的房间走出来，见施南笙怀抱着裴衿衿，笑了笑，认真地打量起裴衿衿。

施南笙放开裴衿衿，说道："衿衿，介绍下，她，Abby。艾伦医生的学生，也是华昕读研时的学妹。"

"Abby，她是裴衿衿。目前也是华昕手里的一个病人。"

Abby 伸出手："你好，很高兴能见到你。"

"你好。"

见到裴衿衿的微笑，Abby 眼睛亮了不少，将目光对上施南笙的，笑他："你女朋友非

常漂亮啊。"

裴衿衿愣了下，一下子还没反应过来，倒是施南笙，自然大方地看着 Abby，笑了："谢谢。"

裴衿衿站在施南笙的身边，这时不知道说什么好，高兴吗？是的。Abby 说她是他的女朋友，他没有否认，这样的态度，无疑是向别人承认她的身份。可是，他都不知道自己和余天阙已经分手了，他就敢接受她，难道就真的不怕自己来一招"脚踏两条船"？

"你们忙，我还有些东西想问一下艾伦，我先下去找他了。"

"好。"施南笙看着靓丽的 Abby，道谢，"这次能请到艾伦医生，真的非常谢谢你。"

Abby 笑得灿烂："别客气。华师兄的朋友就是我的朋友，举手之劳，不必放在心上。不过……"Abby 的话锋一转，"如果你真心想道谢的话，可以请我吃饭。这次回国，我不会随艾伦医生那么快回去，应该会在国内待一个月，有足够的时间……吃饭。"

说着，Abby 看着裴衿衿，"裴小姐应该不会介意施先生请我吃饭吧？"

裴衿衿暗道，真介意也不会在你的面前表现出来啊，还真是知道抓时机邀请，笑道："他在朋友圈子里聚餐买单买习惯了，当然不会介意。"

Abby 笑："OK。那我下去了。"

Abby 走了之后，裴衿衿立即问："施奶奶的情况怎么样？艾伦医生有办法让奶奶的身体康复吗？"

施南笙带着裴衿衿走进房中，轻声道："做了全面的检查，艾伦说康复的希望有百分之六十。"

一听，裴衿衿的心就放下了不少，这样的比率算是高了。

"南笙，奶奶肯定会好的。"

两人一起回房间，行走间裴衿衿随口就提到了迷宫花园，口气里颇有些自豪，"吃完饭我去了迷宫花园。"

施南笙挑眉："站在门口不敢进去？"

"你也太瞧不起人了吧。"

"是瞧不起你。"

"我进去了，而且，自己又走出来了。注意，是一次噢。一次就找到了正确的出口。"裴衿衿扬起小脸，"怎么样，厉害吧。"

"呵。"

回到自己房间，施南笙坐在沙发里，放松着身体，从早上起来忙到现在他都没有好好休息一下，一口水都没喝，现在得到艾伦医生的诊断结果，心里最担心的事情总算能放下不少了，他一定会紧紧抓住百分之六十的成功部分，让奶奶恢复到健康的状态。钱和时间，都不是问题。

"你要不要喝口水，我给你倒。"

"嗯。"

看着施南笙将一杯水都喝下去，裴衿衿心疼得很，他眼底都泛红色血丝了，这阵子真的是太累他了。

"你休息会吧，有事我叫你。"

"没事。我坐会儿，等下到书房去。"

没两分钟，施南笙就去了书房处理集团的事情，裴衿衿看着他的身影，忽然感觉，自己真的是什么忙都帮不上。如果是孙一萌，恐怕很多事情都不需要他插手就能帮他办得漂漂亮亮。当初他想让她学经管，她一点商量余地都没有给他就拒绝了。如果她知道有一天她会这样心疼他，她肯定会学经管。

在房间里的裴衿衿没事拿过手机，开机。当手机系统完全启动后，短信声响了好一会儿才停下来。

裴衿衿看着塞满手机收件箱的名字，天阙！

看了五条之后，裴衿衿发现自己没耐心了，每一条说的话都差不多，除了道歉就是表明心迹，其实，他真的没必要这样委屈自己。以他的条件找个比她优秀的女孩子很容易。再说，有些事情，发生了，就没法当成没过。比如，她和施南笙……不管之前她装得多么完美，多么淡定，多么不在意施南笙，可他就是生在了她的心底，她不停地对自己洗脑，让自己记住他们不可能在一起，告诫自己要找一个适合的人，一个门当户对的。可是，结果就是越压抑就越不开心，一旦找到缺口，所有的感情就喷薄而出，挡不住地一往情深。

爱情，真的有先来后到！

裴衿衿将收件箱里的信息全部删除，看过的，没看过的。就是因她这个决定，有些并不是余天阙发的信息也被她删除了，而那些信息中，有两条还非常重要。

好了，现在，事情都明确了。以后，她得好好想想了。裴衿衿坐到先前施南笙坐的沙发里，想着今后的安排。

首先，她必须出院。她现在恢复得极好，出院完全没问题，如今施南笙应该不会再阻拦了吧。然后就是……回 C 市上班？又或者，留在 Y 市？这个，看施南笙的意思。嗯，对，看他的意思，他如果希望她在 Y 市，她一定会听他的话。再者，需要向爸妈说清楚她和余天阙已经分手的事实。当然，如果有必要，她可以回学校进修，学学管理。

*

施南笙书房。

叩叩叩。

"进来。"

裴衿衿开门进去后小声地说话，"不好意思，请问有多余的电脑吗？我有点事情。"

施南笙指了下书桌对面的柜子，"第三格，里面有。"

"谢谢。"

裴衿衿拿出笔记本电脑，刚朝门口走，施南笙说话了。

"就在这里用吧，那，桌子。"

"噢。"

这时，裴衿衿手边的手机响了起来，看到上面显示的人名，她摁掉了手机。

电话第二次又打了进来。

裴衿衿再摁掉。

第三次，又来了。

裴衿衿拿起电话，准备关机，听到施南笙说："接吧，没事。"

想了想，裴衿衿接通了电话。

"喂。"

余天阙的声音惊喜地传来："衿衿，你总算接我的电话了，你在哪儿，我现在在你的病房。"

"我不在医院。"

"你在哪？"

裴衿衿也是横了心就不想纠缠折腾的人，干干脆脆地告诉余天阙实情，"我在南笙的奶奶家。今天不会回医院，明天也不知道会不会回医院，后天还得看情况才知道回不回去，大后天还没想好是不是回去。"

"你告诉我施南笙奶奶家在哪儿，我过去。"

"我不知道他这是什么地方。而且，天阙，我们真的没必要再见面了。你赶紧回去工作吧，别为我耽误了正事。我们，真的不可能继续下去了。"裴衿衿叹了口气，"不单单是你的问题，我也有问题，我们好聚好散，就这样吧。"

余天阙却不放弃："见不到你，我不会离开。"

裴衿衿轻轻笑了笑，余天阙此时的心理她很清楚，真的是有多舍不得吗？有多悔恨吗？不见得。很多时候，一个人失去恋情时的激烈情绪和委屈自己的挽留，都不过源于"不甘"。不甘，让他放大了自己的痛苦，让他做出在平时不可能做的事。不甘自己付出了金钱、感情、时间等等，但却没得到自己想要的结果。其实，每个人都知道，结束一段错误的恋情会遇到更好更对的人，只不过，在不甘的情绪下，人不会理性地考虑问题。那种失去对方就再也不能爱的情况，极少，千万分之一的概率。

"天阙，保留最后的尊严结束我们的感情吧。"

"衿衿，我爱你，我是真的只爱你。"

余天阙不肯结束他和裴衿衿之间的爱情，这姑娘是适合他娶回家当老婆的人，他对她用了太多的心思，他不可能就这样结束。

裴衿衿心平气和地说道："天阙，你知道吗。但凡死缠烂打的人，大都不是真的深爱对方，那只是在跟自己赛跑，只是出于一种不甘心失败的心理。真正爱着对方的人，是做不到死缠烂打的。因为自尊不允许。爱，就是把最好的一切给予对方，包括尊严。一个人，如果到了连自己的自尊都不要了，那么还有什么东西对他来说重要到不能放弃呢？"

有两个人，他们转身之后，再没联系过对方；有两个人，他们分别在两个城市，却在多年的时间里再没见一面；有两个人，他们把爱情打包封存，将自己和对方的尊严都维护得极好。有两个人，他们淡漠彼此的时间，是所有人都看不懂的深情。

"衿衿，别分手，好吗？再给我一次机会，我保证会好好地对你。"

"天阙。对不起。"

不再多说地挂掉电话，想了想，裴衿衿还是选择了关机，毕竟不是在自己家里，施南笙在旁边办公，老是打扰他不好。

放下电话，裴衿衿不敢去看施南笙，她知道他在看着她，但是她不知道要怎么跟他说自己和余天阙分手的事情。但她又想，他该不会误会自己是因为他向 Abby 默认她是他的女友才选择和余天阙分手的吧？昨晚她没好意思把这个事情对他坦白，主要是考虑到两人发生了关系，她怕说出来他会笑话她矫情。事实上，就算他不和她复合，他们做了那种事，她也不会允许自己和余天阙继续在一起，哪怕余天阙没有再在外面偷食，她也会选择分手，毫无疑问。只是，余天阙做了不安分的事，让她内心的愧疚和罪恶感一下变淡，她和他半斤对八两，都没有对他们的爱情负责。

"那个……"裴衿衿欲言又止。

施南笙目光一瞬不移地看着裴衿衿："说。"

"我不是因为你给我正名才和他分手的。"

施南笙眉头轻轻地抬了下，问："我给你正什么名了？"

"没什么。"

裴衿衿看着电脑，不打算继续施南笙的话，他觉得自己没有承认她的身份就没承认吧，她不强求。

"衿衿，怎么了？"

"没事。"

施南笙发出轻轻的笑声："过来一下。"

裴衿衿本想是不是要端着架子不过去，后面一想，在施南笙面前她矫情什么啊，真没那必要，起身走了过去，站到他的桌前，看着他。

施南笙放下手里的钢笔，将身子靠到椅背上，看着裴衿衿说道，"到旁边来。"

裴衿衿走过去，低头看着施南笙。不料他突然伸手，揽着她的腰身坐到他的腿上。

"你不要处理公事吗？"裴衿衿问。

"缓几分钟没关系。说说，怎么了，怎么不开心了？"

裴衿衿摇头："没事。"

施南笙笑："呵……"

"你笑什么？"

"我听说，女人都希望有那么一个人，在她说没事的时候，知道她不是真的没事，在她强颜欢笑的时候，知道她并不是真的开心。你说，你是真没事吗？"

裴衿衿翘了下嘴角："你倒是很了解女人。"

"刚好看到过那句话罢了。"施南笙将身体放成一个更加舒适的姿势，看着裴衿衿的侧脸，"他来了？"

"谁啊？"裴衿衿问出口就知道自己犯傻了，点点头，"嗯。"

施南笙目光深邃难辨情绪，说话的声音淡淡的，丝毫不在意余天阙这个人一样："下决心了？"

"嗯。"

施南笙看了裴衿衿几秒，点点头。

"好了，什么事都别想了，要是累的话，就休息会。"

"嗯。"

裴衿衿回到自己位子上后，听到施南笙拨了一个电话出去。电话是打给华昕的，她清晰地听到。

"是我。"

"帮她办理出院手续吧……嗯，现在。……不，她不回去了。我这几天太忙，也没时间过去，你找人办下，回头找时间，我请客。"

"行，什么地都行，随便你挑。"

"哎，对了，奶奶的事情谢谢了……嗯，Abby现在在这边……喂，你小子别给我添麻烦啊……家里这个傻妞就够我应付了，大哥，算我拜托你了，弟弟我最近睡眠质量真的不高，你饶了我吧。我连瑾琰都好几天没见了，那臭小子指不定现在怎么咒我呢……嗯，好，拜。"

"喂，你小子别给我添麻烦啊……家里这个傻妞就够我应付了。"

某人讲电话的一句话让裴衿衿的心情瞬间好转，刚才还闷闷不乐，这下觉得房间里的空气都新鲜了好几倍，怎么呼吸都是甜的。

等施南笙讲完电话，裴衿衿转头看着他，笑嘻嘻地问："你给我办出院手续了？"

"嗯。"

"那……我现在是自由身了？"

施南笙笑："你觉得呢？"

裴衿衿把身子转了个方向，歪着头，嬉皮笑脸地看着施南笙："你老实说，我之前怎么都没法从省军区医院出院是你故意捣乱的，是不是？"

"你办过出院手续吗？"

裴衿衿皱眉，好像也是噢，她只是说说，每次都没有真的去办，难道说，她去办，也能成？

"呵呵。"

施南笙笑了，低头开始忙工作。见他开始忙事，裴衿衿也不好再找他说话，自己在网上到处看地打发时间了。

处理好手里文件的施南笙抬头，见裴衿衿正无聊地用手托着下巴看着电脑，嘴角勾起，这丫头，时隔这么多年，有时候看她，还是傻得出奇，真不知道她这五年怎么过来的。重逢的最初，看她那淡定的样子，还以为她成熟得刀枪不入呢，原来不是。

裴衿衿无聊地看着网络新闻，右下角的腾讯QQ忽然发出"嘀嘀嘀"的信息提示声。呢？她都隐身了，谁还会给她发信息？

鼠标刚移到跳动的头像上，裴衿衿当即就愣了，转头去看低头工作的施南笙，他给自己发信息了？一直以来，施南笙用腾讯QQ的时间就少得可怜，这一点她是知道的。

五年前，那时他们都还在C大读书，她本科，闲散的时间多点，他研究生，每天都忙。但，年轻人嘛，总有些习惯是跟随大众，比如看着杜雅丽和她的男朋友在QQ上发着浓情蜜意的话和图片时，她就奇怪施南笙，怎么他找人不是电话就是当面说呢，看看人家，QQ传情，多温馨啊。于是，在看到杜雅丽和苏紫对着电脑用腾讯QQ和男朋友傻笑乐笑了三次后，她终于忍不住向施南笙提抗议了。也就是那个时候，她知道，施南笙不是没腾讯号，只是那是他十五岁前玩的东西，之后就几年都难得登录一次，经过裴衿衿抗议后，他每天都隐身挂着，就为了她一人。不过，在五年前两人分开后，他便再没登录过了。

裴衿衿好奇地点开施南笙的QQ头像，眼睛一下被对话框上的话吸引了。

"You – are – my – girl – friend！"

慢慢地，裴衿衿笑了。

人生就是这样充满了起起伏伏，不确定，不预见，人永远无法知道下一刻会发生什么，也不会明白为何命运为何会这样对待自己。只有在经历种种意外、变故、伤心、开心、离别、重逢等等之后，才会褪尽最初的懵懂不知浮华急躁，以一种谦卑温和的姿态看待自己的生活。她真的没想到，自己和施南笙会过渡得如此平和，完美得好像他们一直相爱，很顺理成章地就到了现在的关系，她一度以为他们是不能在一起的，可世事来得如此巧妙，让她惊艳无比，更感恩非常。

裴衿衿觉得，现在的自己，真的再幸福不过了。之前，她以为，做着自己专业的工作，有一个还算不错的男朋友，那就是属于自己的幸福。可，一场意外的火灾，带来了各种想不到，更让她看清之前自己所谓的坚持，到底是对还是错。幸福，从来都不会打招呼告诉你它要来，她现在明白，那些能找回的东西，从没丢失过；那些丢失了的东西，或许从未真正拥有。

裴衿衿把手放到笔记本电脑的键盘上，敲了几个字准备回复施南笙，确定发出去前，迟疑了，删除了打出的一句话，霍地起身，跑到施南笙办公桌前，倾身趴到桌上，在施南笙抬头看她的一瞬间，亲了过去。

施南笙看着近在咫尺的裴衿衿，唇瓣上软软的，他还没下一步动作，裴衿衿就退开了，轻轻地留下一句话。

"你是我的男人！"

说完，裴衿衿不等施南笙反应，直接跑出了他的书房，一口气跑进了施南笙的卧房，坐在床上，双手拍着自己的脸。

要命要命。她怎么就做出了这样的事情呢，真是要命。

"哎呀。"裴衿衿又懊悔又害羞，趴在床上，想着自己刚才的举动，真是脑子抽风了。

书房里，裴衿衿像兔子一样蹿出去后，施南笙哑然失笑，想着她刚才对他做的事情和说的话，他真是没法不笑。这妞，还真是……

一时，施南笙找不到词来形容裴衿衿，不过，他倒是承认，这感觉，还真不赖。

*

省军区医院。

孙一萌提着一篮水果走进裴衿衿的病房，发现里面被收拾得整整齐齐，之前从不缺的鲜花和水果都不见了，好像没人住一样。

孙一萌走出房间，拉着路过的一个护士，询问。

"护士小姐，请问一下，九号病房的病人去哪儿了？"

"九号病房……"护士想了想，"噢，想起来了，病人出院了。"

孙一萌诧异："出院了？什么时候出的院？"

"刚不久。"

"她的家人来给她办理的出院吗？"

护士摇头："这个我就不太清楚了。"

"那你知道她出院之后去哪儿了吗？"

护士摇头，病人出院后就不是她们能跟踪的了，何况这个病人好几天都不在医院了。

"谢谢。"

"不客气。"

护士走开后，孙一萌站在原地，想了下，拨打裴衿衿的电话，发现电话处在关机中。

这个裴衿衿，出院不说一声，手机也关机，难不成是回了 C 市？可能性不大，施南笙应该没这么容易就放她回去吧，费劲地把她弄到 Y 市，难道不是想和她重温旧情？

孙一萌正打算给施南笙打电话，旁边传来一个女声。

"哟，一萌啊。"

凌西雅站在自己病房的门口看着孙一萌，眼中带着笑，隔了两个病房，孙一萌没法判断出凌西雅眼中笑意的真实信息，带着微笑走了过去。

"你的脚怎么样了？"

凌西雅转动着受伤的脚踝："没事，我想很快就能出院了。"

"那就好。"

"怎么，来找裴衿衿？"

"嗯。"

"怎么，她又不在？"

孙一萌点头："出院了。"

听到裴衿衿出院，凌西雅吃了一惊："什么时候的事情？"

"听护士说刚不久。"

"施南笙给她办理的？"

孙一萌摇头："不知道。我问了护士，护士不知道谁办理的。"

凌西雅眼底的笑意顿时消失，裴衿衿住院的几个星期，她都没见她的父母过来看她，想来那对夫妇肯定是放心把裴衿衿交给施南笙，再说了，那种市井小百姓肯定舍不得飞到 Y 市来为裴衿衿办理什么出院手续，就算真出院，必定八成让她自己办理。但，以施南笙的风格，既然是他亲自把裴衿衿弄到这边，她走的时候，他肯定也会帮忙，除了他，不会有人来给她办理出院手续。哼，如果是施南笙办的事情，他绝对不会办完就把裴衿衿送回 C 市，肯定是带到家里去了。

想到裴衿衿这几天肯定和施南笙在一起，凌西雅心中极为不爽，白丽的事情还没缓和，她和她目前还在冷战，而裴衿衿又不声不响地出院，施南笙从始至终都没有来看望过她，这些事情，每一件都让她感觉到憋气，看着眼前的孙一萌，气恼一下就上来了。

"我说一萌你也真是有闲心，都和施南笙分手了，还跑来看裴衿衿，心地善良啊。"凌西雅笑，"要是换做我，别说来看她，不欺负她就不错了。呵呵，前女友，说不定，要不了多久裴衿衿就是施南笙的现女友了。"

孙一萌朝左右看了看，见没有人，收了脸上的笑。

"凌西雅，现在没有外人，你不必在我的面前说这些风凉话。我来看裴衿衿，那是我的事，你喜欢施南笙，大家都知道，你看不惯裴衿衿，我也知道，但你没必要挑起我和她之间的矛盾。我不喜欢裴衿衿，这是事实，但我不得不说，裴衿衿在待人的问题上，做得比你好，起码她对人，是真诚的。"

"哟，你倒还夸起裴衿衿来了？"

"不是夸，是说了一个事实。"

孙一萌冷冷一笑："和施南笙分手，我确实不甘。但，我比你还是要幸运些，起码，我当了他六年的女友，而且还得到了他父母的认同。"

"挂名女友，有什么值得一提。"

"可你连挂名的女友都混不到，不是更可悲吗？"孙一萌扬起下巴，"你真的以为施南笙不知道你的心意？我们这些局外人都看明白了，他会不知道？我告诉你，施南笙其实比任何人都精，他看事情，一下就能看到本质。他只是不想和你有任何瓜葛，否则，这么多年，他怎么永远用君子之礼和你相处，这辈子，你就别想了。你，永远成不了施太太。"

"你！"

凌西雅瞪着一向都不敢对她直接说什么刺激人的话的孙一萌，她吃了什么火药，居然敢这样对她说话，没了施南笙，她算什么东西。

"哼。凌西雅，我忍你很久了。平时客客气气和你说话不代表心里就对你没怨气，你喜欢施南笙我管不了，但你时不时地在背后做一些小动作，别以为我不知道。只不过因为很清楚施南笙对你没意思，我就装傻。现在好了，我失去了他，你也没得到。咱们都是输家，赢的，不过是裴衿衿一个人。"

"孙一萌！"

"你瞪我我也要说。施南笙对我怎么样，你应该看得到。就算他对我感情没几分，但我身为他女友的时候，试问你们谁敢动我？呵呵，你也不是傻子，看得出他对裴衿衿是非常不同的吧，如果对一个没感觉的女友都能这样，你觉得，对裴衿衿，他会怎么样？所以，我奉劝你，少在他背后做些什么手脚，免得到时候惹到他了，后果你承担不起。"孙一萌冷笑一记,"看在我们都是悲剧的分上,我好心地提醒你。有些人,从不发脾气,但不代表他没脾气,等他真的火了,那脾气会吓死人,施南笙说不定就是这样的人。"

素来也不是被吓大的凌西雅也笑了,用不屑的目光看着孙一萌,不过一个被甩的女人,居然教训她,也不看看自己几斤几两,有那资格吗?

"孙一萌,我也告诉你。从来,我就没喜欢过你,从第一眼见到你我就知道,你对施南笙打的什么主意,而今看你希望落空,我是说不出的高兴,这话一直就想亲口对你说出来。我在施南笙背后动了什么手脚,让你不惜这样地'提醒'我,呵呵,真是可笑。你说这番话,我该理解成你是为了保护裴衿衿呢,还是为了我好呢?又或者,你几次三番地来看裴衿衿,不过是为了在施南笙的面前做个圣母的样子。不过可惜啊,施南笙肯定不会再让你有机会成为他的挂、名、女、友。"

凌西雅笑,"知道为什么吗?因为,星期六的晚上施南笙在裴衿衿的病房过夜,第二天就带她离开了,这三天,他们就没有回来过。现在裴衿衿办理了出院手续,你觉得她只可能在哪儿呢?呵呵……"

孙一萌和凌西雅两个女人在门口对视着,谁也不待见谁,谁也不想对谁服输,谁都知道对方心里现在肯定不好受,但谁都没办法潇洒地忘记心底的那个男人。

爱情,就是会让人变得不像自己的东西。你从来都不知道真正的嫉妒是什么,直到看到心中的那个人爱上另一个人,看到他把所有的关心、呵护、温柔都对着那个幸运儿倾囊而出,你才发现,嫉妒时的自己有多么丑陋。

*

有了艾伦医生的治疗,第三天施老夫人的身体就看到了明显的好转。

因为有 Abby 这个专业医生的照顾,施南笙在第二天就回到公司坐班了。而裴衿衿则因为施南笙直接让华昕给她办理了出院手续,再没回医院,直接就在施家老别墅住了下来。

星期五。

下班后施南笙打算离开办公室,Leo 斜靠在门口,皱眉。

"最近不对劲噢。今天总算被我抓到了,走,一起吃饭去,好几天都没见你和我们聚聚了。"

施南笙拿起车钥匙,朝门口走:"最近不行。好不容易把艾伦从国外请来,这阵子我得陪在奶奶那边。"

Leo 点头,好吧,这真是一个让人无法挑出毛病的原因。

施南笙关上办公室的门径直去乘电梯,孙一萌在背后见到,喊了他一声,似乎没有被他听到,再想喊第二次的时候,Leo 从旁边拉住她。

"算了，他赶时间。"

"怎么？"

"南笙奶奶最近身体不好，他费了好大的劲从国外请来了名医，这段时间肯定会陪在他奶奶身边，他很在乎他奶奶。"

孙一萌点头，她知道施南笙很重视施家老夫人，这么多年，她提过和他一起去看望老人家，每次都被他拒绝了。而且，她还发现，施南笙的爸妈还没有他这个当孙子的用心。以施南笙对奶奶的关心，真的可以说是一个大孝孙了。他这么在乎他的奶奶，那如果他的奶奶喜欢某个女孩子，他不就……

*

施家老别墅。

施南笙的车刚进门就见到了裴衿衿坐在外面的草地上，一个人，望着天空，傻愣愣的样子。

将车停下，施南笙按下车窗，看着裴衿衿。

又在发呆？

嘀，嘀嘀。

施南笙鸣了几声喇叭，引起裴衿衿的注意。

裴衿衿见到施南笙，从地上站起来，走到车边，笑着："回了？"

"你在那干吗？数云？"

"不是。无聊。"

办理出院手续三天了，他恢复上班也三天了，意味着她被闲置三天了。这让她怎么过呢？每天早上七点起床，吃饭，然后没事了，看电视或者上网，到中午，吃饭，然后午休，再起床散步，又到了吃晚饭的时间。施奶奶因为在接受治疗，Abby 根本不允许她和施奶奶多待在一起，基本上午和下午能见面说上几句话就完了，别墅里的其他人根本没工夫陪她，她和他们没有共同话题。才三天，她就觉得自己发霉了，如果再不找点什么事情做，她肯定会按捺不住躁动的心，回 C 市自己的老巢啊。

施南笙笑："上车。"

"不想回屋里。"

"不回去怎么换衣服？"

裴衿衿问："换衣服干吗？"

"今天周五，带你出去吃饭。"

裴衿衿眼睛发光："好。"

哇，总算能出去放风了，整天都在这个别墅里转，她真的要"红杏出墙"了。

回到屋里，裴衿衿去房间整理妆容，施南笙则去看奶奶的情况，得到的消息让他很开心，最近公司里的事情虽然很多，但也可能是人逢喜事精神爽，公事处理起来得心应手，每一件都顺利，省了不少心。

Abby看着施南笙神情轻松的面颊，忽然提议："今天周五，要不要请我吃饭？"

"好啊。"施南笙爽快答应。

裴衿衿从楼上下来，见到Abby站在施南笙的身边，笑着打招呼。

"Abby。"

"衿衿，这条裙子很漂亮。"

"谢谢。"裴衿衿看着施南笙，"南笙，可以走了吗？"

施南笙点头，"嗯。"

说着，施南笙自然地牵过裴衿衿的手，看着Abby，"Abby，请。"

"施公子，你这样不好吧。说好是请客谢谢我，你让我怎么好意思去当你们浪漫情侣餐的电灯泡呢？这样的事情，我可是不会做的噢。"

裴衿衿明白了，原来，人家Abby小姐上次说让施南笙请客是单独请她吃饭啊，哎，人家嫌她碍眼，不想和她一起吃饭，就只要她的——男人。

施南笙笑，"这几天我太忙，衿衿要闷坏了，带她外出吃'野食'透透气，你一起去，她会更高兴的，这妞儿，喜欢热闹。"

Abby笑："可惜，我不是很喜欢喧闹的环境。还是你们去吧，我们的晚餐，改天。"

"好。那我们先走了。"

"嗯。"

没有"灯泡"，晚餐裴衿衿吃得很开心，好像一切又恢复到五年前和施南笙恋爱的样子，只不过现在的他们比当年要老了些，聊的话题也随之变化了一些。尤其，最明显的变化就是，当年是施南笙说，裴衿衿听。现在反了，裴衿衿说，施南笙听，就算是说话，也很简洁，常常点到最关键的地方。

两人吃完饭，裴衿衿捧着玻璃杯，垂眸看着杯底，说还是不说呢？

"南笙，我想跟你商量个事。"

"嗯，你说。"

这顿饭是这个星期来施南笙自认吃得最放松的一次，明天又是周末，心情松缓，她倒是挺能选时机和他说事的。

"我身体好了，在Y市也这么久了，想回家看看。那边大厦的起火原因也调查清楚了，有些事情需要我们这些租户去配合，加上咨询室也需要重新装修。"

施南笙点头："什么时候回去？"

"我想……周一吧。"

周末他不上班，她脑子被门夹了才会选择这两天离开。

施南笙弯起嘴角："好。我让人帮你订机票。"

"谢谢。"

两人聊着聊着，没注意到一个人频频看了他们好几眼，直到那个人朝他们的桌子走过去，裴衿衿才发现了。

"华医师。"

施南笙转头，华昕已经站到他跟前。

"吃饭呐。"

施南笙朝华昕身后看了眼，没人？

"呵呵，别看，就我。"

"呵呵，信你？"

华昕眼神示意了一下自己所在的桌子，"和同事过来吃饭，顺便谈点儿事情。奶奶的情况好转了吧。"

"嗯。"

"Abby 还在你那？"

"是啊。要不要我捎个话，说你想请她吃饭。"施南笙笑着，"师兄请师妹吃饭，该。"

华昕扫了眼裴衿衿，见她低头喝茶，不由得将话音提高了些："我想 Abby 并不想吃我请的饭，她可能更想吃某人请的，你说，是吧，裴小姐？"

裴衿衿抬头，认同。

"嗯。"

施南笙无奈地摇头，看着华昕，声音轻轻的，说道："我说你到底给她说了些什么，非要惹些麻烦给我你才高兴啊？"

一心以为施南笙是在自己面前力争清白的裴衿衿哪里知道，Abby 曾在前天晚上施南笙睡前查看施老夫人的时候，邀请他一同外出吃东西，还想请他带她在 Y 市好好逛逛。只不过，施南笙非常礼貌地拒绝了她，理由是他第二天要上班，实在是想好好睡一个觉。而且，他以为，本就是 Y 市人的 Abby 应该不需要导游。

"我可什么都没说。"华昕露出无辜的表情。

"没说？"

施南笙笑笑，如果华昕什么都没说，他名字就倒着写。

"呵呵，我看你最近小日子过得不错，给你一点调剂品，丰富丰富生活，有什么不好。再说了，你是谁啊，施南笙，还有你搞不定的人和事吗？"华昕拍拍施南笙的肩膀，

"就当是个游戏，乐呵乐呵。"

"大哥，你可真够爱我的。"

"必需的，谁让你是我弟。"

说完，华昕俯身到施南笙的耳朵边，低声道："我就只说了你的身价和被父母逼婚，其他的，保证没说。"

"华昕，我觉得，我有必要请Queen来一下Y市。"

听到伍墨的名字，华昕整个人都像被雷劈了一样，"别，别别。我还说了你的身材数据，其他的，真没说了。"

"我其实真的好些日子没见到了Queen了。"

"哎呀，怕你了。我还说了你单身中。"

施南笙无语，难怪了……

裴衿衿皱眉，华昕对Abby说施南笙是单身人士？那，她算什么？难怪总感觉Abby对施南笙有那么一星半点的感觉，原来是有人在故意撮合他们啊。

"哎，不能怪我啊，你们又没给我说你们是什么关系。到现在，我都不知道你们俩是什么关系，朋友？好朋友？男女朋友？"

施南笙微微眯起眼睛看着华昕，他这个医科高材生难道大脑就只有花生米那么大吗？他把傻妞带给奶奶看，还让她一直住在老别墅里，什么关系，还需要他明说吗？就算没有公开通知大家，大家的脚趾头细胞应该还有几分作用吧。

"呵呵，我同事在等我，我先过去吃饭，回头有机会再聊。"

施南笙轻轻笑了下，Abby？

"施南笙，跟你在一起，真没安全感。"

"告诉我，你想要哪种安全感？"施南笙眼睛眯起来，笑眼弯弯，"一定给。"

裴衿衿凝眉："很多人喜欢你。"

施南笙四两拨千斤地回问一句："那我喜欢很多人吗？"

裴衿衿被问住，是啊，他喜欢的人不多，那些喜欢他的人，可能有些一年到头和他都说不上几句话，但正所谓，被人关注就会多很多的诱惑，他现在可以管住自己的身和心，将来呢？色衰而爱弛的事情可不是只在古代才会发生，在现代，这样的悲剧每天都不知道上演多少，只不过每个女人都不希望这样的事情发生在自己身上。

哎。

裴衿衿暗自叹了口气，真是，她怎么这么快就成了恋爱症候群中的人了。真爱上一个人，女人心底会生出更多更多的惶恐，会日日想尽一切办法抓住他，会想办法证明自己对他来说到底有多重要，会想知道他的爱到底真到什么程度。

一贯聪明的裴衿衿在自嘲中疏忽了一个词，喜欢。是的，施南笙没有喜欢很多人，他的"喜欢"很珍贵，不会轻易地贡献出来。在"喜欢"上他就是这样的，那么他的爱呢？想得到他的爱又会难到什么程度？她忘记了，时间是可以改变一个人的。当年他的喜欢和爱，那么明显，根本不需要她费神地猜测，可如今，他的喜欢都是很内藏的。如果不是她表现出明显的不开心，他不会将他的喜欢表现出来。以前，她可以常常听到他肯定他的感情，但现在，他承认她的女友身份都是通过腾讯 QQ，他到现在都没有亲口说"你是我的女友""你是我的女人"，他不再让她清晰地看到他的心。

裴衿衿也不知道为什么，虽然现在施南笙对她很体贴很温柔，好像一切都和五年前差不多，可她却觉得总有些不同，说不出的感觉，没有五年前那么自然了。他对她确实是和其他女人不同的，不管是耐心还是心思，都比那些人要多太多，但这些，她更多的是体会到他的绅士优雅气度，而不是爱。是的，她感觉到的，是一个家教极好的男人对一个不讨厌的女子的好风度。

可她很清晰地知道。风度，不是爱。

"不是说闷久了吗，还想去哪儿玩？"

看着施南笙优雅的姿态，裴衿衿觉得，现在的施南笙真是无法挑剔出任何瑕疵的男人，一颦一笑一举手一投足，都真的可以将女人迷得七荤八素，时间让他沉淀得说不出的光芒四射，可这样的他，显得好不真实，连带他给她的关心和爱护都不真实了。

裴衿衿摇头："回家吧。"

施南笙双眉挑了挑，有些意外。之前在家好像是霜打的茄子，怏怏的，带她出来一路上心情都很好，吃饭的时候也非常开心，怎么到这会情绪一点都不高了，他似乎没做什么惹她不开心的事情吧？

走出餐厅，上车后，施南笙没有立即将车子发动，看着副驾驶位上的裴衿衿，她不高兴，他不是感觉不到，只是他不知道她为什么突然就不高兴了，因为 Abby 吗？真没必要。那个女孩子对他的目的性太强了，他绝对不可能和她在一起的，做普通认识的点头之交没问题，再进一步，没必要，他不是喜欢给自己惹麻烦的人，那样的女孩，能力不小，但非常的精明，而且她的精明一点不隐藏，以为这样反而能挑起他的征服欲，只是她的算盘打错了对象。孙一萌也十分的精，但人家的精还知道藏起来，表面看去只觉得她温和，适合娶回家当老婆，只不过，掩藏再好的人都有露出马脚的地方，精明算计着他和他感情的女子，他都不会有兴趣。

"很多年没有看电影了，去看电影吧？"

裴衿衿摇头："不想去。"

没心情，干什么都没劲。

"在想 Abby？"

"不是。"

"如果是，那就真的太遗憾了。"

裴衿衿抬起头看施南笙，不解："为什么？"

"呵，你先说是不是想她？"

"不说完全没想，但也不是完全因为她。"

这一次，施南笙知道，裴衿衿说的是实话，没有撒谎。但他真的高估了五年后的她，现在的她比重逢前的她相差不少，那时的她脑子非常清晰，也很理性，现在则不然。果然，爱情是让人盲目而且智商会变成零的东西。

轻轻地，施南笙低不可闻地叹了口气："Abby 和我不可能。"

不管她怎么暗示，他都明白那个女人不能沾，这一点根本不需要裴衿衿她担心什么，才处理好孙一萌不久，他可不想为自己再惹麻烦，而且 Abby 完全不像孙一萌那样懂得放矢，她太直接太激进了，好像一往无前进攻的女战士，完全不对他的味。目前，女人对他而言，根本不是最重要的。或者更直白地说，他现在不排斥她这个傻妞在他的身边，也只接受她出现在自己的生活里，是重新喜欢上了她也好，是对她十分的放心也好，又或者只是习惯她也罢，总之现在他只想和她这个女人有瓜葛，别的女人，没有这个机会，也没这个资格。是她，就是她，裴衿衿而已。

看着施南笙坚定地表明自己和 Abby 之间的关系，裴衿衿忽然生出一股无力感。是不是每个人都一定有过这种感觉，当渴望和某个人好好谈一谈的时候，却没有谈什么，也不知道从何处开始谈。于是，我们领悟到，有些事情是不能告诉别人的，有些事情是不必告诉别人的，有些事情是根本没有办法告诉别人的，而且有些事情即使告诉了别人，也会马上后悔。就像现在的她和施南笙，她似乎有不少的话想说，但是她却不知道怎么说，说出来显得自己小气，还会让他看到自己像爱情里的那些患得患失的人，不坚定。可是，如果真的什么都不说，心底又像憋了什么东西，不吐不快的感觉。那么，是不是最好的办法就是静下来，啃噬自己的寂寞，或者反过来说，让寂寞吞噬自己。是不是，就算爱情可以重新回到他们之间，但那种感觉真的回不去了，时间不回流，他们不再是单纯的孩子。回得了过去，回不去心情。

"嗯。"

除了应声，裴衿衿不知道自己该如何做反应，不过，有施南笙这样肯定的回答，心情到底还是有些好转的迹象。毕竟，绝大部分的时候，他不会对任何人解释。有解释，就说明在乎。否则，他根本不会开尊口。

"那去看电影？"施南笙开始发动汽车，"说不定有你喜欢看的。"

"好。"

黑色汽车在车流中穿梭，裴衿衿看着窗外，忽然发现自己正在一点点迷失本真，这不是她想看到的，但却不由自主地变化着。

她不应该拿现在的施南笙和过去的他相比，毕竟成长是一件必然会发生的事，且是一件好事。她觉得他变了，那他何尝不觉得她变了呢？现在他们在一起，这就足够了，现在的他是她的，就是很美好的事情，她真的不该如此惶恐，不是任何一对一度分开的恋人都有重逢再恋的机会，她是幸运的。

"南笙，我们看完电影去吃小吃吧？"

裴衿衿的心情忽然就好了。

人啊，就是这样，想不通的时候，脑子怎么都转不过弯来，钻在死胡同里，出不来。一旦想明白了，再大的事情都不会成为问题了，心情舒舒畅畅，看什么做什么都欢喜。

只是施南笙和裴衿衿都没想到吃宵夜的时候遇到一个人。

第十八章＿＿＿＿＿＿＿＿＿＿
现今，心若清净，情可长存

　　从电影院里出来，裴衿衿的情绪一时还没从悲剧的结局中走出来，怎么搞的嘛，看着片名欢欢喜喜的，以为男女主角肯定能幸福地生活在一起，没想到在最后五分钟里，剧情大反转，男主角为了民族大义献出了自己的生命，剩下女主角一人从此孤孤单单地生活在世上，一个人醒来，一个人睡觉，一个人吃饭，一个人行走。从此，他的世界是黑色，她的世界是白色，永无交集。

　　施南笙看了眼身边的裴衿衿，牵过她的手："为里面的人物结局难过？"

　　裴衿衿点头："猜到了开头，没猜到结局。"

　　"呵呵，这不正是导演和编剧最希望的吗，如果什么都让观影人一眼就看明，有什么意义。"

　　"他们没有在一起。"

　　施南笙再次看了看身边的裴衿衿，嘴角带着一丝笑意："主角最后在一起真的那么重要吗？"

　　两人一起经历了难忘的时光就是最宝贵的财富，结局没有在一起也没什么不是吗，在对方心里永生不是更好，很多爱情在柴米油盐中变淡，最后直至消失，反目成仇的爱情也不是没有，在感情最美最浓的时候戛然而止有时候是另一种长久，只看人站在哪个角度看问题罢了。

　　"为什么不重要？！"裴衿衿惊讶地看着施南笙，是的，没有复合前，她也会是他这样的想法，觉得两人爱过就好，不必非在一起不可。现在想来，是因为爱得还不够深，所以觉得不在一起也没关系，如果真把一个人放到了心底，肯定是想长久地和他在一起。爱，就要在一起。当有一天，想着自己深爱的人在另一个人的身边，那是怎样的心痛和无奈。

　　"衿衿，很多时候，不是人想在一起就能在一起的。"

莫名的，裴衿衿就问了一句。

"那我们呢？我们会一直在一起吗？"

问出问题后，裴衿衿感觉到施南笙牵着她的手稍稍放松了一下，随即，很快，他又握紧了，而且，明显比开始紧很多。他侧脸看着她："我们现在就在一起，不是吗？"

"以后呢？"

施南笙忽然停下脚步，认真地看着裴衿衿，"衿衿，我们不是电影里的男女主角，发生在他们身上的事情不会发生在我们之间。"

爱情里的女子大约都是固执的，裴衿衿莫名其妙就想要施南笙给她明确的回答，不由得直接问。

"南笙，为什么你不能给我直接的答案？"

"会。"

裴衿衿睁大眼睛："嗯？"

"我们会在一起，一直在一起。"

看着裴衿衿渐渐笑起来的嘴角，施南笙也不自觉微笑起来，她笑起来的时候最美，他希望她一直开心，这是他真心希望的事情。是的，他不再是五年前的施南笙，但他不觉得这是坏事，人总是要成长的，如果他还是当时的他，施氏集团必然没有现在的稳定，对集团里的任何人都是不负责任的，董事们的期望，员工们的生存，还有一个集团应当承担的社会责任，他担负的东西越来越多，也就越来越不敢掉以轻心。现在的他，对一切可变性大的问题都不会直接给出最肯定的回答，感情就是其中一项。他不知道，这一次复合，是不是对的？又是不是能和她走到白头？他更加不知道，这会不会是她又一次不怀好意的计划？他只知道，面对她，他不排斥，不反感，看到她向自己靠近，他愿意再次接纳她，亲近她。其他的，他没法保证。

衿衿，你要来，我敞开怀抱迎接你；但你若再次离开，我不会拦你丝毫。

霓虹灯下，裴衿衿定定看着施南笙，她可以看透很多人的眼睛和心，她能很快地发现他们的精神问题，可她看不透施南笙的心，世事从来都是当局者迷旁观者清，她不后悔自己是看不清他的当局者，而且不管他的心藏得多么深，有一点她非常肯定，他的品性不该受到怀疑。换句话说，她从来不觉得他会坏到什么人神共愤的地步，他的好教养和好德行不会让他变成那样的人。所以，她知道，他认真说的话就相当于其他男人的承诺。他说他们会在一起，那么就真的会在一起。

南笙，我有没有告诉你，这世界上我可以不信任何人，不信自己，但我一定会信你。

"嗯。我们，肯定在一起。"

因为小吃街和电影院距离并不远，施南笙和裴衿衿打算走过去，免得再寻什么停车位。有了施南笙的肯定回应后，裴衿衿发现，并不是她成熟了所以和余天阙恋爱的时候平静而理智，只是因为遇到的人不是施南笙，无关乎对错，不能说余天阙就是那个错误的人，也不能说施南笙就一定是对的人选，而是在两个男人面前，她会自然而然地表现出两个裴衿衿，一个理性而淡漠，一个感性而轻松。和余天阙在一起的时候她像深秋初冬的气温，沉沉的，凉凉的；和施南笙在一起她则像春末夏初，暖暖的，轻快的。而她，到底还是喜欢轻松而欢喜的生活。

见到小吃街街口就在前面不远处，裴衿衿笑着问施南笙："哎，你肯定极少来小吃街。"

"高中之后就没再来过了。"

裴衿衿惊讶了："高中之前常来？"

"不想来。但，慈砣常和她的朋友们跑来，每次都是和世瑾琛来这里逮她回去。"

裴衿衿眉头跳了跳，慈砣？仔细想想，世瑾琛的妹妹，世瑾慈，军花一名，五年前见过她一次，当时就想说，那姑娘长得那么标致居然去了部队，真是可惜，若在社会上闯荡，那裙下之臣不知道会爆满到什么程度。

"现在你们的慈砣，她还在部队里吗？"

"嗯。她喜欢部队。"

裴衿衿笑："我估计，拜倒在她的军装下的男孩子恐怕有一个营了。"

"呵呵……"施南笙笑出声，"一个营？你太小看慈砣了。"

"怎么，更多？"

"你是没见过她，过年的时候我还见了她两次，小丫头现在堪称倾国倾城了，比当年还让人惊艳。"施南笙捏紧裴衿衿的手一些，继续道，"世瑾琛像他妈妈，美艳中带着正义，一双眼睛可以迷死万千女人。慈砣则像她的将军爸爸，五官精致温和，据说是360°无死角的完美，随便从哪个位置看都让人挑不出毛病。"

说着，施南笙看着身边的裴衿衿，与慈砣和 Queen 不同的是，他身边的她同样漂亮得让男人惊叹，只不过，她不像星星般的慈砣，也不像太阳般的 Queen，她像温婉凉美的月亮。

"她们，真的很美好啊。"裴衿衿感叹。

施南笙笑，世界上唯一不能选择的事情就是父母，世瑾琛和伍罂能出身在那样的家庭，是她们的命，她们有当公主和女王的命，而她们也争气地受得起抬举。她，其实也很美好，不需要羡慕别人。老天爷五年前给她当王妃的命，她错过了，现在她的机会又来了，如果没有意外，她很可能就是他唯一的王妃。

两人刚走到小吃街，旁边忽然就冲出一个人，抓住毫无防备的裴衿衿，激动地喊着。

"衿衿，我终于见到你了，衿衿，你知道吗，我找你找得好辛苦啊。"

裴衿衿惊恐地看着不知从什么地方蹿出来的余天阙，使劲想从他的手中抽出她的手臂："天阙，你先松开我，放开我的手。"

余天阙像是完全没见到施南笙一样，紧紧抓着裴衿衿："不，我松开你就跑了，衿衿，听我解释。"

裴衿衿听着余天阙的话就觉得头疼，这孩子是哪儿抽风了吧，她和他说得很清楚了，怎么还要跟她解释，解释再多都没有用，他难道不会冷静下来好好想想吗，他们根本不可能再继续保持恋人关系了。

"衿衿，你相信我，我真的……对你是真心的。"

这一刻，余天阙的脸上似乎都写了几个字"我可以挖心给你看"。

裴衿衿不再挣扎，老老实实地站着，看着情绪激动的余天阙，这几天他过得肯定不好，头发有些乱，胡须应是好几天都没有刮了，邋遢的样子颇有些放荡不羁的感觉，也真是亏得他爸妈给了他一副好皮囊，这样的形象可不是任何一个男人能驾驭的，他偏偏看上去还像模像样，真难得。

"天阙，我们已经是过去式了。"

余天阙摇头："不。不是。我们不会是过去式，你和施南笙才是过去式，衿衿，相信我，我们在一起会很幸福的，别放弃，别放开我的手，好不好？"

"天阙，你怎么就不明白呢？"

"我是不明白，为什么我只是出差，我们就会分手。"余天阙情绪越来越激动，"我没有出差前，我们的感情不是很好吗？为什么，为什么会变成这样？衿衿，你为什么要趁着我不在身边的时候和施南笙在一起？你知道吗，当我从朋友口中听到你不在病房的时候，我多么想飞到你的身边，你懂我当时焦急的心情吗？我对你哪儿不好，让你背着我和施南笙再度牵手，你告诉我，他到底哪儿比我好？比我有钱？还是比我帅？"

裴衿衿皱眉，小吃街的入口人流量不少，而且，余天阙的话实在不中听，难道她图的是施南笙的钱和皮相？

"你想知道他哪里比你好？好，我告诉你。"

余天阙慢慢冷静下来，望着一本正经的裴衿衿。

"分手后，他一丝一毫都不纠缠，干脆果断。"

施南笙在一旁一直只言片语都没说，只是牵着裴衿衿的手，看着失态的余天阙。失去爱情的感觉，他有过。但他绝不会出现余天阙这样失水准的行为，大庭广众之下祈求着爱情回来，只是靠嘴巴喊几句"我是真心爱你"，够吗？犯错的人，除了毫无意义地呼喊，再没别的有意义的行动，都不是真的后悔。以前还以为他是他值得尊敬的一个男人，靠自己的真本事到今天的地位，现在看来，他真是高看他了。如此档次，连他正式出手都不够格。

趁着余天阙发愣的时候，施南笙带着裴衿衿朝小吃街里面走，当他的面拉扯他的女人，刚才已经是他的极限了。

裴衿衿走出两米外，余天阙又追了上来，这次，他直接站到了施南笙的面前，目光狠狠地瞪着他。

"你，抢走了我的女朋友。"

施南笙轻轻笑了笑，抢？

"施南笙，你太卑鄙了，把我弄到SH出差，然后趁机对衿衿大献殷勤，你无耻。"

施南笙嘴角的笑容没有散去，看着余天阙，施氏集团的案子虽然找到了他，但接还是不接，选择权不是在他自己手里吗？至于对傻妞大献殷勤，他不否认，但接收权也在傻妞，不是吗？他，只是做他能做且想做的事情。

"余先生，要一起吃点东西吗？"

施南笙表情十分的和颜悦色，心情似乎一点都没有因为余天阙受到影响，而余天阙却愤懑不平地看着施南笙，两个男人的情绪区别格外明显。

"施南笙，你不必在我面前假惺惺装什么，我不需要和你一起吃什么东西，我只要你别缠着衿衿，把她还给我，你不适合她。"

施南笙笑："我适不适合她你知道？"

"当然。你们这样的公子哥怎么可能有真感情，不过都是花钱买刺激而已。"

施南笙嘴角的笑容更大了："余先生，你的自我认识挺深刻。"

余天阙道："我说的是你！"

"我？"施南笙目光镇定地看着余天阙，反问，"余先生接触过我这类公子哥很多吗？"

施南笙傲然的姿态和气质让余天阙一下没了话可说，他认识的公子哥儿放到普通人中，肯定是某某二代，当真若找人和施南笙比，倒没一个，像他们那样的条件就没了真情，到施南笙这个份上还能有什么男女感情。于是，余天阙把目光转到了裴衿衿身上。

"衿衿，我知道，你不是个爱财的女孩子，你不要被他的外表骗了，跟我回去吧，我保证以后会加倍对你好，再也不做让你伤心的事情了。"

事到如今，余天阙还以为是自己"招小姐"让裴衿衿决意和他分手，认为只要自己肯承认错误就能挽回她的心，他真没想到自己怎么会糊涂到吃野食，他其实真的不想背叛他们的爱情，他是真心想和她走下去，成为一辈子的夫妻。

"天阙，不是你做的事情让我伤心，即便你没有发生那件事，我们也不可能继续了。"

余天阙不信："不信，我不信，衿衿，和我在一起，你是开心的，你曾说过，你知道

我最适合你，怎么这么快你就忘记了呢？你不记得你说过的话了吗？你让我不要担心施南笙的出现，让我相信你，现在你怎么就不相信自己最初的选择呢？"

裴衿衿内疚地看着余天阙，对于先前说的话，她真的很抱歉，直到现在她都知道施南笙和她不适合，两人相距太大，可她真的喜欢他，想和他在一起，能失而复得，她很珍惜这次机会，就算两人在一起很艰难，她也想试一试。施奶奶都能坚持，为什么她就不能呢？而且，五年后，施南笙比当年更加成熟，他说他们会一直在一起，她信。她想，只要她紧紧牵着他的手，他一定会保护她得以万全。这一次，谁来她都不放弃施南笙，绝不！

"天阙，对不起！"

她骗了所有人，包括她自己的大脑，但她斗不过自己的心。

"我不需要你的对不起，衿衿，我只想要你。"

裴衿衿看着余天阙的眼睛，说出了一句实话："天阙，我……喜欢他！"

喜欢他！

三个字，让余天阙当即就愣在了原地。这，恐怕才是他们恋情结束的原因吧。她的心里，到底是有施南笙的，而且，从前留下了，就可能一直都没消失。他早就感觉到她对施南笙的感觉非同寻常，只是一再地欺骗自己她是他的女朋友，她是成熟的女人，她懂自己要什么样的生活，不会做什么麻雀变凤凰的梦，没想到她和其他的女人也没什么分别，都有灰姑娘的梦，出现了王子，就忘记自己的身份不顾一切地贴过去。

"呵呵……哈哈……"

余天阙大声笑了起来，看着裴衿衿，眼中不无鄙视的意味，"裴衿衿，我真是看错你了，我以为你玉洁冰清，没想到，你也是贪图富贵的女人一个。施南笙只用了一点点手段就把你迷得晕头转向了吗？不过对你献了几次殷勤你就喜欢上他了？我告诉你，你不可能和他在一起的，你以为你真能嫁到施家当少奶奶？就他们家能要你？漂亮？哈哈……他见过的美女还少吗？你不过是他尝鲜的玩具罢了。等到他厌倦了，弃如敝屣。你别以为自己的下场能好，不可能。"

施南笙的眉头慢慢蹙了起来，他怎么攻击自己无所谓，但当着他的面说他的女人，未免太不把他施南笙放在眼底了。而余天阙毫无遮拦的话明显也让裴衿衿听起来不舒服，周围围观的人开始议论纷纷，对着裴衿衿多有叹气，好像她真就是为了钱才和施南笙在一起而甩掉自己男友的不道德女人。

"老婆，还有胃口吗？"

忽然地，施南笙转头看着裴衿衿，声音格外清晰地问她，尤其那句称呼，让裴衿衿和余天阙都惊诧不已。

啥？！

裴衿衿脑子充血一般，老……老婆?! 施南笙叫她……老婆？

看着裴衿衿傻乎乎的样子，施南笙实在想笑，但环境实在不许，握紧的她手，声音宠爱中带着无限的尊敬，"如果被什么影响了不想吃，咱们就回家，奶奶还在家里等着我们呢。"

民众很多时候就是这样，当有人歇斯底里讨伐某人的时候，善良的他们没有了解全部的事实就会帮弱势群体，比如先前听了余天阙的话而觉得裴衿衿是见钱眼开的女人。可，看到她和施南笙礼貌温和恩爱的场面时，他们又会为之前的言论而反省，如果是真爱，为什么不大大方方地祝福，而且人的谈吐和眼神能反映出一个人的素养，比如眼前情绪激动的邋遢男和干净优雅的翩翩公子，谁好谁坏，一眼就明了。

裴衿衿摇头："我心情不错，我们去找吃的吧。"

"确定？"

裴衿衿莞尔："老公，不是谁都有能力影响到我的心情的。"

人家都叫她"老婆"了，如果她还不知道反应，那就真是 -2 的智商了。何况，余天阙说得又不对，她没理由因为不实的指责而不开心，用别人的错误惩罚自己，那是最傻的行为。

听到裴衿衿喊自己"老公"，施南笙心情大好，那份喜悦从他心底最深处滋生，让他诧异不小，认同她在他的身边不假，可他从没想从她口里出来这样的称呼竟听着异常舒服，好像他本来就该是那个身份一样，特爽。

"呵呵，走吧。"

施南笙牵着裴衿衿直接无视掉一旁的余天阙，朝小吃街里走。

"裴衿衿，你会后悔的！"余天阙在后面大喊。

朝前走着的裴衿衿想，她后悔的事情就是当年欺骗了施南笙，但她同时也庆幸当初有那样的事情找上她，如果不是因为别人强迫她来接近他，他们不会认识，她也不会爱上他。她感谢老天爷让她和施南笙相遇相知相爱，哪怕初衷并不那么光彩，但没有错过他，就是最大的好运。她已经悔了一次，这一回，不管前面要遭遇什么困难，她都不会后悔自己今天的选择。她，一定跟着他，不再离开。

在小吃街，裴衿衿还真是放开了肚子吃，身边的施南笙不禁打趣她。

"难道刚才在餐厅，我点少了东西？"

居然饿成这样?!

裴衿衿咽下嘴里的东西，眼睛还瞄着新的小吃，回答施南笙："没啊，在餐厅吃了挺多的，这不是走路过来又消化了嘛。"

"呵呵……"

施南笙笑，她的消化这么快？

"而且，在那种高档餐厅吃饭怎么都得注意形象，这里，没那么多讲究。人啊，在放松的情况下最能吃了。"

施南笙看着裴衿衿手里的小吃："这些东西卫生情况堪忧，别吃太多。"

"嗯。"裴衿衿举起手里的东西给施南笙，"给你？"

"不用。我不爱吃这些。"

看着裴衿衿高兴的样子，施南笙想起了世瑾慈，难道女孩子都爱这些玩意？当年真没少陪世瑾琰来这里抓慈砣。两个男人，一人堵街的一头，司机开着车在街口等着他们，到后面他和世瑾琰都不用下车，直接让施家的保镖去街里面抓世瑾慈，因为次数太多了，他们实在不想做这种没有技术含量的事情了。直到后来世瑾慈进了军校，他们想抓她都没机会了。

长长的小吃街，裴衿衿拉着施南笙在里面吃得不亦乐乎。到晚上十二点，两人终于回到了施家老别墅。

下车后，裴衿衿站在车边，犹豫了一下，问出了心中的话。

"南笙。"

"嗯？"

施南笙关好车门走到裴衿衿跟前："想说直接说就好。"

"天阙说的话，你信吗？"

"哪句？"

"说我贪财。"

施南笙笑了："我该信吗？"

"你会信吗？"

"你觉得呢？"施南笙反问。

他不怕对他贪财的女人，不管是她还是别人，他都不怕。在他的思维里，如果一个男人没有什么东西给一个女人贪，那才是问题。何况，他的钱，她贪不完。怕女人贪尽自己钱财的男人，能有多大的出息？一个人创造的价值是一直在增长的，本事在自己身上，谁也贪不走。

裴衿衿笑："应该……会……吧。"

下一秒，施南笙笑出声，转身朝屋里走。

"哎，我说得对不对？"

裴衿衿小跑着去追施南笙，"对吗？对吗？"

施南笙脚步不停，嘴角都带着笑，连看都没看裴衿衿，只是问了一句："财妞，你不觉得你错过了五年的作案时间吗?"

裴衿衿站住脚,看着径直上楼的施南笙,脸上的笑容越来越大。

他的回答,她怎么就这么满意呢。是啊,如果她真的爱财,过去的五年她可以制造各种相遇回到他的身边,骗他财骗他色,何须等到五年后的重逢呢?原来,不管是曾经还是现在,他都不信她是爱慕虚荣的女人啊。这感觉,真好。

"不过……"裴衿衿歪着头,小声嘀咕,"哪有女人不虚荣的,只不过是程度差别而已。"

"什么?"

梨奶奶的声音忽然乍现,吓得裴衿衿连忙转身,问好。

"梨奶奶。"

"嗯。你刚说什么?"

"没,没什么。我在说,应该睡觉了。"

梨奶奶点头:"嗯,那是。玩到这个点才回,明天又想赖床?"

"梨奶奶,我上楼洗澡睡觉了,您也早点休息。"

"去吧。"

经过二楼的时候,裴衿衿见施奶奶的房间门关着,料想施南笙肯定在里面,刚走到门口,一道声音叫住了她。

"裴小姐。"

于玲从旁边的门口走了过来,看着裴衿衿,"Abby 医生交代了,除了施南笙,其他人都不能进去了。"

"Abby 在里面吗?"

"是的,她一晚都在老夫人的床边守着。"

"施奶奶的情况怎么样?"

于玲脸上出现了稍稍缓和的感觉:"应该比较好吧,晚上给老夫人送餐的时候,见她气色非常不错。"

"这个外国医生的治疗方式就是不许人进去看望病人?"

"这我就不知道了。除了送餐,Abby 也不让我们进去,说是会影响到老夫人的康复。"

裴衿衿又朝门板看了眼,行吧行吧,反正施南笙说了和 Abby 不会有什么,她也没必要担心太多,是她的男人,别说一个 Abby,就是十个八个来了也抢不走,只要她能让施奶奶恢复健康,她想和施南笙单独待在一起多久都没关系。

"于玲,你也早点休息,我上楼了。"

"好。"

裴衿衿打了个哈欠走上三楼，洗澡后就睡了，施南笙什么时候进房间的她不知道，早上朦朦胧胧地醒了下，身边是温热的男性身躯。

"嗯咕。"裴衿衿朝施南笙靠了靠，隐隐约约地听到他在她的头顶说话。

"衿衿，你自己一个人再睡会儿，我起床忙点事情。"

"嗯。"

裴衿衿不知道，那会才早上五点半，等她起床时，施南笙已经在书房里忙了三个小时了。吃早饭的时候，于玲和梨奶奶看她的眼神，是各种不高兴。她哪里会知道他们在埋怨她享着清福，而她们最有资格过轻松日子的孙少爷却干了半天的活了。

早餐过后，施南笙回到书房里，过了一会儿，走下楼找到正在喝茶的裴衿衿。

"衿衿，我今天要到公司加班，你自己在家如何？"

裴衿衿细细地皱了下眉头，今天不是周六吗，她周一就回C市去，他还要加班吗？

见到裴衿衿细微的表情变化，施南笙想了想，说道，"要不，今天随我去公司？"

"可以吗？"

裴衿衿觉得在别墅太无聊，想去照顾施奶奶吧，Abby根本不让她进去，施南笙不在家，她真的是各种无聊。

施南笙笑："走吧。"

"可我不是你们公司员工。"

嘴里这么说着，裴衿衿动作却不含糊，放下茶杯，眼底亮亮的。

施南笙顺势牵起她的手，不大不小地说了句："你是我的媳妇儿。"

"噗。"

裴衿衿乐了。让她更乐的是，这句话刚好被走进客厅的Abby听到。某女，心情爆棚地好。

被施南笙在Abby面前肯定身份后，裴衿衿整个人像打了鸡血，周六陪着施南笙在施氏集团的办公室里一点都没觉得闷，他忙得无暇喝水时，她连在他办公室自顾自地上网都觉得快乐。

下午五点。

裴衿衿睡在施南笙办公室里的大沙发里，双脚倒挂在沙发的靠背上，举着手机放在眼前，和裴妈妈袁莉发着短信。"裴大婶你不要口是心非了，我知道你和帅哥肯定很想我，周一我就会回去，对您俩老进行鬼子进村一般的海吃胡喝，哈哈，哈哈……"

打完最后几个"哈哈"，裴衿衿自己乐得笑出声了，她猜到老妈看到短信的表情，喊老爸是帅哥，喊她是大婶，裴家一把手不在那边跳脚才怪。

"什么东西这么好笑？"

施南笙探头到裴衿衿脸颊的上方，看着她粉扑扑的脸蛋，眼睛亮亮的，她真是不知道自己在他的办公室给他带来了多大的"麻烦"，若不是想到将她留在家里她会无聊，他怎么会把她带到这里来，看着她玲珑小人儿一个，却在这空间里给他莫大的诱惑力，就算她不出声，不吵他，他的呼吸里都好像有她的气息，费了好一番劲儿才让自己全神贯注集中精神工作。

裴衿衿将手机放下，看着上方十公分左右的施南笙的脸，笑了。

"给我妈发短信呢。"

"说什么？"

"说我周一就回去吃垮她。"

施南笙轻笑："从你昨晚的食量来看，很可能。"

裴衿衿伸手捶了一下施南笙，娇嗔道："你嫌我吃得多？"

"呵呵，这话可是你自己说的。"

"你那潜台词也太明显了，听不出来我是傻子。"

看着裴衿衿表情明媚的小脸，施南笙渐渐俯低脸，越逼越近，直到鼻尖轻轻触碰着她的，说话的气息全都喷到她的肌肤上，温温的，痒痒的："你要是真傻就好了。"

裴衿衿睁着大眼睛对着施南笙的墨瞳："为什么？"

施南笙但笑不语。

如果她真笨，他就可以不用担心她有朝一日会发现一个他并不想她知道的秘密；如果她笨，他就可以按自己的方式好好呵护她；如果她笨，他说的话做的事，她会不深思地深信不疑，让他不用绞尽脑汁地想着如何做到天衣无缝让她不察觉一点蛛丝马迹。但，可惜。她，一点儿都不笨。他喊她傻妞，可心里明白，她的心，其实能看透很多事情，只是有些事情被感情遮了眼才会显得她笨，跳脱出私人感情，她聪明得很。

"说呀，你喜欢我傻？"

"嗯，傻得好。"

裴衿衿听后想起身和施南笙说话，被他用双手摁在沙发里，磁性的声音在她耳边轻言细语。

"傻得容易拐到家里去。"

裴衿衿刚想说"聪明的女人只要男人拿出真心其实也不难坑到家里去"，只是她还没有开口说话施南笙就以吻封缄，柔软的唇贴在了她的上面，辗转缠绵。

长久浓情的吻持续升温在办公室里，最后变成让人面红耳赤的婉转呻吟。

躺在施南笙的怀中，裴衿衿一点点恢复力气，回想刚才所做，不由得忆起五年前在他的办公室第一次将自己完全给了他，时间真的过得很快，如果那时不曾分开，这时候他们的孩子可能都三岁了。当时听他说什么毕业就结婚感觉很荒唐，根本就没把他的话放在心上，觉得那不过就是热恋时期头脑发热的年轻男人随口一诺，现在念来，竟是那样的温暖。人啊，总是这样，失去了，过去了，才知道单纯的真心有多可贵，而今的成熟男子，再不会那样直接地表达他的真心。不过，好在，他的心，她相信。

手指绕着施南笙的领带，裴衿衿漫不经心地问："明天不用来办公室加班了吧？"

施南笙似笑非笑地轻声说道："你想来吗？"

裴衿衿觉得他的口气怎么听怎么感觉怪，稍稍侧脸斜眼瞄着他："不怀好意。"

"嗯？"

"思想不健康。"

施南笙看着裴衿衿鄙视他的可爱表情，乐了。

"我思想不健康？你想到什么了？"

"我看到了内心深处的邪恶事情。"

施南笙笑："什么邪恶的事？"

"我不说。"

"呵呵，我听说过一句话。一个人的心是什么颜色，他眼中的世界就是什么颜色。你说，你的心，现在是邪恶的，还是正经的？"

"当然是正经的。"

"正经人看不到我内心的邪恶。"施南笙笑，"说明，你比我还邪恶。"

裴衿衿纠正，"我那是用纯洁的心灵看到了你邪恶如斯的内心世界，别忘了我是干什么的啊，心理咨询师，必须看到啊，那是我赖以生存的本事，眼神不犀利点怎么行。"

"对，你的眼神快狠准，说明你看懂了我的内心，我们的心里想到一块儿去了。"

裴衿衿发现，左右不管怎么说她都被带到施南笙设置的笼子里，不由得娇嗔："谁跟你想到一块儿啊，才没有。"

"噢。"施南笙大悟，"你的意思是你明天不想跟我来办公室，让我独自过来？"

"明天还要加班？"

裴衿衿这才发现，施南笙这阵子在别墅里的时间好像真的比较多，工作肯定堆积如山，她在这里必然耽误他，于是懊悔自己怎么光顾着和他腻在一起忘记体谅他。果真是恋爱的女人就失了原本的样子，枉她平时还开导别人呢，到自己身上居然也这样，不该，太不该了。

施南笙浅浅笑了下，明天可来可不来，事情剩下的不多，而且也不是很急，放到周一处理没问题。可若不来，在家照顾奶奶当然也不错，只是那样和她单独相处的时间就少了。最主要的，把她长期放在别墅里，总觉得不是太妥当。

"衿衿,明天我们一起去一个地方吧。"

"哪儿?"

施南笙卖关子:"明天去了就知道了。"

*

第二天。

直到裴衿衿和施南笙从民政局里走出来她还是懵的,完全就像在梦中一样。就这么和施南笙领证了?看着手中的红本本,她才有一点点的真实感。是真的,她和施南笙领了结婚证。没有单膝跪地求婚,没有钻戒,没有鲜花,甚至在领证前她都没有听到施南笙的一句承诺。虽然,诺言在爱情的世界里不会有多大的保障力。但,就因一句,你敢和我在一起一辈子吗?就把自己嫁出去的女人,她觉得自己可能是唯一一个。

站在民政局的门口,施南笙将裴衿衿的身子转过来对着自己:"衿衿,我知道今天的事情是我做得不好,将来我一定会把今天你缺失的东西都弥补给你。请你相信我,只要你不离开我,我会跟你在一起,一生一世。"

裴衿衿捏着结婚证,问施南笙:"为什么忽然和我领证?"

"你说跟我在一起没有安全感,怕我被别的女人抢去,这样,你有安全感了吗?"

之前华昕在餐厅拿 Abby 开他玩笑的时候,他看出她是真的担心,国家法律的保护对一个没有安全感的女子来说,可能是最有效的。

"第二,我不希望再出现上周五晚上的那种情况。"

上周五?

裴衿衿回忆,是余天阙在小吃街抓着她撒泼的事情。

"我希望将来不管你遇到什么事情,我都能堂堂正正地用丈夫的身份为你遮风挡雨。这个机会,希望你能给我。"施南笙笑,"不过你就算不给,现在也晚了。"

裴衿衿娇嗔:"那你还说废话!"

"呵呵。"施南笙笑得开心,"走,今天我们好吃好玩地过一天。"

坐到汽车里,施南笙没有立即发动汽车,沉默了片刻,转头看着裴衿衿,拿过她的手抓在手掌里。

"衿衿,这番话我只说一次,你一定要记住。行吗?"

裴衿衿点头:"嗯。"

"现在的我,心里很想给你一场盛大的婚礼。可是现实情况却不允许,工作上的事情太多了,我根本抽不出时间来准备我的婚礼,当然,你可以怀疑这是个借口。可是我真的太忙,我完全没想到自己会忽然和你结婚,这件事过去不曾在我的日程表上。但是,我很高兴它的突然发生。"

"其二，奶奶的身体在治疗的关键期，我希望能等她康复之后健健康康高高兴兴地参加我们的婚礼，你愿意给我这些时间吗？"

"第三，是我非常不愿意提到但是我们不能逃避的事情，我的爸妈希望我娶的女子与我娶到的老婆不是同一个类型，如果你能接受一个没有公公婆婆祝福的婚礼，我会在奶奶康复之后就给你，如果你愿意相信我一次，请给我时间，我会让我爸妈真心地接受我们的爱情，接受你！你愿意相信我吗？"

裴衿衿轻轻问了一句："你刚才说，我们的爱情？"

施南笙笑："是。我们的爱情。"

如果不爱，他怎会和她领证。他还没有到为了给一个女子安全感就奉送上自己一生的境界。

"衿衿，相信我！给我时间！好吗？"

裴衿衿点头："嗯！"

施南笙将裴衿衿的手拿到嘴边亲了亲，笑容漫开在他的脸上："衿衿，委屈你了。"

"没有。"

裴衿衿摇头，她从来没想到他会因为她的一句话就跟她领证，也没有想到他居然会因为一次人群前的尴尬就给她一个正式的名分，他的用心她能感觉到。而现实里阻拦他们在一起的因素确实也存在，他能做出先斩后奏的决定，已是表现他真心的最大诚意了。

"老婆，对不起。只能让你与我先隐婚一段时间了。"施南笙十分内疚地看着裴衿衿，"我会尽快将所有的事情都处理好的。"

一声老婆让裴衿衿的心情好得爆棚，隐婚还是公开，她都不介意，她现在太高兴了，她和施南笙竟然结婚了，没有别人的祝福没关系，除了他们之外没人晓得也没关系，她只要他们的爱情是真的，他是真的，就够了。

"南笙，我等你！"

"还叫我的名字？"施南笙笑。

裴衿衿羞红脸："一下子改不过来，先这么叫吧，免得别人发现我们的秘密。"

"呵呵，好。那我也暂时还叫你衿衿。"

一整天，施南笙带着裴衿衿四处游玩，重逢后，两人还是第一次如此放纵自己肆意地快乐，一种踏实的幸福感觉在俩人之间产生。

晚上，施南笙和裴衿衿回到别墅里，Abby见施南笙回来，请他到艾伦医生房间谈施老夫人的身体情况，一直等到晚上十二点施南笙都没从艾伦医生那出来。

想到好几天都没有见到施奶奶，裴衿衿想，明天就回家了，离开前去看下老人家吧，就算不与她说话看看也好。

裴衿衿下楼，等在艾伦医生的房外，等他们出来的时候，把自己的想法跟施南笙说了，他点点头，问艾伦医生裴衿衿能不能进去看看奶奶，艾伦医生想了想，同意了。

Abby 在旁边说道："我们先给老夫人加装一台检测设备她再进去吧，仪器是晚上到的，等南笙你回来亲自看我们拆封才敢用的。如果仪器检测结果说明老夫人的身体恢复得确实很好，她进去和老夫人说会话都没事。"

施南笙点头："好。"

裴衿衿朝 Abby 笑了："谢谢。"

"不客气，这是我的职责。"

艾伦几人在施老夫人的房间忙了一会儿之后，施南笙出来叫裴衿衿进去。

于玲在一旁关心道："孙少爷，我也可以进去看看老夫人吗？"

念及于玲多年照顾自己的奶奶，施南笙点点头，"嗯。"

三个人一起走进房间，当他们走到施老夫人床边的时候，意外的情况突然发生了。

原本运行正常的仪器出现了反常，所有数据从屏幕上突然消失，全部成了一条条的直线，而且报警装置都发出了"嘀嘀嘀"的叫声，惊得艾伦医生和 Abby 急忙给施老夫人做检查。

施南笙和裴衿衿紧张地站在床尾看着医护人员忙碌，于玲放在身前的双手握在一起，同样担心不已。

裴衿衿拉着施南笙的手，不是说恢复得很好吗，怎么会变成这样？

房间里的人都因为突发情况变得十分紧张起来，除了一人，施家老太太。只见她看着忙碌的人，眼中满是莫名其妙，她真不懂，自己好好的，他们一个个的神色却是如此的慌张。

看着施家老太太精神不错，艾伦医生感觉十分奇怪，他的各项检查都显示老太太的身体确实没问题，可是仪器却报警，到底是为什么？

Abby 疑惑不解地看着艾伦医生，又检查了一下仪器，他们的人工检查说明老太太没有问题，但仪器却报警，问题到底出在哪儿？

施南笙问，"会不会是设备出了故障？"

奶奶的情况看上去并不坏，机械出故障却是很正常的事情，没人能保证自己的东西永远不出毛病，哪怕是进口的东西。

"艾伦医生。"Abby 看着艾伦，说道，"老夫人的情况没问题，我们还是检查下仪器吧，或许真是仪器出了什么故障。"

艾伦点头，"OK！"

于是，几个人将仪器从施老夫人的房间搬到了艾伦医生办公的地方。说来也奇怪，当

他们重新装好仪器打开后，一切运行又正常了，一点问题都没有。

Abby 和艾伦医生反复查看，发现确实没有任何问题。

艾伦疑惑了。

"Why？"

Abby 又做了最后一次试运行，发现没任何故障，跟着走出办公室找到施南笙。

"南笙，仪器没有问题，正常。"

施南笙问："那刚才是？"

Abby 一脸茫然地耸耸肩，摊开手，她也不知道怎么了，如果知道，她不会不告诉他，仪器失灵让人很匪夷所思，一般就算出问题也是单台仪器，这种全部都无法运行的情况还真是第一次见到，就好像仪器同时受到了什么磁场力的干扰，瞬间全部反应。

裴衿衿在旁边看着施南笙，现在是准备怎么办呢？奶奶检查没事，仪器现在也没问题，要重新装上吗？

"南笙，我想，我晚上再和美国那边的仪器供应商联系下，看看他们做实验检测的时候是不是遇到过这样的问题，今天晚上仪器就不给老夫人用了，我和艾伦医生都检查过她，身体恢复得很好，今晚留两个人陪护在床边应该就够了。"

施南笙点点头："好。"转身对着裴衿衿道，"衿衿，你先回房，我再去看下奶奶就回房休息。"

"我跟你一起去看奶奶。"

施南笙明白她的意思，笑了笑："好。"

这一次，就只有施南笙和裴衿衿进了施老夫人的房间。看着他们手牵手地进来，施老夫人眼睛笑眯眯的，非常的满意。

"奶奶，我明天回 C 市。"

施奶奶躺在床上，声音软和得很，不过吐字很清晰，"你是 C 市的？"

"嗯。"

"那什么时候回来陪奶奶？"

裴衿衿笑了："等我把 C 市的事情处理好了，就过来，到时奶奶不要嫌弃我打扰到您才好。"

施老夫人笑得更开心："怎么会嫌你打扰呢，我啊，倒很希望你能住在这就不走了。"

"奶奶。"施南笙伸手握住施老夫人的手，"您好好休息，医生说你这次能恢复健康。"

"嗯。孙儿，放心吧，奶奶还有事情没做完，肯定不会走的。"

施南笙明白施老夫人的意思，笑着点头。

*

裴袊袊回C市的第一个星期都没什么时间和裴爸爸裴妈妈好好聊天，因为她在Y市治疗，段誉和何文又还在医院，搭不了手，火灾的善后事情他们咨询室一直没处理，现在大大小小的事情都要她一个人到场，等把事故赔偿等等琐事弄好之后，就是重新装修办公室。

看着黑乎乎的办公室，裴袊袊站在房中叹气。

裴袊袊内心嘀咕着，只怕一个月时间都不够用，这次的装修，她有了新想法，已经不单单是只打算让办公室恢复原貌那么简单。不过，再一想，她似乎没有把办公室做精装的必要。就在她正犹豫的时候，电话响了。见到手机屏幕显示的号码，拿着手机任它一直响，直到铃声停止。

就在裴袊袊准备把手机放到兜里的时候，身后传来一个声音。

"就这么讨厌我吗？连我的电话都不想接。"

裴袊袊惊诧，转身看着忽然出现在门口的余天阙，他怎么来了？

余天阙朝裴袊袊笑了下，走进房内，朝烧黑的房间看了几圈，又笑了几下，却是不达眼底的笑，随后走进裴袊袊原来的办公室，看了一圈儿，又出来。

"烧成这样，你还打算在这里办公？"

裴袊袊看着余天阙，他来干什么？他们之间难道还有什么没说清吗？或者，他如果是来说风凉话的，他有心情说，她没工夫听。

"你今天不上班？"裴袊袊岔开话题。

"呵呵，是不是和施南笙爱得太甜蜜了，忘了吗，今天周日，不用上班。"

裴袊袊微微皱了下眉头，这么快就一个星期过去了，奶奶的身体应该恢复得很不错吧，也不知道他是不是还像之前那么累。

裴袊袊的眉头皱得更紧了，他们这个星期好像都没怎么联系，仔细想想，她给他打了三次电话，两次他在忙，没说几句话就挂断了她的电话，而他，只在她回来的头两天给她打过电话，之后五天，都没接到他主动呼来的电话。

"有这么忙吗？"裴袊袊小声地念叨。

余天阙没有听清裴袊袊说什么，凑到她的面前，问："你说什么？"

"没什么。"

感觉到余天阙说话的气息喷在自己的脸上，裴袊袊悄然地退开几步，装作查看房子的损坏情况，将各处都看完，朝门口走去。

"我要回家了。"

余天阙笑笑，走了出来，在等电梯的时候，忽然发问："你跟施南笙做了？"

裴袊袊皱眉，忽然对余天阙有种厌恶的感觉，之前怎么不知道他这人说话这么没有遮

拦，而且现在看他，总觉得他的眼睛里有些邪气，瞧着不舒服。

电梯到一楼，裴衿衿想走出去，余天阙伸手一把挡住她，看着她，"之前我几次三番地暗示你，你都装傻打哈哈过去，没想到对施南笙却如此的开放，我不禁怀疑，是不是在几年前，你就把自己给他了？"

"跟你有关系吗？"

裴衿衿抬手打算推开余天阙，却发现他纹丝不动，看着他，说道："说吧，你找我，有什么事？"

"没什么事，就是知道你回来了，过来看看你。"

"多谢。现在，我要回家。"

裴衿衿绕过余天阙，打算走出电梯，却被他一把拽住甩在了电梯墙面上，将她禁锢在自己的胸膛前。

早就想到余天阙来找自己不会只是说几句风凉话就算了，裴衿衿对他的举动没有多大的惊讶，脸色平静地看着他。她看得出他心中还是有很多不甘，如果不发泄出来，他绝对不会消失在自己的生活里。之前，在他的生活和工作中，虽不说每一项他都是第一，但在他的圈子里他算是佼佼者，他自己也有强烈的优越感。这样一个处处被人捧着的金领才子忽然被女友甩了，而且甩他之后立即跟了一个他奋斗三辈子都不可能超越的男人，他的心里难免有巨大的失落感。她能理解，也明白他现在的心情，所以他想说什么不堪入耳的话，她都不会感到意外。有些人，世界以他为中心的时候，什么都好说，一旦他不是主角了，就像变了一个人一般，不再对人以礼相待，绅士的风度一下就消失得无影无踪。

电梯门，慢慢关上。

裴衿衿无奈道："出去说吧，电梯别人还要用。"

"不。"

裴衿衿冷冷地笑了下："如果你能保证你待会儿还能维持你像模像样的男人风度，那你就在电梯里，如果对自己没什么把握，我觉得，我们还是出去比较好，要不然，被人当成炸毛的猩猩围观，好像有损你阳光灿烂的形象。"

"我的形象再不好，也比你好，裴衿衿，你就是个贪图富贵的女人。"

"余先生，你知道什么是形象吗？你说我贪慕虚荣，有证据吗？你哪只眼睛看到我从施南笙身上贪到了亿万家财还是豪宅名车？"

余天阙伸手勾着裴衿衿的下巴，被她用力打开，瞪着他。

"想说什么，赶紧。余天阙，别让我把对你的最后一点尊重都丢掉。"

"尊重？"余天阙仿佛听到了一个大笑话，哈哈大笑起来，笑过之后逼近裴衿衿，声音故意压低，说道，"尊重值几个钱？裴衿衿，你以为你是谁啊，我稀罕你的尊重吗？你跟我谈尊重,不觉得可笑吗?你要是真的尊重我,怎么会去Y市的医院?"

裴衿衿觉得真的和余天阙聊不下去了,她去Y市,根本不是她个人能力能抗拒的,当初如果不是施南笙强硬,她怎么可能愿意过去?当然,现在看来,幸亏是过去了,才让她有机会看清眼前这个男人。是,她没有和他分手就和施南笙复合了,是她的不对,这一点,她对他真的有愧疚。但他难道就不会反省吗?他出差背着她在外面吃野食,对得起他们的感情吗?一辈子很长,即便没有这次去SH出差的机会,以后去别的城市呢?现在的她无比庆幸,多亏是在结婚之前就发现了他是一个没有基本自制力的男人,若是结了婚有了孩子才发现他是一个这样的人,她一生就真毁了。或许这个现代社会结婚离婚都是很常见的事情,但她裴衿衿可不想因为"老公出轨"而离婚,这个借口比"两人过不下去"更让她觉得烂。既然他觉得不需要她的尊重,那她真没必要尊重了。

裴衿衿看准时机用力推开余天阙,恰好电梯到了一楼,金属门打开,裴衿衿朝门外走,被推开两步的余天阙再度抓住她。裴衿衿再次用力甩开余天阙,跑出电梯。

"裴衿衿。"

余天阙逮住她,看表情是生气了,可他还没说什么,从大厦的门口跑来四个黑衣男人,见到裴衿衿,冲过来抓住她就朝外面走。

"你们是谁,我不认识你们。"

裴衿衿挣扎着想摆脱挟制自己的两个黑衣男人,可他们的手劲大得吓人,几乎把她拎在空中地快步朝大厦门外走。余天阙想上前拉裴衿衿,被其余两个黑衣男人狠狠瞪着,有一个还伸手指着他,意思很明显,少来抢人,否则他们不会客气的。

"放开我!你们放开我!"

不管裴衿衿怎么努力想逃脱,都失败了,被人直接扔进门外等候的黑色商务车里。

汽车,飞驰而去。

在车上,裴衿衿知道自己逃不掉,索性也不闹了,安安静静地坐着,回忆起自己是不是得罪了什么人。可她搜索了这些年的记忆,还真没干什么坏事。对病人,她尽心尽力;对同仁,也规规矩矩;如果非要找什么矛盾,除了和孙一萌、凌西雅之间,其他人,还真不可能。

但……

裴衿衿认真地分析了下。

孙一萌?

可能性不大,那姑娘虽然看她不顺眼,但她还算是光明正大,有什么事情都会直接跑来找她的麻烦,像这种不打招呼就绑架人的行为,似乎不像她的作风。而且,最主要的,孙姑娘是害怕施南笙的,她对他有一种发自骨子里的敬畏,她知道他们现在正式复合了,绝对不会傻到在这个时候挑战施南笙，她没那么傻，没了男朋友，她不至于把自己的饭碗也砸掉。

可是……

裴衿衿转念一想，五年前孙一萌被绑架，会不会五年后她也用这招让她消失几年，然后好趁机回到施南笙的身边呢？这，也是有可能的。

那，还有一个嫌疑人，凌西雅呢？

裴衿衿皱眉，凌大小姐出身好，脾气也傲气，她不把当时身为施南笙女友的孙一萌放在眼底，自然现在也不会把她放在眼里，要知道，和孙姑娘比起来，凌大小姐觉得她更不值得一提，用这样强势的方法把自己从施南笙身边驱逐出去并非没可能。从性格、经济条件，家庭背景等等方面考虑，凌大小姐想做这样的事情，不难，也没什么后顾之忧。尤其，凌家和施家还是世交好友，就算被施南笙发现了，他也不会和她撕破脸，毕竟老辈人的关系在那。

难道……真是凌大小姐？

看着汽车飞快跑着，裴衿衿冷静下来，不管是孙一萌还是凌西雅，她都不怕，也都不会被她们恐吓得离开施南笙，这一次，谁来她都不松手。她想，施南笙知道她不见了，肯定很快就会找她的。有他，她什么都不怕，她相信他肯定能找到她。

*

Y市。

施南笙在施老夫人的床边照顾她吃完饭，将瓷碗放到托盘里，拿起丝巾给施老太太拭擦嘴角。

"奶奶，你身体最近恢复得好，看来要不了多久，你就能到花园里走走了。"

施老太太气色着实不错，心情也很好，看着施南笙，笑眯眯地："这啊，多亏你请的医生有本事，不然奶奶哪里能好得这么快。"

"呵呵……"

施南笙笑，当初坚持请艾伦医生真是请对了人。

"哎，对了，裴小姐是不是回去一个星期了？"

施南笙点点头，七天，他们分开七天了。而他，最近几天接到了她三次电话。他……没有主动给她打电话。

"你啊，不能这样的，对人家姑娘要上点心，周末两天怎么能泡在我这个老婆子的房间呢，你应该去C市陪陪她。"

"奶奶，没事的，她又不是小孩子。而且，她这次回去是有事情要忙，我过去只会打扰到她处理事情，等她忙完了，我去接她过来。"

施老夫人脸上的笑意变浓:"也许真是惺惺相惜吧,见到那姑娘,我打心眼里喜欢。"

施南笙笑,裴衿衿啊……就算她伤害过他,但他怎么也讨厌不起她来,一直不知道原因,可能正是奶奶影响了他也不一定,他从小就亲近奶奶,而奶奶看一眼就喜欢傻妞,这也许就是她们身上有看不见摸不着的共性吸引着他吧。

"你打电话问问裴丫头,看看她在那边有没有什么需要帮忙的,如果有,让她直接说出来,你出手帮帮她,让她尽早过来。小情侣的,不要分开太久,分开了,感情容易淡。"

施南笙应声:"是,奶奶,我找时间一定给她电话。"

"嗯。"

赫然,施老夫人来了兴致:"哎,你现在就给她打个电话呗,我也想和她说说话。"

似乎担心施家老夫人和裴衿衿若真的通了电话会没完没了地聊,施南笙找了一个借口将当着施老夫人面打电话给裴衿衿的事情挡了过去,两人说了一会儿话,施南笙就照顾施老夫人躺下睡觉了。

走出房间,正好碰到于玲从楼下走上来。

"孙少爷。"

"奶奶睡觉了,没事别吵醒她。"

于玲点头,"好的。"

朝三楼走的施南笙忽然慢下了步子,停住,转身看着已经推开施老夫人房门的于玲,眉头微微地拧了下,很快地就放开。是他太敏感了吗?为什么觉得这两天对于玲有些感觉不一样,总觉得她的眼神里多了一丝打探的意味。

回到房间的施南笙坐在单人沙发里,静静待了一会儿,随后掏出手机,看着亮起又黑下来的屏幕,反反复复几次,心中那个倒背如流的号码终究没有拨出去。

衿衿,别怨我……

*

C 市。

裴衿衿不知道自己被带到了一个什么地方,她下车的时候被蒙住了眼睛,只知道自己拐了很多弯,然后被人带进电梯,最后进了一套装修很简单的屋子。屋里并没有什么大佬在等着她,四个绑架她的黑衣人将她眼睛上的黑布拆开之后就守在了门口,没有限定她在三室两厅的房间里的自由,也不与她说话,态度很明显,只要她不逃走,他们不会为难她。

当然有一点让裴衿衿不满意的,他们拿走了她的手机,没了手机,她一时不知道还能怎么和外界联系,或者说,他们想用她的号码联系爸妈或是施南笙?

整整一天过去，裴衿衿在被关押的房子里吃得好睡得好，除了三餐有人给她送餐，其他时间没有人来打扰她，这让她觉得有些莫名其妙，绑架了她，难道没有下一步动作了？而且，她一晚没有回家，爸妈肯定担心。尤其，余天阙看到她被抓走，不知道那小子是不是会跑到她家给她爸妈说。如果他还有点良心，说不定会报警。

可是，裴衿衿想不到，她被抓走后，裴爸爸和裴妈妈很快便接到一个电话，说是施南笙派人把裴衿衿接到Y市去了，让他们不要担心，C市裴衿衿的事情会有人来替她处理的，有施南笙照顾着自己的女儿，裴妈妈乐见其成，一点都没多想就欢喜地应了。而她以为会为她报警的余天阙，在见到她被抓走后，在大厦门口站了一会儿，觉得反正施南笙那么厉害，自己的女友被带走了，肯定有手段救出来，他就不掺和了。

见太阳快落山新的夜晚要来了，裴衿衿走到门口，两个黑衣男人立即一言不发地挡到她的面前。

"哎，我说，你们绑我到这里到底想要干什么？要钱吗？我家没钱，我不是什么千金大小姐。如果你们头儿有心理疾病需要咨询，我都在这里待了一天了，他可以出现了。"

回答裴衿衿的是几个男人冷面的沉默。

裴衿衿问了几次发现无果，颓败地坐到客厅沙发上，算起来昨天和今天都没有和南笙联系，他难道不会联系她吗？她的手机不在自己身上，没人接或者接电话的不是自己，他难道不会怀疑什么吗？还是他已经知道自己被绑架了，正在设法营救自己？带着这样的疑问，裴衿衿被关着又过了三天。

走到门口，裴衿衿照样被人拦截。

"你们到底是什么意思？"

见绑自己来的几个人还是不搭理自己，裴衿衿故作死也要跑出去的样子，被他们推到沙发上又站起来朝门口冲，这样十来次后，有一个男人终于忍不住了，看着又准备冲刺的裴衿衿，开腔了。

"小姐，我劝你还是死了这份逃出去的心，在我们眼皮子底下，你是不可能逃出去的，让你跑了，我们兄弟几个就没活路了，你觉得我们能让你出去吗？"

"你们关了我快五天了，到底想干什么？要钱，我没有。给你们看病，你们又不需要。就算是死，也得让人死个明白不是吗？"

"小姐，你放心，我们不会伤害你，我们的头儿也不想伤害你，你乖乖在这里待着，等时候到了，自然会放你走。"

裴衿衿暗道，这些人的口风还真是紧，她都如此"抓狂"了他们还是一点都不放松，果然是训练有素的一群人，这样一个有纪律的组织，应该不是她这个平头小老百姓有机会得罪的人，如果猜得不错，他们的对象并不是她，而是施南笙，想用她来威胁施南笙。至于他们口中的头儿是谁,她真的猜不出来。

*

Y市,施氏大厦。

施南笙开完会走进自己的办公室,秘书将文件放到他的桌上,摊开。

"施董,需要泡杯咖啡送进来吗?"

施南笙摆摆手:"不用,出去吧。"

"是。"

秘书出去之后,施南笙坐在黑色办公椅里,看着待批的文件,心思竟然怎么都集中不了,脑海中总是挥之不去裴衿衿的面孔,已经五天没有听到她的声音了,他不主动给她打电话,她这五天也没给他打电话,她生气了吗?

正在施南笙辗转着想是不是主动给裴衿衿打个电话的时候,手机发出振动的嗡嗡声,看清来电电话号码,连忙接通。

"喂,施南笙。"

一个男声从那端传来。

"南少,对不起。"

施南笙的心瞬间就提了起来,沉着声音问:"发生了什么事?"

"裴小姐失踪了。"

施南笙忽然就喝道:"什么!"

电话那端的男子明显露出了怯意,声音小了不少,勉强够施南笙听清,他说:"我们跟着裴小姐保护了她一个星期,见没什么动静,以为不会发生意外,就在她去公司的那天放松了对她的保护,没想到,第二天,我们在她家门口没有见到她出门,开始我们以为她只是在家休息,也没当回事,直到第三天,才发现她根本就没有从公司回家,我们才知道她……不见了。"

听到裴衿衿失踪了三天,施南笙心中的火开始上升了:"人失踪了三天你们才给我打电话?!"

那端的男子沉默了片刻,用更小的声音道:"南少,不是失踪三天,是……是五天了。"

"你再给老子说一遍!"施南笙的怒气已经涨到了顶点。若非好教养,他估计都要拍桌子了。

"南少,我们真不是故意的,我们也知道裴小姐很重要,所以知道她不见了,我们两天来不分昼夜地找,希望将她找到,好弥补我们的失误,但是……实在是找不到,所以……南少,你赶紧加派人手寻找裴小姐吧,她失踪五天了。"

施南笙的脸色难看到了极点，千防万防，就是防她出意外，没想到，还是出了事，真是叫他怎么能不发火，努力让自己冷静下来，说道："你说说，她是在哪儿不见的？你们查到什么线索了吗？"

"根据我们查到的情况，她是在离开公司的时候被人从大厅带走的，当时还有一个男人纠缠在她的身边，裴小姐被带走的时候，那个男人眼睁睁地看着她被四个黑衣男人抓走。我们查了那四个男人，没有任何他们的情况，不是本地人。他们乘坐的商务车也是套牌的，无从查到那辆车的来路。"

电话那端的人似乎想起了什么，道："对了，那个纠缠裴小姐的男人我们查到了，叫余天阙，他在……。"

"这个人不用说。"

施南笙打断男人的话，余天阙的情况他很熟悉，眼睁睁地看着傻妞被人带走，也真够他做得出的，就算是前女友，遭遇危险也该出手相救才像个爷们吧。

"南少，现在，我们应该怎么办？"

施南笙皱眉，傻妞的家境应该不至于为她招来如此祸事，如果想得不错，应该是冲着他来的，失踪五天，还没联系他，看来对方是个高手啊，在等他主动出声。

"你们先在C市继续暗中找她，我先想想。"

"好的，南少。"

＊

在得知裴衿衿失踪后，又过了两天。

周末。

施家老夫人已经可以下床慢慢走一会儿了，精神头儿更是好得非同寻常，正常上班的五天没法耽误施南笙很多时间也就罢了，到了周日，逮到下楼的他，完全不打算放过。

"孙儿，来，过来，奶奶说点事。"

施南笙用手指了指在客厅忙的小玉，边朝施家老夫人走边吩咐道："小玉，给我泡杯咖啡来。"

"好的，孙少爷。"

施南笙走到施老夫人的面前，见她精神不错，微笑着道："奶奶的身体真是看着好了，来，我扶您到椅子上坐会儿，先休息下，待会再走走。"

施老夫人慢慢挪动着步子，走到椅子前，坐下，拉着施南笙的手，望着他。

"上周就让你打电话给裴小姐接她来家里，怎么一个星期过去了，还不见她的影子，C市的事情就非得她亲力亲为？你不能派人过去处理？"

施南笙哪里会说出裴衿衿失踪一星期的实情，若无其事地说道："她那事情多，又是她自己一手经营的工作室，什么事情都希望按自己的要求来，肯定会花不少的时间。奶奶，您别担心，等有机会，我一定把她接来陪您。"

"孙儿啊，奶奶不是为了让她来这里陪我这个老人家，是想她来了，你们能有多的时间相处，分开两地到底是不放心的，女孩子家家的，都希望被人疼爱，你老不在她身边，她难免觉得有你和没你没区别，到时人家一不高兴离开你了，你到时可要难过。"

"奶奶，别担心，我们挺好的。"

在他看来，只要他下定决心，她到哪儿他都能将她找到，只不过，有时候，他觉得自己不该和她在一起，尤其这几天，随着时间一天天过去，他越发觉得自己不该招惹她的，不该啊，真的不该，或许对她而言，重逢，回到他的身边，都是有害而无益的。

刚巧在餐厅见到小玉冲泡咖啡的于玲端着咖啡走了过来，听到施南笙的话，带着浅浅的笑意，对着施南笙说道："孙少爷，你可不知道，老夫人提了很多次裴小姐，看得出她老人家真的很喜欢裴小姐，你还是赶紧把裴小姐接来吧。"于玲把咖啡放到施南笙的面前，继续说着，"如果你觉得没时间，可以让我去接她。现在老夫人的身体一天比一天好，我可以当天去当天回，一定安全地把裴小姐从她家接到别墅里来。"

施老夫人看着于玲，眼睛笑弯了："小玲说得不错，她去接裴小姐挺好，你告诉她地址，她接了，正好直接带到我这，还不用惊动旁人。我看啊，这个建议可行。"

看似确实不错的安排，施南笙听后，保持着笑容，拒绝了。

"奶奶，接她的事情，还是我自己有空了亲自过去比较好。毕竟，她爸妈那也好看点，人家一个二十几岁的女儿跑我们这住着，总得跟她父母交代声的。"

施老夫人想了想，点点头。

"嗯，也好。那你什么时候有空？"

"这个月都没时间。"施南笙想了想，"下个月上旬也没空，估计下月底有可能。"

啥？！

施老夫人诧异了，还得下个月底？

"你两个月不见她难道都不想她？你就不怕她跑了？"

哪知，施南笙轻飘飘地说道："奶奶，你孙子条件这么好，跑了一个女友，再找一个不就好了吗，干吗这么紧张。"

施老夫人的表情忽然就严肃起来，看着施南笙，像是不认识他一般，他刚才说什么，再找一个女友？难道他对感情如此轻浮，没了就找，一点都不紧张人家姑娘？

"孙儿，你把话再说一遍，你对裴小姐到底是什么心思？"

施南笙像是不明白为什么施老夫人如此惊讶，风轻云淡地说道，"她没其他那些女人那么烦，而且我又和孙一萌分手了，她当女友也没什么不好，就让她当着，至于能不能结婚生子，谁知道呢，以后的事情，谁都说不好。奶奶你也看到了，我这么忙，没时间经营感情，她要在一起就在一起，要不跟我好了，我也不强迫她。"

"你对感情就这样随便？"

"奶奶，这不是随便，这是合，则来；不合，则散。很正常的，现在的人都这样，不奇怪。"

施老夫人生气了："我不管别人怎么样，我只管你，你要么认认真真和裴小姐恋爱，要么就干干脆脆和她分开，不要抱着玩一玩的姿态耽误人家姑娘的时间，我看得出裴小姐很喜欢你，你这样的心态，将来遇到比她好的，是不是立马就和她分手？"

"奶奶，现在没有遇到。"

"那以后呢？！"

施老夫人对自己的孙子有点失望了，他没有否认她的话，就是说，他其实也不肯定将来遇到比裴衿衿更好的是不是还会和她在一起，在他的心里，裴衿衿根本不是唯一不可取代的。这样的感情，她真的不知道该不该帮他把裴衿衿收进施家，他这般可有可无的态度，娶了人家姑娘，反而是害了她。

"以后的事情，没人能保证，奶奶。"

施老夫人看着施南笙无所谓的神情，忽然觉得心里充斥着一种想狠狠训斥他的情绪，但考虑到于玲在场，总该为他留些颜面，没有发作，只是瞪了他几秒，随后从椅子上站起来，看着施南笙。

"你，扶我到房间里去，我有些困了，想休息。"

施南笙立即站了起来："好。"

于玲想帮忙被施南笙拒绝了，"没事，我来，你去忙别的事吧。"

"是，孙少爷。"

看着施南笙扶着老太太上楼，于玲嘴角轻轻勾了下，不用跟上去也知道老夫人不是真的想睡觉，肯定是想训诫施南笙。虽然不知道裴衿衿在施南笙的心里到底占了多大的分量，但他刚才的话好像也没错，没人知道未来会怎么样，尤其裴衿衿还是一个和施家少夫人身份完全不搭的平民女子，这样的女孩，能遇到施南笙就不错了，若说得到他的真心，恐怕还真有些难度吧，要知道，不是所有的施家男人都是施南笙的爷爷那样痴心绝对。

但……

于玲眯了眯眼睛，盯着施南笙的背影一直看，他真的对裴衿衿这么不在乎吗？看他和她相处时，对裴衿衿倒很上心，现在不过分开两个星期，感情就出现问题了？

一阵高跟鞋踩起的哒哒声传来。

Abby从门外走进来，见到于玲，脸上绽开灿烂的笑容，看得出她心情十分不错："于玲，施南笙在吗？"

"Abby 小姐好，孙少爷应该在老夫人的房间。"

"哎呀，你别每次都喊我 Abby 小姐，喊我 Abby 就好了，谢了，我上去找南笙了。"

于玲叫住朝楼上走的 Abby："Abby，请等一下。"

"嗯？什么事？"

"我觉得你现在还是不要上去比较好，或许，等一会儿再去找孙少爷，他会高兴见到你。"

Abby 毫不在意地笑开了。

"哈哈，没事，别担心，他见到我肯定非常开心，我是 Abby 啊。"

见窈窕的身影欢乐地朝楼上走去，于玲眉头微微皱了下，Abby 这个星期和孙少爷好像处得非常不错，艾伦医生都回去了，她留下来照顾老夫人，而且听孙少爷和她的对话，好像是感谢 Abby 能主动申请留在国内等老夫人完全康复再回美国。或许，孙少爷对这个 Abby 还真有那么一丝半点的兴趣。

想到 Abby 对施南笙显而易见的态度和好感，于玲眉头拧得更紧，施南笙是这样的人吗？还是说，男人其实都是一样的，不管他的外表多么优雅，家教多好，在各种美色面前，都难抵诱惑，裴衿衿是纯净的美，而 Abby 则是奔放的，施家大少爷想每种味道都尝一下？

"呵……"

于玲忽然发笑一记，转身朝别墅外面走，边走边掏出了手机。

一周时间一眨眼就过去了。

施南笙靠在大班椅上，闭着眼睛，眉头紧紧皱着。傻妞都被带走两个星期了，到底被藏在哪儿，为什么找不到她？以前孙一萌失踪的时候他没有这么着急，现在的他，恨不得亲自去找她。可是，为了她的安危，他却什么都不能做，只能装成若无其事。他越冷淡，她越安全。

*

C 市。

裴衿衿被人关了整整两个星期，除了没有活人跟她讲话之外，其他方面没有任何问题，连她作为女性的生活用品都有人负责买好，事情变成这样，她基本明白了。绑架她的人肯定非一般人，不然不至于施南笙这么久都找不到她，五年前他或许还只是一个非常超群的富三代，没能力掘地三尺地找她，但到了今天，他手中的权力让人望尘莫及，加上他还有一群只闻其名难见其身的高层次朋友，他若下决心找她，怎么可能半个月都找不到？不是对手太厉害就是他根本没有花心思找她。后者，可能吗？她直接就否定了。她的南笙

怎么会看着她陷入困境而不救呢？

晚上，裴衿衿打算睡觉的时候，卧室的门被人敲响，惊得她立即穿好衣服，站在门后，冷声问。

"谁啊？"

"裴小姐，请接电话。"

电话？

裴衿衿知道外面的人不会伤害自己，拉开门，看到一个黑衣人递给她一部手机，伸出手，看了下号码，无法显示，想来肯定被人故意隐藏了，举起手放到耳边。

"喂？"

"裴衿衿小姐？"

电话那端的声音显得很苍老，不是正常的老年人声音，更像是被人设置了"声音风格"后的结果，对方似乎故意不想让裴衿衿听出本音。

裴衿衿想回到房间里讲电话却被人"请"出了房间，坐在客厅的沙发里。

"说吧，为什么抓我？"

"裴小姐，你别紧张，我不想伤害你，没有意外情况的话，你应该能安全回家。当然，什么事都是没百分百保证的，如果你不配合，或者施南笙不配合，那我们就不知道会发生什么让人扼腕叹息的局面。"

裴衿衿笑了下，果然是冲着南笙来的。

"半个月了，能放我了吗？"

"不能。"

对方说话的口气听来非常不爽："时间虽然过去半月，但我们并没有得到我们想要的，这让我们怎么能放你回家呢？裴衿衿小姐，你想不想早点回到施南笙的身边？"

裴衿衿冷静着头脑："直接说吧。"

"爽快。我喜欢和爽快的人打交道。五年前，你和施南笙住在一起，有没有听他提到一个希典计划？"

希典计划？

裴衿衿想了想，回答："没有。"

"裴衿衿小姐，我劝你好好想想，因为这可能有助于你早点恢复自由，要知道，你现在住我们的吃我们的，现在物价这么高，保不准哪天我们供应不起就要委屈你了。"

"别说真的没有听过什么希典计划，就是他真说过，五年了，谁还记得他说没说过啊，再说了，那时我们热恋正浓，没事怎么会讨论什么莫名其妙的计划，都是些去哪儿玩吃什么的话题。"

电话那端的人静默了一会儿，似乎长长吐了口气。

"裴小姐，我实话跟你说了吧，我要施南笙的希典计划，他什么时候给我，我就什么时候放你，否则，我不介意让他后悔一辈子。"

要挂电话了，那端的人又想起了什么，说道，"噢，忘了提醒你，你最好还是赶紧回到施南笙的身边，要知道，那个什么Abby一直留在施老夫人家，她对施南笙可热烈得很，我看施南笙对她的感觉也不错，最近几天出双入对的，说不定哪天夜里……到一起了。啊，还有，别墅里还有一个于玲，人家姑娘大约也盯施南笙很久了吧，这么多女人在他的身边，再加一个公司里的孙一萌，小心你的施南笙会把持不住的。"

"南笙不是那样的人！"

"哈哈……小姑娘，别对男人太有信心。"

裴衿衿听着电话里的嘟嘟声，在沙发上坐了许久，不想别的，就担心施南笙为了救她把什么希典计划交了出来，既然提到了五年前，那说明那个计划很早他就在做，必然非常重要才会引得别人如此大费周章地想得到，她不想他妥协。

南笙，你别做傻事。

*

Y市。

施南笙下班回到家中，施家老夫人欢喜地转身想喊他，见他手臂上挂着一脸笑意的Abby，脸上的笑容僵住，收了起来，转过头。

"阿梨，来，我们继续喝茶。"

"好。"

施南笙笑呵呵地走到施老夫人身边，挨着她坐下，将手搭在老夫人的肩膀上，搂着她，高高兴兴地喊："奶奶。"

施老夫人冷着脸，没说话。

"奶奶，我回来了，怎么看到我一点都不高兴吗？"

老夫人放下茶杯，仍旧不说话。这时，施南笙旁边的Abby出声了，声音甜丝丝的，像蜜糖儿，软软的，腻腻的，让人皮肤上浮起一层细细麻麻的感觉。

"奶奶，您不要不高兴嘛，您看，我们今天回来得多早啊，可以好好陪您吃饭，然后还可以陪您去花园里散散步，现在您的身体好得差不多了，多走动走动更好。"

施老夫人慢慢地转头，瞟了一眼Abby，这姑娘以前看她觉得还不错，现在越看越不讨喜，孙儿和裴小姐是什么关系她难道看不出来吗？对有女朋友的男人还如此热情地招惹，她就真这么……再看看她穿的什么衣服，两条胳膊光着就罢了，下半身的裤子短得离谱，再短点儿，她不如干脆不穿。

"我今天乏,不想散步。"

Abby 又想说什么的时候,施老夫人抢道,"还有,别叫我奶奶,我就一个孙儿。"

Abby 委屈地看着施南笙,小声道:"可是我有听到裴衿衿叫'奶奶'嘛。"

梨奶奶看着 Abby,毫不客气地说话了,"你和裴小姐怎么能相提并论呢?"

施南笙笑了下:"好了,奶奶,饿了吗,我们吃饭吧。"

"不饿。"施家老夫人没好气地说了两个字,随后站起身,"阿梨,陪我出去透透气。"

"好。"

两个老人相携走出后,施南笙在客厅里坐了会,Abby 紧靠着他,没有说话,此刻再感觉不到施南笙的不悦她就是傻子了,不过她不明白,这些天,在外面和她在一起,施南笙看着都挺开心的,怎么被施老夫人冷了几句之后情绪就受到这么大的影响,难道他心里在想裴衿衿?

过了一会儿,Abby 提议道:"南笙,我们到外面去吃吧,我饿了。"

"等奶奶回来在家吃吧。"

"老人家一看就不喜欢我,要是一起吃,人家怎么吃得下?"

施南笙转脸看着 Abby:"奶奶这关过不了,你还想什么以后呢?"

"可是……"

一直站在旁边的于玲从始至终都没有出声,连平时见到施南笙出现主动打招呼的习惯都生生地压住,她不待见裴衿衿,但起码那姑娘还有些地方不讨人嫌,但这个 Abby 却真是哪儿都挑不出一点让她待见的理由,黏人不说,还总将自己当成施南笙的女友,虽然现在裴衿衿不在,但她和施南笙之间应该还没有分手吧,只是不知道如果裴衿衿知道自己不在的时候,施南笙偷采野花会怎么想,心气那么高的女孩子,应该接受不了吧。

因为施老夫人不喜欢 Abby,施南笙到底没有和 Abby 在家里吃饭,带着她出去了。

*

晚上于玲给施老夫人做睡前状况检查,听着老夫人和梨奶奶两人对施南笙的讨论。

"阿梨,你说说,怎么就变成这样呢?我还以为他对那裴姑娘用了真心,你看看他的态度和说的话,那哪里是认认真真和人家姑娘恋爱啊,整个就是随便玩玩而已。我真是……恨不得……"

"夫人,别气了,现在年轻人恋爱几次都是很正常的,也许裴小姐和孙少爷是真的不适合吧。"

施老夫人气道:"就算裴小姐不适合,我看那个什么 Abby 更不适合,让她做我的孙媳妇,我可不待见。"

于玲见施老夫人确实生气,声音轻轻地安慰她:"老夫人,你消消气,孙少爷说不定也只是图图新鲜，等您身体完全好了，Abby一走，说不定孙少爷又会和裴小姐在一起呢。"

"哼。到时，他想和裴小姐在一起，我也不同意了。啊，人家姑娘不在就乱来，拈花惹草，花蝴蝶一走，他又招惹人家姑娘，哪里那么好的事情都给他占了啊，他当人家姑娘是什么，抹布吗？想找就找，想丢就丢，我们施家没这么恶劣的家教。"

梨奶奶轻轻笑了下："看孙少爷把你气得。"

"能不气嘛，还以为他在正儿八经找媳妇，结果只是图好玩。"

于玲微微一笑："老夫人，现在孙少爷年纪还不大，等过几年也许就会定性了。"

"过几年？过几年我恐怕就下去见他爷爷了，等不了他那么久咯。"

梨奶奶眉头挑起："老夫人，你身体现在恢复得很好，别说几年，十几年我看都行。"

当年施家老夫人嫁给施家老爷时年纪很小，生施晋恒也不过才十七岁，现在不过七十多点，如果身体恢复完全，十来年确实不是大问题。

"哼，要照每天被那小子气成这样，活不了那么久。"

"呵呵……"

于玲失笑。

　　*

C市。

裴衿衿接到无名人士给她的电话后，第三天。

绑架她的男人走到她面前，将一个白色手机放到了她面前的茶几上，冷着脸道："裴小姐，你可以离开了。"

裴衿衿一愣，还她手机，又放她走？意思是……施南笙交出了他们要的东西吗？

二话没说，裴衿衿抓起自己的手机站起来准备朝门口走，一个男人抓住她，用一块黑布蒙上她的眼睛，随后四个男人才将她送出关了十八天的屋子。

站在自己工作室的大厦门口，裴衿衿仰头看着天空，熟悉的天空，熟悉的景物，真好，回来了。下一秒，她掏出手机，给施南笙拨打电话。

　　*

见到手机上面显示的号码，正在和经理们开会的施南笙愣了两秒，掩过自己眼底的诧异，抬手示意经理们暂时停下会议，拿着手机走出会议室。

"喂，施南笙。"

听到施南笙的声音，裴衿衿差点哭了，那一瞬间，她不知道怎么描述自己的心情，十八天没有听到他的声音，她很想他。

"南笙。"

喊了施南笙一句，裴衿衿就找不到话了，握着手机的手都在发抖，她从没想过，自己竟然会如此在乎施南笙。

听到裴衿衿带着哭意的声音，施南笙的眉头缓缓皱起，拿着手机的手指慢慢捏紧，说出口的声音冷得让人怀疑他真是裴衿衿的男友？

"嗯，是我，有事吗？"

裴衿衿呆了两秒，显得有些跟不上节奏一样，和她说话的人是南笙？

"没什么事，他们放我出来了。"

施南笙冷冷淡淡地问："他们？什么他们？"

"就是绑架我的人啊，我自由了。南笙，你是不是拿什么希典计划跟他们交换了？"

施南笙无辜地回答裴衿衿："我不知道你在说什么。"

裴衿衿不信。

"南笙，你是不是怕我内疚自责就想装傻骗我？如果你没拿希典计划给他们，我怎么会出来？他们说，得不到那个计划就会做出什么……让你后悔一辈子的事情。你别瞒我，你肯定交换了，对吗？"

施南笙轻轻发笑："呵，你是不是得了什么臆想症？第一，希典计划是很多年前我在研一玩的一个活动，毕业之后就再没碰过，现在都不知道扔到哪儿了。第二，根本没人找我要什么希典计划，更别说交换你，你确定你不是做了一个梦？第三，你说要在C市好好装修被烧坏的工作室，那就好好忙，要是想我关心你就直接说，不要玩这样苦情戏的把戏，我不喜欢。第四，我在开会，不说了。"

电话的嘟嘟声让裴衿衿感觉自己明明站在烈日下，怎么有种冷得想打颤的感觉，刚才和她说话的是施南笙吗？是她爱的南笙吗？他刚才说的话，是一字一字从他口里说出来的吗？为什么她觉得如此不真实？

这么多天，他根本不知道自己被绑架了？这些天，他难道都没有主动联系自己？他以为她在对他欲擒故纵？他认为她不过导演了一个苦情戏来博得他的同情？她第一时间想他不要妥协地交出希典计划，而他却根本没有收到绑匪的电话。谁来告诉她，这么多天她所受到的委屈和对他的担心都是梦吗？

裴衿衿拿着手机，站在亮晃刺人的阳光下，不管来往的人奇怪地打量她，像一根木头一样呆呆站着，脑子里一团乱，好像什么都能理清，又好像什么都理不清，总觉得在她看不见的地方有一大群人在盯着她，可她不知道那些人是谁，也不知道他们到底想干吗，还有她深爱的南笙，怎么一下变得冷漠无情而复杂，她看不透他了。

*

切断和裴衿衿的电话，施南笙在会议室外站了几分钟，长长吐出一口气，将手机放到裤兜里，只是没人知道，当他的手伸进裤兜后，狠狠握了一下，有种想要捏碎什么的冲动。

老婆，无论发生什么事情，请你一定相信我，你是我最在乎最想保护的人！

*

回到家中的裴衿衿装作若无其事，裴爸爸裴妈妈问她怎么忽然回来了，也不跟他们打个招呼，她就说回来看看。

裴妈妈推开裴衿衿的房门，看到躺在床上的裴衿衿，笑眯眯问她："宝贝儿，什么时候再去Y市？"

"不知道，看情况吧。"

"哎。"裴妈妈拍拍裴衿衿的手臂，"说说，去见了施南笙的爸妈吗？未来公婆可得伺候好啊，将来你过得好不好，他们可是有直接影响力啊。"

裴衿衿疲惫地翻身："妈，我好累，能不能让我安静地睡会儿。"

"呃……好吧，你好好睡，吃晚饭我叫你。"

"好。"

第十九章_____
现今，红尘初心，天涯海角

周五大部分施氏员工都下班了，施南笙还在办公室里加班，已是连着加班九天了，每晚都睡在办公室里的沙发上，没有回家一次，他的行为让 Abby 很不满，越来越频繁地打他电话。她打得越多他越烦，索性将她的号码设置进黑名单，让那个叫 Abby 的名字不再出现在自己手机上。

晚上十一点。

施南笙从办公桌后面站起来，走出办公室，乘电梯到了大厦最高层，然后来到顶楼，在夜空下俯瞰 Y 市。

一个星期了。她那次打电话给他之后，再没呼过他了。这个星期，她过得怎么样呢？

衿衿，请相信我们的爱情！

整个周末都在办公室加班的施南笙没有注意到自己的手机快没电了，到星期一中午的时候，手机因为没电自动关机，一心都在工作上的他根本不知道，一架从 C 市飞来的飞机上有一个只为见他而来的女人。

下午四点，裴衿衿从 Y 市的机场走出来，打开手机呼施南笙，却听到了客服小姐礼貌的声音，对不起，您拨打的电话已关机，请您稍……

挂断电话，裴衿衿看着施南笙的号码片刻，在机场的士候客区上了一辆的士，直奔施氏大厦。

"师傅，麻烦你尽量快一点儿，赶在五点半前到行吗？"

的士师傅瞟了下车右下方的时间："只要不堵车，应该没问题。"

"谢谢。"

在的士上，裴衿衿反反复复地想见到施南笙要说什么，可一次次的腹稿都被她推翻，到最后她都不知道要怎么跟他开口说话，他的态度那么明显，她还跑来找他，自己什么时候变成了这样的人？爱情，她一直都看得很淡不是吗？现在怎么会允许自己如此难过呢。

到了施氏大厦，裴衿衿看了下时间，五点二十。离施氏员工下班的时间还有十分钟，刚刚好。

知道施南笙不会五点半就走出大厦，裴衿衿在大厦外面等着，可直到六点，她都没有见到施南笙走出来。想他可能需要加会班，她继续等着。半小时过去，裴衿衿依然没有见到施南笙走出来，而他的车，她认得很清楚。

时间一点点过去……

直到八点多，裴衿衿还是没有等到施南笙，看着几十个呼出的电话记录，她忽然有种怒不可遏的感觉，关机关机关机，堂堂的施董手机关了一个下午，他难道从不会拿手机看一下吗？从她那个电话到现在，他一个解释的电话都没有，他心里没有她，一点位置都没有。

终于，裴衿衿不再干等，拎着包包朝大厦里面走。前台早已没有人，她进了电梯之后直接摁了施南笙所在的楼层，走出电梯的一刻，她怀疑了，是不是施南笙根本没有来公司上班在家里陪施奶奶？因为，整个楼层安静得出奇，只听得见她一个人的脚步声。站在施南笙办公室门前时，她几乎都听得见自己的心跳声，一下一下，越来越紧张。

叩叩叩！

裴衿衿轻轻地叩门，因为周围太安静，她敲出的声音显得格外扰人。

"进来。"

里面忽然传出一个男声，裴衿衿的心，颤抖了一下，这个声音，她何其熟悉，不是她最想见的施南笙还能是谁呢？

将手放在门把上，裴衿衿深深呼吸一口，扭开，推开门走了进去。见到办公室里的一幕时，愣在了门口，手还放在门把上没有放下来。

孙一萌站在施南笙的身边，看着门口的裴衿衿，诧异地睁大了眼睛，裴衿衿？她怎么忽然来了？

办公桌后面的施南笙开始低头看着文件，听到孙一萌的呼吸声，抬起头，乍然见到裴衿衿的身影，眼睛忽亮，身体下意识地就想站起来，只是，动作做了一半就停住了，缓缓地坐回到椅子上，眼中的温度也渐渐降低，消失。

"你怎么来了？"施南笙口气冷冷地问裴衿衿。

裴衿衿站在门口，没有走进房间："我找你有事。"

"我还没下班。"

"大约还要多久？"裴衿衿问。

施南笙的声音更冷："不知道。"

裴衿衿点点头："那我去楼下等你。"说完，转身想离开。

"等等。"施南笙叫住裴衿衿，说道，"在这里等吧。"

"不用了。"

见裴衿衿迈腿要走，施南笙提了些音量："裴衿衿！"

孙一萌似是被吓到，看着施南笙，轻声道："南笙，你先忙，这文件我先拿回去，明天再和你讨论。"

见孙一萌看懂了状况，施南笙心底稍稍对她有些感激，面色平静地点点头："嗯。"

孙一萌走过裴衿衿的身边，特地朝她点点头，背脊笔挺离开。

裴衿衿站在门口，背对着施南笙，现在的她，连转身看他的勇气都没有，他怎么会变成这样？多么陌生的南笙，他一定不知道，刚才看着孙一萌在他身边的情景，她觉得他们其实很般配，本来她从来没觉得学心理专业是错误，但她竟有一瞬间的后悔为什么没有听他的，学学经管，是不是这样她就可以像孙一萌一样帮他处理公务，每天看见他，和他说话，共事，一起进步。

看着裴衿衿消瘦的背影，施南笙合上面前的文件，站起身，一步一步，轻轻走近裴衿衿，在她背后默默站了片刻。衿衿，该怎么告诉你，看着现在的你，我的心……不好受！

"我的门口不需要门神。"

听到施南笙的话，裴衿衿负气地抬腿朝外面走，她刚动，一只手掌用力扣住她的手腕将她朝后面劲动颇大地一拉，跟着响起咔哒一声门关上落锁的声音。

还没站稳脚，裴衿衿就感觉自己被人拥住，箍着她腰身的手臂越收越紧，闻着鼻息间熟悉的男性气息，心中苦涩的裴衿衿眼眶渐渐红了，这算什么？对她的想念？还是歉意？刚才冷冰冰，现在却好像恨不得将她揉进身体的热烈，哪一个是真的他？

施南笙一言不发，只是紧紧地抱着裴衿衿，如果可以，他真的想把她藏进身体，不让任何人发现她，伤害她。

"放开我……"

裴衿衿轻轻说话，回应她的，是越发用力的拥抱。

"南笙，你到底是怎样一个人？"裴衿衿带着哭意地说着话，"我被绑架的半个月，你真的不知道吗？"

她查过自己那半月的电话详单，他真的一个电话都没有给她打，看着从营业厅里拿到的详单，她真有种凉到心底的感觉，为什么他会如此无情？

"为什么你不会主动给我电话？为什么我回 C 市之后你就对我不闻不问？我是你的妻子不是吗。"

裴衿衿每说一句话就感觉到施南笙的力道重一些，从他的动作里，她感觉出他不是自己看到的无情,他的拥抱,就仿佛是一本深藏秘密的书,太多的话他没说出来,他不显出一丝痕迹,她根本无从发现他到底在隐瞒什么。

"老公。"裴衿衿眼泪滑出眼眶。

施南笙除了抱紧裴衿衿,什么都没有做。

就这样,两人静静地在办公室里抱着,直到彼此的心绪都平静下来。

忽然,裴衿衿问:"我来,没其他的事情,就想问你一个问题。"

"你问。"

施南笙总算开声了。

"你对我的心,是真的吗?"

裴衿衿想,她只要他这个答案,是真的,再难她都坚持下去,如果不是真的,她绝不会再纠缠他,他要分手,她给!

缓缓地,施南笙慢慢放开了裴衿衿,低眸看着她,抿成一条线的唇缝格外秀美好看。

"回答我,是真的吗?"

面对裴衿衿期待的眼神,施南笙退缩了。她的眼睛如此清澈,这双眼睛,曾是他一度十分迷恋的"星光",他想呵护好她的纯净。可是现在,他忽然害怕这样一双眼睛用祈求般的眼神盯着他。

"如果没别的事,你回去吧,我还要加班。"

裴衿衿的心一丝丝地被揪痛,逃避得如此明显,还需要他说出来吗?

对视施南笙的视线一会儿后,裴衿衿朝后退了一步,一切都不必说了,他的心思,她明白了,这一趟,她就是想让他当面给她一个态度。现在,他给了,她不会再给他给他们的爱情找一个勉强下去的借口。他要结束,她给他!

"不好意思,打扰了。"

说完,裴衿衿努力对着施南笙漾开一个笑容,她要走,也要让他看到,她是开心地走。她的爱情,绝不哭哭啼啼。

看着裴衿衿决绝地转身离开,施南笙紧抿嘴唇,强力控制着自己不追上去。

衿衿,再给我一点时间!

裴衿衿走出施氏大厦,身后传来一个跑步声,一只手从后面抓住她。

"太晚了,我送你去沁春园。"

施南笙看着裴衿衿,她在Y市没亲人,这样一个人能住哪儿,还是放到自己那里比较好。

"不必了,我有想去的地方。"

"哪儿?"

"机场。"

施南笙心尖抖了下，"很晚了，明天再回去。"

"施先生，我不想接受你的帮助。"

"如果你不想去沁春园，我送你到奶奶那儿也可以。"施南笙锁着裴衿衿的眼睛，"奶奶很想你。"

尽管一万个不想将她带到施家老别墅那里，但总比她一个人待着要好，她虽然表面看着没有事，可他不信她的内心真的一点波澜都没有，他不放心。

"施先生，你也说了，现在很晚了，老人家需要休息，我不想再去影响奶奶。再说了，你觉得我去了她老人家那里，明天还能回去吗？"裴衿衿干干地笑了笑，"呵呵，你的关心我心领了，但是真的不必了。"

看着裴衿衿坚决的眼神，施南笙拧起眉头，轻轻地唤她，"衿衿，我……"

"施南笙，不要再给我一些突如其来的关心，不是每一次你的出现我都会觉得幸福。如果不爱，就干干脆脆地分开。你不惜，我不爱。我的爱情，只为爱我的人存在。"裴衿衿的眼睛定定地看着施南笙，"对了，结婚证我带回了 C 市，等我回去了再过来跟你办离婚手续吧。再见！"

再也，不见！

看着裴衿衿潇洒地转身走出自己的视线，施南笙没法迈开腿追上去，她说得对，不是他每一次出现对她来说都是幸福，如果给她的关心会给她带去麻烦，他何不让她暂时消失在自己的世界。这样，对她来说，更安全。

*

裴衿衿回了 C 市。

施南笙休了年假。

她给他电话，一直都是无法接通的状态，两人的离婚手续一直没有办好。

*

C 市。

经过一个月的装修，裴衿衿的工作室恢复了营业，而且在工程完工的当天，段誉也从 Y 市回来了，虽然腿伤没有完全好，但只要不跑跳，平常走路没有一点问题。还有何文，虽然身上的伤痕明显，但生命安全，且能自己照顾自己了，医生说她再住院一个月便也可以出院，这对于伤成她那样的人来说，恢复情况算是非常好的。

这天，星期六。

裴衿衿在家睡懒觉，周一就要正式上班了，她得抓紧偷懒的两天时光。

"哎，起来吃饭了。"

听到裴妈妈的声音，裴衿衿赶紧盖上扔到一旁的薄毯，懊恼地看着"居高临下"俯视她的母亲大人。

"妈，你进门不能敲门吗。"她在裸睡啊，就一条内裤哇，她好意思看吗？

裴妈妈不屑地撇撇嘴角，"还害羞啊？有什么好敲的，二十五年前你从我的肚子里出来的时候就是光屁股，你身体哪儿我没看过啊，再说，你有的，你妈我什么也不缺，而且比你的还大。"

"喂！"

"好了好了。"裴妈妈摆摆手，"我也不跟你废话，起床，吃饭。"

"你和爸爸先吃吧，我不想吃。"

"不行！"

"我真不想吃。"

裴妈妈弯腰一把掀开薄毯："没有讨价还价！"

"啊！"裴衿衿双手抱在自己胸前，"妈。"

"听见了，你妈我还没聋呢。我告诉你，赶紧起来吃饭，不然我还有更让你尖叫的。"

裴衿衿老大不情愿地爬起来，当她洗漱完毕坐到桌前时，看着桌上金黄色的油条和豆浆，忽然一阵反胃的感觉直涌，捂着嘴巴跑进了洗手间。

＊

一月后，施南笙年假休完，回了公司。当天晚上福澜勒令施南笙一定要回家吃饭。

客厅里，施晋恒拿着报纸翻过页，抬头看看时间，八点半。

"阿澜，我看，咱们就不等了吧。"都这个点了，他还没吃饭，可是头一遭，难不成儿子不回家她还真的打算不开饭啊？如果那小子一晚上都不回来，他们就饿一晚上？

福澜态度十分坚决："不行。我跟他说了，他不回家，不开饭。"

施南笙的声音忽然出现在大门口："再不开饭，我爸估计要饿昏了吧。"

福澜坐在沙发没好气地瞟了一眼施南笙，起身走向餐厅，对着佣人吩咐着："开饭吧。"

"是，夫人。"

餐桌上，施南笙还没来得及吃两口饭，福澜就冲着他训话了。

"南南，你是越来越不像话了啊，出去休一个月的年假也就算了，回来还不给妈妈打招呼，怎么？学会了大少爷的架子，开始不把长辈放在眼底了吗？还有，都八月了，再四个月今年就过完了，你结婚的事儿还没个影儿，你已经二十八了，该结婚了，拖到明年，二十九，都成剩男了。要是找个和你年纪相仿的，都是高龄产妇，生出来的孩子说不定有影响的，孕妇的危险性也高。另外，我跟你说啊……"

施晋恒皱皱眉头，夹了一点菜放到福澜的碗里，轻声说道，"肯定饿了，来，先吃饭。"

福澜心中不满："吃完饭他说不定就回房了，哪里会在这听我念叨，现在你是不知道，想见一下你的宝贝儿子多不容易，比见个总理都难。国家总理还能在电视新闻联播里天天看到，你儿子啊，整月整月的捞不到他的面儿，忙着呢。"

施南笙赔着笑脸，主动夹菜送给福澜，讨好着她。

"妈，你先吃饭，我今儿加班晚了，肯定饿到您了，吃完饭你想说，我站你面前让你说个够。"

脸上虽是不满，但福澜却收了不少，一家人和和气气地吃完饭。

饭后，施南笙想偷偷溜上楼的计划失败，眼尖的福澜似乎从吃完饭起就一直盯着施南笙，见他有撤退的迹象，立即逮住。

"你，给我回来。"

施南笙装没听见。

"还想我追到你的房间里吗？"

福澜瞪着眼睛看着施南笙转身，小样儿，还给她装，平时就是太优雅了，一点都没让他看到身为一个急切希望儿子成家立业的老妈有多么恐怖的程度。

施南笙乖乖地站到福澜面前："妈。"

"工作方面的事情我就不叮嘱了，这些年你做事有分寸，我相信你会处理好公事。现在，咱们好好谈谈你的个人问题。别逃避，这个，必须面对。"

福澜优雅地交叠起自己的腿，指指旁边的单人沙发，示意施南笙坐下。

"南南，你和孙一萌分手，我也就不追究了，毕竟她本身也不是我最理想的儿媳妇人选，分了她没离开公司，这个结果我很满意，她是个人才，管理方面很不错，只要她对公司没二心，这姑娘我倒是愿意让她在公司更上一层楼。现在，你告诉我，你有打算结婚的人选吗？如果有，说出来，爸妈给你考察考察；如果没有，我们把我们备选的几个人给你说说，你挑一个顺眼的了解了解，时机差不多的时候，就结婚。最迟，不过今年。"

施南笙微微叹了口气，说道："妈，我的婚姻，能不能按我自己的计划和选择来？"

福澜一准就听出了施南笙话里的意思，拉下脸来："南南，你是不是想娶那个什么……裴衿衿？"

这小子别以为她不知道他之前做的什么事，他带着裴衿衿去看了施老夫人，而且还让她在那里住了一阵子，让人不爽的是，老太太似乎还蛮喜欢那个丫头。她偷偷看过那丫头的照片，漂亮是真的漂亮，若按容貌来说，进施家合格。但看看她其他条件，不富不贵，还不是名牌大学毕业，尤其看看她那专业，对施氏没有任何帮助，将来他们如果不在了，庞大的施氏帝国就只能由南南一个人打理，会多累啊。不管怎么样，她是绝对不会接受裴衿衿当自己的儿媳妇的，这样背景的女孩子说出去，她怎么在阔太太圈子里立足啊，人家儿媳妇个个来头不小，那群人可都睁大了眼睛盯着她，想看她招一个什么儿媳妇呢，这脸儿，她可丢不起，想得到她认可的儿媳妇，必须是只凤凰。

施南笙没有否认，却也没有承认，一直沉默着。

"我不管，南南，哪怕你真的喜欢她，我也告诉你，我非常不喜欢她，不接受她做我的儿媳妇。"

施晋恒皱眉，真心喜欢那个姑娘？哟，能得到他儿子真心的女孩子，不多哦。那女孩，他倒有些好奇了，不知道父子两人的眼光是不是相似。看阿澜的反应，应该差别不小。

"妈，我的老婆，是跟我过。"

"但她会叫我妈。除非，她不是我儿媳妇，那我一个字都不说她不好。"

施南笙觉得自己妈妈太固执了，守着她的规矩，每一条都得按她的要求来，她找的，根本不是什么儿媳妇，而是施家和施氏的一个女帮手，拿出去满足别人口头上的羡慕的一个工具，她只是为了将她无比优越的虚荣感膨胀到最大。

"妈，如果没别的事，我回房了。"

"这事今天你必须给我一个回答。"福澜看着起身的施南笙，他要没有对象或者对象是裴衿衿，她就直接给他安排人。

施南笙无奈地看着福澜："妈，我现在没有多余的心思想别的事情，你让我自己来安排好不好？"

福澜看着施南笙，语重心长地说道："南南，喜欢的人和过日子的人是两码事，你已经不是小孩子了，应该知道怎么选择对自己才有利。裴衿衿那个女孩，这么多年都没联系，你怎么就知道她是个好姑娘，说不定她在这些年谈了男朋友，早就不是……"

"妈！"施南笙神情严肃地看着福澜，"你不了解她，不该对她下什么结论。"

福澜惊讶地看着施南笙，又看看施晋恒，竟这样维护那个女的？

"我不了解她？她那样出身的女孩子，接近你，有几个目的是好的？"福澜愈来愈生气，"你再看看现在社会上的年轻人，哪个到婚前还是干干净净的。妈给你选的，那绝对都是经过了考察的，我是为你好。"

原来，圈子里的人都知道，福澜挑选儿媳妇有一个变态的条件，婚前是处女。在她看来，施家的孙儿，必须是万无一失的施家种，而且是干干净净的宝宝。那些婚前谈过恋爱将身子交出去给其他男人的女孩，她一律不接受，不管家境如何殷实，她福澜都不稀罕。

施南笙对视着福澜的眼睛，一字一字道："你说其他，我没意见。但对于裴衿衿这个

人怎么样,请妈不要再妄加评论。"说完,头也不回地上楼,气得福澜在客厅发了好一通脾气,这么多年,她儿子还是第一次在她面前维护一个外人。

　　*

　　在不知缘由地干呕了一个星期后,裴衿衿终于忍不住在星期六的上午一个人去了医院检查,结果,出乎她意料却又好像在必然之中。

　　中奖了!

　　抖着手指看到医生写的那几个字,裴衿衿认真地算着日子,怀孕七周……那,不就是她从Y市回来处理工作室火灾事宜的那几天吗?当时在施家的老别墅里,她和施南笙同床共枕几天,那家伙也没做任何的防护措施,她也觉得是安全期便没在意,怎么会安全期不安全呢?

　　"啊!"

　　裴衿衿将手里的纸张捏成一个团儿,叫了一声,引得周围的人惊讶地朝她观望,有一个年轻母亲甚至赶紧抱起自己的孩子跑开了,活像她是恐怖分子。

　　看着在妈妈怀中一脸好奇看着她的小女孩,裴衿衿不知道自己是不是该大哭一场。老天爷不会这样玩她吧,给她一个晴天霹雳,炸得她整个人都焦糊了。知道生活无处不狗血,但现在的她,真的遭遇了坑爹的情况,爸妈如果知道她怀孕了,会是什么态度?不行,不行不行不行,绝对不能让老爸和老妈知道她中奖的消息。她虽自认个人骨气没到革命英烈的程度,但也绝不会对一个男人死缠烂打,更不会用未出生的孩子当筹码来争取东西。既然她跟施南笙没有结局,那么这个孩子……

　　裴衿衿走出医院,脑子里乱糟糟的,在医院外面找了一处阴凉的地方坐了下来,看着来来往往的行人,叹气。之前还以为自己看破红尘这辈子会无欲无求无怨无爱地过完,现在看看,一场火灾,一个重逢,一个男人,就把她的生活彻底搅乱。

　　"哎……"

　　裴衿衿抚平被自己捏皱的纸团,眼睛渐渐泛红。

　　以他的基因条件,这个孩子肯定很漂亮,她私心地想见到孩子的模样,也自私地想,如果生下来,让孩子没有父亲,是不是也可以?她可以赚钱把孩子养大,不管多苦,她都不会抛弃他,这样她和施南笙之间就有了一个永远都割不断的联系。可是……

　　裴衿衿转念一想,她为什么还要和施南笙扯上关系呢?分分合合两次恋爱已经很够她受的了,现在根本不该去想那个男人,回忆是一种害人的东西,只会让她变得越来越矫情。处理这个意外最理性的做法是瞒着爸妈偷偷拿掉这个孩子,然后认认真真工作,安安心心找一个靠谱的好男人,平平静静地过一辈子。

　　"唉……"

长长地叹了一口气之后，眼泪慢慢盈满裴衿衿的眼眶，浅浅的眶儿终于盛不下她的忧伤，泪水滑落出来，滴在她的手背上，凉意刺入肌肤中，竟是冷到了她的心底。

五年前，从没想过要嫁给施南笙，更不想有他的孩子；五年后，天天想着他们会很幸福地生活在一起；现在看来，不管哪种情况，结局都是没有结局，她和他，不管兜兜转转一次还是两次，都看不到红毯那端的美好。她真的，怕了，累了，倦了。他的心，她真的看不懂了，他的情，她真的读不明了。

他们的孩子，她放弃。

有了决定之后，裴衿衿又坐了一会儿，等心情平静了一些，离开了医院，回到家里。心里有了事后，做什么都有了顾忌，脑子总是不受控制想到自己的肚子，有时还会下意识伸手去摸自己的肚子，她都觉得自己有点神经质了。尤其吃晚饭的时候，裴妈妈看着裴衿衿奇怪。

"怎么了？肚子不舒服吗？"

裴衿衿连忙摇头："没有，没事。"

"没事你老摸肚子干吗？"

裴爸爸也担心地看着裴衿衿，说道："你妈说得对，不舒服吗？不舒服就说出来，我们送你去医院检查下。"

听到医院，裴衿衿条件反射地拒绝："不用不用，我没事，可能吃多了，有点胀。"

裴妈妈看看裴衿衿的饭碗："吃多了？你看看你的碗，才吃了三口就吃多了？"

"呵呵，妈，我今天在外面和几个朋友碰到了，一起吃了好多东西，这会吃不下，吃三口就真的感觉吃得多了。"

裴爸爸点点头："要真吃不下就不吃吧，晚点儿，我给你做宵夜。"

裴衿衿笑笑："谢谢爸，那我先回房间了。"

"去吧。"

回到房间里的裴衿衿哪里有心思睡觉，在电脑前查着孕妇的资料，她也不知道为什么自己就会这样做，明明都决定不要孩子了，却控制不住地搜索怀孕要注意的事项，生怕自己稍一不注意就伤害到了肚子里的小生命，就算他没机会来到这个世界，她想，在他存活的这段时间里，她还得尽量做好，不然会有内疚的自责感。

"唉……"

裴衿衿已经数不清自己是第几次叹气了。

*

虽说理智占据着裴衿衿思想斗争的上方，但要真的一个人偷偷去医院拿掉孩子，她还是害怕，把工作安排之后，向裴爸爸和裴妈妈撒谎去 Y 市一阵子，带着几套换洗的衣服就出门了。

在 C 市第一人民医院的门口，裴衿衿拎着自己的包站了很久，她不知道自己的决定究竟是对还是错？人常说，一个孩子的出生与否不能只由妈妈或者爸爸一个人决定，得两个人共同拿主意，因为是两个人的结晶。但今日，她不觉得有必要告诉施南笙，这个孩子是他们分手后才知道的，没有关系的两个人，为什么还要去用这个棘手的问题打扰他宁静的生活呢？说不定这会他和 Abby 正出双入对浓情蜜意，破坏别人的感情是要被雷劈的，她裴衿衿干不出这事。但活了二十五年，没想到自己居然在这样一件事上栽了跟头，她真是……蠢得可笑。

或许是心底对这孩子舍不得，裴衿衿拎着包不自觉地走到了妇产科，在走廊里看着抱着宝宝的各位妈妈们，眼眶莫名地发红，以前不觉得这些初为人母的女子多么美丽，今天看着她们，竟觉得她们美得不行，让她好羡慕，尤其身边有老公陪伴的年轻妈妈们。

施南笙，为什么……我们怎么都触及不到这样的幸福呢？

正想着的时候，包里的手机响了。看着陌生的号码，裴衿衿犹豫着接还是不接，固话号码，区号显示的是 Y 市，这让她有种莫名的畏惧感，总觉得不会是什么好事。于是，看着电话响，却不接。

把安静下来的手机放到包包里后，裴衿衿心中又浮出一丝失落，似乎有那么一丝后悔自己为什么不接刚才的电话，说不定……

此时，手机又响了。这依旧是刚才呼自己的号码，裴衿衿深吸一口气，接了电话。

"喂，我是裴衿衿。"

电话那端的人明显怔了下，因为在裴衿衿说话的时候，她不远处一个护士大声地喊道，邓素兰的家属来了吗？邓素兰的家属，到了吗？伴随着护士声音的，还有两个小娃娃洪亮的哭声，愣是把医院的氛围烘托得格外到位。这样的声音传到华昕的耳朵里，那绝对没跑的熟悉啊，瞬间就判断出裴衿衿的所在方位。

"你来医院了就好。"

裴衿衿没反应过来，这人是谁啊？什么她来医院就好了？她今天到医院来好像没人知道吧。这么保密的行动还有人能提前知道？而且是个不知道是谁的男人？

"请问，您是……哪位？"

"哈哈……"华昕乐了，"裴小姐，你是好了之后就不记得你的大恩人了啊。我是华昕，你在 Y 市治疗时的主治医师，有印象了吗？"

裴衿衿反应过来，施南笙的表哥。

"华医师你好，请问你找我有什么事吗？"

"你现在是不是在医院？"华昕问。

裴衿衿本想说不是,但看看对方的职业,和听她说话之前就肯定她在医院的话,老实地回答:"是。"

"那就好,你赶紧到我办公室来,我安排人给你做个检查。"

到这时,裴衿衿明白了。华昕以为她在 Y 市他所在的医院,而且误以为她是去复查的。

"华医师,我不在你们医院。我在 C 市。"

华昕有点诧异:"你什么时候回去的?回娘家住几天就赶紧回来吧。哈哈,我说呢,昨天大伙儿聚会,施南笙那小子有点魂不守舍,原来是你不在的缘故啊。难得我得空大家聚会,没想到你却回去了。"

施南笙昨天和朋友们聚会了?

裴衿衿心底苦笑,她悲悲戚戚的一个多月提不起精神,他却过着声色犬马光彩亮丽的生活,也许他那点仅有的魂不守舍也不是给她,而是想着怎么去讨 Abby 的欢心吧,他对女人上起心来,倒一点都不含糊。

"华医师,谢谢您的提醒,有时间我会去检查的。"

华昕纳闷:"你现在不就在医院吗?还等什么有时间啊,就今天吧,先前就想给你打电话叫你来复查的,一直忙事,给忘记了,今天好不容易想起来,听着,必须今天检查,对表弟媳负责就是对我未来的小侄子负责啊,不然你要留下什么后遗症,我怎么跟施南笙那小子交代,那小子若真发起脾气来,我们医院都得烧掉屋顶。"

说着,华昕问道:"哎,你现在在 C 市哪家医院?我看看有没有熟悉的人,给你打个招呼。"

裴衿衿一听,给她找熟人,那绝对不行,立即拒绝。

"不用了,华医师,不用麻烦你了,我今天一会去复查就是了。"

有时候,人越想避掉什么,就越来什么,裴衿衿越不想华昕知道自己在哪,可他就越便捷地知道了。因为可巧,一对夫妇走过裴衿衿的身边,男人的声音颇大地说:"跟你说了直接来一医院的妇产科才靠谱。"

华昕皱眉,C 市一医院?妇产科?

"华医师,我还有事,先挂了,谢谢你。"

"嗯,好。"

放好电话的裴衿衿长舒一口气,将身子靠在墙上,平复着自己的心情,为什么,为什么仅仅是和他的朋友说话都要耗费她如此多的力气呢?那种感觉,像做贼,像偷了他什么东西。

*

电话另一端的华昕，挂了电话之后微微皱眉，也许是当医生的直觉，总感觉裴衿衿在医院有点诡异，听她的口气根本不像是主动到医院去复查身体的样子，妇产科？陪朋友？又不是他的女朋友，不想了。

刚开始准备工作的华昕停下手，怎么总感觉得打个电话？随即，拿起自己的手机，拨了施南笙的号码，响了四声后，电话通了，但电话却不是施南笙接的。

"喂？"

华昕皱眉："你是谁？"

"您好，我是施董的同事，他现在正忙。"孙一萌的声音带着十足十的公式化，施南笙示意她帮他接下电话时她好大一个惊讶，要知道他以前都不许任何人碰他手机的，个人物品独属欲很高，"请问有什么事情需要我转达给他吗？"

"没什么事，既然他在忙就这样吧。"

"嗯。"

电话挂断之后，孙一萌放下手机，回到几个高管中，看了下施南笙，他现在对她越来越亲和了，这感觉，她真心觉得舒服，可能他们真的还能再续前缘。想到这里，孙一萌嘴角扬起笑容，看上去脸色柔和了不少，将她姣好的容颜衬托得越发明丽了。

本来孙一萌以为施南笙会问自己谁来的电话，没想到他提都没提，让她莫名地暗喜，原来不是他以前对她冷淡，而是他对任何人都是这样，想来自己以前真是错怪他了，他就是这样的性格，与谁无关。现在回想起来，她真是白吃一段时间裴衿衿的醋了，那个姑娘现在完全消失在他们的生活里，他对裴衿衿根本也就没多用心，到底不是一个世界的，尝尝鲜之后也挥手就算了，扔得比她还远。呵呵，如此看来，最后占据他身边那个位置的人，最可能的还是她孙一萌。

"……好了，就这样决定。大家去忙吧。"

施南笙说完后就朝身后的办公桌走，如果不是事情比较急他不会让几个高管到他的办公室谈。

高管们走出去后，施南笙看了下桌上的手机，想了想，拿过来，翻开通话记录。

华昕？！

施南笙回拨过去。

没人接！

施南笙想，华昕应该是没在办公室去病房了，于是把手机放到一旁，开始认真工作。没过五分钟，桌上的手机又响了起来，见是华昕的号码，施南笙笑了下，他们可真够无聊的，你来我往地打电话玩。

"喂，施南笙。"

电话一通华昕就打趣施南笙："哎哟，臭小子，你还知道给我回电话啊，刚才怎么回事啊，居然是个女的接电话，有情况噢。"

"呵呵，在和几个同事谈一个紧急的方案，什么事？"

"没什么大事，就问你小子是不是欺负裴衿衿那姑娘了？"

陡然间听到"裴衿衿"三个字，施南笙愣了一下，不明所以地问道："她怎么了？"

"我不知道她怎么了，今天我打电话给她，让她来医院复查身体，她说她在C市。"

"嗯，她回去了。"

"回娘家不稀奇，关键是她现在在医院。"

施南笙皱眉，医院？她生病了？

"在医院也没什么稀奇的，谁没一个头疼脑热的呢，但关键的问题就在于，她好像在妇产科。"华昕提了提音量，"妇产科啊，施南笙，你知道那是什么地方吗？"

施南笙的眉头皱得更紧了。

"哎，我说，小子，你都不关心下你的女人啊？我听她说话的声音，情绪低落，应该真有什么事。本来不想给你打电话的，总觉得有些说不出的感觉，你回头问问人家姑娘。"

施南笙应声："嗯。"

结束和华昕的电话，施南笙十指交叉相握放在办公桌上，拧眉思索，好好的怎么去医院了？随后，拨了一个电话出去。

很快，应了圈子里谣传的一句话，没有施南笙查不到的事情，只有他想不想查出的事情。不出十分钟，他吩咐下去的事情就来了反馈信息。

施先生，裴小姐到第一人民医院不是去妇产科陪朋友，而是自己做手术，做的手术是……

裴衿衿是什么样的人，她对自己的感情又是怎样的，五年前施南笙不敢说自己看透了，但五年后的今天，他非常肯定自己能读透这个已经远不是他对手的小丫头。他非常坚信她绝不会轻易将自己交给别的男人，那么，她……

她竟然要拿掉他们的孩子！

他施南笙的孩子，她居然可以一声不响地放弃！而且还不让他知道地偷偷一个人去做手术！

施南笙的手狠狠捏了下，抓起手机和车钥匙就朝办公室外面冲，在飙车去Y市机场的路上给华昕打电话。

"华昕，我不废话，你赶紧启动你的关系联系下C市第一人民医院的朋友，让人把裴衿衿关起来，她要做的手术，哪个医生敢做就别怪我施南笙太狠。"

华昕莫名其妙:"裴衿衿要做手术?什么手术?"

"你现在先让人把她扣下来,而且千万别让她跑了,不要吓到她,不要惊动她,更不要说我现在过去找她,一定很温和地让她好好待着。你赶紧地办,我怕时间来不及了。"

"噢,好。"

其实就算施南笙不说,华昕找朋友帮忙在 C 市第一人民医院里拦截裴衿衿后没出三分钟就知道事情的原委,坐在办公椅上的他惊得直笑。

"哈哈……"太搞笑了,裴衿衿居然去医院要拿掉施南笙的孩子,有没有搞错啊,多少女人想怀都没机会啊,她裴衿衿居然不要这个孩子,而且还是偷偷摸摸地去医院,若不是他嗅觉灵敏,施家的这个小成员怕是就要"不见天日"了。

*

在一个医院里找裴衿衿不是难事,把她骗进一个空无一人的手术室里也不费劲,但关键就是怎么让她在里面待几个小时有点困难。

开始医生护士演得挺好,陪她聊天,到后面一个个的人都找事离开,裴衿衿也没多想,医生嘛,肯定事情多,她等等也没事,反正她的事情短时间内不会要命。

"刘医生,现在怎么办,拖了一个小时了,总不能就这样撂着她吧,她迟早看出问题来。"

刘美也头疼:"当了医生这么多年,还是第一次碰到这样的情况,我也不知道了,要不,干脆,咱们把房间从外面反锁,这人关在里面,不出来就行,应该很快就来人接她了。人跑了,我就没法交代了。"

"好。"

于是,没一会儿,裴衿衿就听到一个小护士对她说:"小姐,不好意思,我们一个同事不小心把门反锁了,她现在去四医院送东西,因为要得急,她钥匙都没来得及给我们,你在里面等等啊,等她回来了,我们立马给你开门。"

刘美也来道歉:"小姐,真的很抱歉,是我们工作的失误耽误您的时间。"

裴衿衿皱眉,真是人倒霉就诸事不顺,这种事情都能发生,难道是上天给她多和宝宝相处的时间吗?可是,给她时间又怎样,再多也过不了今天,宝宝与她的母子之情到底还是浅了。

没其他人的手术室里,裴衿衿看着冷冰冰的器具,不敢靠近手术床,找了一把小椅子坐在窗户边,手里抓着包包,低着头,不知道想什么,脑子里空空的,心里有一种难过的情绪在发酵。舍不得,却不得不这样做。

*

Y 市。

飞机还没起飞施南笙就接到了华昕的电话，得知裴衿衿被找到带到了手术室里关着，心中的石头稍稍落下点，人是拦下了，后面的事情才真的让他棘手，千防万防，没防到这个意外，这小东西可真会给他这个爸爸带麻烦，不早不晚，偏偏在这个时候来报到。

裴衿衿怀孕的消息被华昕知道后，带来的作用不仅仅是帮施南笙拦住了差点没了的仔仔，他还唯恐天下不乱地充当了一回大喇叭。比如，给施南笙的奶奶打电话，给他的姑妈福澜打电话，给他自己的妈妈电话……

*

C市。

施南笙刚下飞机打开手机，各种信息几乎要把他的手机挤爆，全部都是让他回电话的信息，各色人等，福澜的，施晋恒的，施家老太太的，舅舅的，舅妈的，姑妈的，姑父的……

拿着手机坐进来接他的汽车，施南笙蹙眉，一群人这么疯狂的轰炸，出什么事了？瞬间，他惊恐地想到一件事，莫不是华昕那小子把裴衿衿怀孕的事情给家里人说了吧？

这么一想，施南笙的电话又响了起来。

一看，施家老太太来的电话。

"喂。"

施家老太太的声音第一次洪亮如钟，中气十足："小孙子吧，我告诉你，我不管你用什么办法，今天必须把裴衿衿带到我的面前来，看不到她，我不睡觉。"

关机，他居然敢关机，害她打了好多电话，全部都是关机中，她真是想拿棍敲他的脑袋，女朋友都怀孕了，他还关机，一点不关心姑娘家，孕妇啊，万一有个闪失，看他不得后悔死。她日盼夜盼就等看见他娶妻生子，本想这个愿望难得实现，没想到，居然反着来了一枪，反着就反着吧，先有曾孙也是好事，反正孙媳妇是跑不掉了，踏实。

施南笙忽然觉得有种头疼的感觉，裴衿衿都没见到，这个小祖宗都没拿下，他的后院一群人就都知道了，现在是两边都得对付，指不定会乱成什么样子。奶奶知道了，爸妈也肯定知道了，现在都不知道他们是什么情况。华昕啊华昕，你送我的大礼，有朝一日，兄弟一定双倍还你。

"奶奶，我现在正去找她，回头跟你说，好吗？"

"你赶紧找到她，记得，一定带她到我这儿来，记住了啊。"

施南笙应声："先找到她。"

"找到带我这！"

施南笙都不知道自己怎么挂断施家老夫人的电话的，带她那去，他要是找到裴衿衿可不想她离开他的视线，估计哪儿都不放心，放在自己眼皮子底下最保险。而且，爸妈知道

了，他们又会怎么做，他还真不好说。

正头疼着，手机响了，是姑妈的电话。

施南笙不敢接电话，将手机关机让司机直赶C市第一人民医院。

*

裴衿衿坐在窗下，这一坐就是五个小时，不知道脑子该想什么，安静地靠着窗框儿。想自己吧，这二十几年好像没什么成绩，浑浑噩噩就过来了；想父母吧，自己除了给他们添麻烦外，也没好好孝敬过他们；想工作吧，到现在还是一个三人工作室，算得上一无所有；想爱人吧，被一个男人伤害一次两次，最后还要搭上自己孩子一条命。

眼泪，就么涌出了裴衿衿的眼睛。

她哭，不是哭自己有多没用，而是觉得无奈，那种怎么都挥不去的无力感让她闷得透不过气。从来，她都不觉得自己的出身有什么不好。人这一辈子，是男是女、父母是谁是没法选择！不是谁都有成为奥巴马的女儿或者比尔·盖茨儿子的命，不富不贵的家庭环境难道就不配得到幸福吗？爱情是需要看父母是谁才能生存下去的吗？如果她的家境像凌西雅或者Abby，是不是她和施南笙就能在一起？如果她不回C市办事情，是不是和施南笙的爱情就不会出现问题？以前听说过一句戏言"距离产生的不是美，而是小三"，她从不信，她以为真的爱情是能经受住考验的，不管是小三小四还是时间空间的分开，现在看来，到底是不能免俗，是不是小三小四破坏了她和施南笙的感情不得而知，能肯定的是，分开在两城确实让他们分道扬镳，相爱无望。

牙齿轻轻地咬住下唇，感到痛意的时候裴衿衿松开贝齿，看了下时间，都要到下班时间了，手术医生和护士怎么还没有过来？那个拿走钥匙的护士难道还没有回来吗？

想着，裴衿衿站起身，走到门边，试图打开门，发现真的打不开，她开始朝外面叫人。

"喂，有没有人啊？麻烦开开门。"

门外的不远处就是护士小姐，听见裴衿衿的声音，吓得差点叫医生了，让她注意里面小姐的动向，她真怕一个不注意她在里面就出了什么意外，也不知道里面关着的小姐到底是何方神圣，居然被人这样对待，身为小人物的她得罪不起。

裴衿衿拍着门，"喂，外面没人吗？我要出去。"

无人应答，裴衿衿颓败地坐回到窗下的椅子上，这算是什么医院什么态度，把病人关在这里一个下午不理不睬，她要投诉，投诉！幸亏她还不想上厕所，要是她来了三急，要怎么办才行？

刚这么想，裴衿衿就觉得自己要去小解，站起来就听到外面传来急促的脚步声，听声音还不是一个人，声音越来越杂，走到她这房间门口的时候停住了，然后听到什么人说

"在里面，马上给您开门"，跟着就是钥匙开门的声音。

太好了，那个护士总算回来了，她可以去上厕所了。

裴衿衿拎着包走向门口。

门开的一刹那，看到眼前人，裴衿衿整个人都愣住了，脑子根本转不过来。

施南笙?!

他怎么会忽然出现在这里？做梦吗？应该是做梦吧。分开后，她强迫自己不去想他，强压着强压着，好像就真的不会想起他一样。是有长得和他一模一样的人吗？

额头上沁着细汗的施南笙看到裴衿衿的一瞬间，无法言说自己内心的激动和踏实，四十八天没有看到她了，人瘦了很多，唯一让他稍稍安慰的是，气色还算不错，而且，肚子里的宝宝还没有被她冲动地拿掉。她到底是对他有多失望了，居然连他们的孩子都可以放弃，如果不是华昕给她打电话通知复查身体，如果不是华昕听出她在妇产科情况不正常，如果华昕没有给他打电话，如果他没有回电话给华昕，如果他们没有能力联系到C市第一人民医院的人，是不是这个孩子肯定没了？他不敢想象，如果真的让她把这个孩子拿掉后她会有多恨他，那时恐怕自己做再多的努力都没法挽回她了吧。

施南笙走到裴衿衿的面前，他走一步，裴衿衿就退一步，直到贴到墙上，喝道："别过来!"

把她关在这里几个小时，开门的瞬间施南笙出现，她再傻也知道发生了什么，肯定是他玩的把戏。真是可笑，先前给他一个电话都嫌得很，现在会主动出现在她面前，为的是什么，难道还需要想吗？果然，电视里演的豪门狗血剧情在她的爱情里上演了，只是不知道，他们是打算给她多少钱让她生下孩子，百万还是千万？或者考虑到施家的孩子金贵，给个亿也可能呢？

施南笙伸出手，轻声道："OK，我不过去，衿衿，先不激动，平复心情，好吗？"

平复心情？

裴衿衿苦笑，说得好轻松，平复心情？从被他推开，到独自疗伤，再到后面知道自己怀了他的孩子，直到现在在医院等着拿掉娃娃，她的心情有多起伏和痛苦难道是他四个字就能抹平的？和父母生活在一起，她很多时候不能表现出悲伤，不能让他们看出端倪。每天上班逼着自己冷静客观，不能让客户觉得自己不专业，不想让段誉担心自己。这些，他知道吗？每天晚上她只能自己躲在房间偷偷难过，骂自己蠢笨不可救药，那些痛苦，他尝过吗？现在，知道孩子存在了，跑到她面前，怎么，想要孩子吗？很可惜，他越想要，她越不想要。

"看到你，我心情平静不了。"

施南笙皱眉，这是实话，他看到她都无法平静，何况她。

"那好，我们现在先回家，等你想见我了，我再出现。"

裴衿衿的目光落到施南笙后面的医生身上："你不是说给我做手术吗，还不做？"

医生和护士现在哪里还敢做什么手术，看着裴衿衿，又看看施南笙。

"衿衿，何必为难他们呢，你知道，我既然来了，我们的孩子就不可能不要。乖，跟我回家。"

不可能不要？！

裴衿衿心中冷冷发笑，什么叫不可能不要？他说要就要吗？是啊，他就是这样的人，他是大少爷，他说什么就是什么，要谁不要谁，全都是他一个人说了算，妻子是这样，孩子也是这样，自以为是，唯他独尊。她真不知道自己当初为什么会对这样的男人动心，而且还是两次都是同一个人。

"施南笙，我不想去追究你怎么知道我怀孕这件事，我既然能做出不要孩子的决定就不可能是你轻而易举就能改变的。不错，孩子是你的，但你别忘记了，孩子在我的肚子里，只要我不想要他，我有太多的办法让他来不到这个世界上。"裴衿衿眼中带着漠然，望着施南笙，"也许你觉得我说出这样的话很残忍，但我觉得比起让孩子将来和母亲分离，让他不来到这个现实的社会可能更正确，这样才能不让他看到人性残酷的一幕。何况，现在和他说再见对我来说可能只是难过一段时间，而等到他出生后再被你们活生生地分离，我会承受不了那份痛苦。"

施南笙眉头越蹙越深。

"你想什么呢，谁说要分开你和孩子，你们不会分开。"施南笙试图走近裴衿衿，"我不会让你和孩子离开我。"

不知道为什么，听到施南笙的话让裴衿衿觉得透心凉，他果然是在乎孩子的，但当初她没怀孕的时候，为什么等不到他这句话？

"施南笙，我不想进入你生活时，有人将我朝你的身边逼，当我真心实意想留在你怀中时，你又将我朝外面推。现在再相遇，难道你以为这样我们就能毫无障碍地在一起吗？"裴衿衿笑，"你以为有孩子我就会迫于压力回到你身边吗？呵呵……"

裴衿衿的眼中带着决然，南笙，你是我留不住的天涯，我是你回不去的海角。

施南笙的心，一点点朝下落。

他知道，裴衿衿对他彻底地失望了，天涯海角，天边咫尺，永远没有在一起的可能。可他要怎样告诉她，他的心从来都没有离开过她，从来就没有。

就在两人对峙的时候，医院走廊里响起一阵杂乱的脚步声，跟着房间里就涌满了人。

"南少。"

"施董。"

施南笙一看，一个头两个大。这是想干吗，跟他抢人吗？

施家各路人马都派人来"请"裴衿衿了。

看着医院手术室里一大群人，裴衿衿似乎预见了一场混乱的"斗争"即将开始。而这些人原本是该让她觉得幸福的人，而今都变成了让她感觉疲惫，一个在别人家可能会被欢呼雀跃地欢迎其到来的新成员在她这，成了可笑而悲哀的筹码。如果不是她肚子里孩子的爸爸是施南笙，他会来找她吗？这些他们家族里的人会来"请"她吗？多么无奈的场面，相爱过的两个人，到最后竟然因为意外到来的孩子再度有了纠葛。

看着爸妈、姑妈、姨妈派来的各路人员，施南笙借机站到裴衿衿的身边，出手护着她，对众人说道："都回去吧，我亲自带她回家。"

众人相互看了看，态度十足十的好。

"施少爷，我们一群人送你们回 Y 市吧。您也知道，我们也是听人吩咐做事，如果不能把你们安全送到施家，我们也不好交差。再说，有我们在旁边，您和小姐也多份安全感不是。"

施南笙沉默了一会，应了声。

"嗯。"

裴衿衿绝望了，这么多人在，孩子不可能拿掉，或者说，起码现在是不可能了。而且，她何尝不知道，施南笙允许这群人送他们回 Y 市根本不是体恤那些人，而是他本身就有私心。他不过是希望更多的人在一路上看着她，让她跑不掉，他怎会不知道自己现在多么不想见到他。

尽管不愿，裴衿衿还是被施南笙带回了 Y 市，或者更具体地说，是被施南笙和一群施家的人强行带回了 Y 市。只是，让裴衿衿没有想到的是，施南笙并没有把她带到施家老别墅的施老太太那，也没有把她拎到施晋恒和福澜住的别墅里，而是把她带到了沁春园。同时，在他们进入房子的半小时之后，家周围就多了几十名保镖。

裴衿衿冲到施南笙的面前，吼："我说施南笙，我是自由人，我没犯法，你私自将我关押在这里已经是不对了，你还需要派这么多的人来监视我吗？"

"他们没有监视你。"

施南笙心平气和地看着裴衿衿，她现在是孕妇，他不会对她大声说话，而且还会用十二分的耐心来向她解释各种事情。

"他们只是在保护你和孩子的安全。"

"相信我，衿衿，我所做的一切都是为你和宝宝好，别怀疑我对你的用心，好吗？"

施南笙态度越好，裴衿衿越觉得可悲，太可笑了，之前他不是这样的口气和姿态，现在知道她有孩子了，有施家的种了，真是180°的大转变，看这模样，是不是她骑在他的

身上撒野他都能忍啊。不就是一个孩子吗，他施南笙要想要，外面多的是女人帮他生，排队都不止一节火车车厢拉的。

"施南笙，我是人，不是物品。不是你想要就要，不想要随便就能扔掉的东西。如果你觉得我肚子里的孩子牵绊了你，你放心，我会让他终止生命，绝对不会给你添麻烦。"

"瞎说什么！"

施南笙眉毛挑起，非常严肃地看着裴衿衿，"我告诉你啊，裴衿衿，这个孩子是我们俩的，你不可以随随便便说不要，更不可以说什么结束他的生命，他能听见，你当妈的这么狠心，他得多伤心啊。不管发生什么情况，他爸，我，绝对不会让他受到一丝一毫的伤害。"

心中的情绪被施南笙坚决的态度击爆，裴衿衿也顾不得什么孕妇要控制情绪了，对着他大声质问道："这真是我今天听到最逗人笑的笑话了。是，施南笙，我承认，没有你，就没有这个孩子。但你扪心自问，如果你不是知道我有了你的孩子，你会主动来找我吗？你到底是看重孩子还是看重我？现在说什么孩子是我们两个人的，我能信吗？"

看着裴衿衿倔强的脸，施南笙沉默了。他想，如果做希典计划的人不是他而是别人，她同样会出现在那人的生活里。如此一想，施南笙的心像是被揪了一下。之前，他一直都不觉得希典计划能给他带来什么附加值，他不缺钱不缺名更不缺女人，那只是他的爱好，仅仅因为喜爱而已。但他现在真的非常庆幸，庆幸自己做了希典计划，这样吸引了她来接近他，不是别人，是他，这是多么值得他高兴的事情。

人生在世，很多时候，并不知道一时发生在自己身上的事情会为自己带来什么后续故事。乍一看是好的事情未必就是真的好事，而发生时看着像坏事的事也不见得就一定是不好的事情。祸兮福所倚，福兮祸所伏。改变一个人一生的事，也许就只一秒，瞬间之念。

争执的双方一旦有人沉默战争基本就走向结束，何况施南笙本就没同裴衿衿吵什么，他不说话后，裴衿衿气呼呼转身坐到沙发上，不是不委屈，而是他的聪明让人难做人，她的委屈他未必没有看到，一个男人看到自己女人受了委屈却不及时帮她解决，女人再闹都没意思，第一次人家会内疚，第二次人家也会哄，但声讨的次数多了，男人就烦了，到时连最后的一丝愧疚都在女人喋喋不休的埋怨中消失。她裴衿衿不想成为怨妇，也深知既然来了这里，靠吵闹肯定解决不了问题，施家不可能在知道她有孩子的情况下还放任她去拿掉，现在的她，必然在众人的监视中，她不做那无谓的反抗。但她非常清楚，这个孩子，她不要。

过了大约半个小时，施南笙走到裴衿衿的身边，小声地说着话。

"房间替你收拾好了，洗澡水也放好了，你洗个澡休息吧，今天太晚了，明天我叫医生过来给你检查身体。"

裴衿衿抬头看着施南笙，想说什么，却没说出来，起身走向自己的房间，再没出来。

这一晚，裴衿衿在自己的房间躺了一晚上，怎么都没能睡着，想了很多的事情很多人。而施南笙，在自己的房间忙了一个通宵，原本以为可以一步步安排的事情现在都因为裴衿衿和孩子被打乱，他不得不改变自己的计划了。生活，远比小说来得精彩。

*

第二天，随着医生进沁春园施南笙别墅的还有两部汽车，载着福澜和施晋恒。

医生进门的时候，施南笙和裴衿衿两人正在对抗让不让医生检查身体，裴衿衿不愿意检查，初衷很简单，她不想乖顺地妥协让他们以为她现在愿意听话生下孩子，她的意愿必须清晰地表达出来，她不想生这个宝宝。

"妈！"施南笙惊讶地看着进门的两个亲人，"爸！"

他们怎么来了？

裴衿衿转头看着拎着包走近她的福澜，不可否认，施南笙的妈妈真的很有气质和气场，但她的心，也坚决。

福澜走到裴衿衿的面前，站定，将她上上下下地打量一番，伸手指了下，说道："先给她检查下再说。"

"好的，夫人。"

施家家庭医生带着两名助手立即走到裴衿衿的面前："小姐，请。"

裴衿衿不卑不亢地看着福澜："谢谢你们的好意，我不想检查，这个孩子，我不打算生下来。请你们，放我回家。"

福澜略有诧异，从美国回来的飞机上她还在想，自己一直不喜欢的女孩现在有了施南笙的骨肉，这回倒真不好办了，接受这女孩吧，她心不甘。不接受吧，她肚子里的孩子她确实想要，这眼见就要做奶奶了，这机会不能放过。难不成让她生下孩子，只要孩子不要妈？她想过，以施家的名望，这女孩无非就俩选择，飞上枝头变凤凰，成施家少奶奶；要么，就是拿孩子当筹码，她要多少，她给多少，钱对她福澜来说，不算什么，孙子最大。只是，她没想到，裴衿衿当着她的面居然也能说出不打算要这个孩子。

施家三人看着裴衿衿。

不要孩子？！

裴衿衿不想等福澜或者施晋恒来做自己的工作，目光真挚地看着福澜，"施夫人，太多的话我不想说，想必你也不愿听我废话。当然，我也不想听你说太多没意义的话。"

福澜看着裴衿衿，还真是迅速，一点都不给她喘气的机会，而且懂得把自己摆到和她一样的高度，这女孩倒真是不笨。

裴衿衿继续道，"我知道施家想要什么样的儿媳妇，我自认再努力十年二十年都达不

到要求，我也没做什么当少奶奶的梦。我不想当施南笙的老婆，当然也就不会生下他的儿子。"

"我以为我和你们最佳的状态就是，我拿掉孩子，找个不嫌弃我的男人嫁了，你们娶非富即贵的千金大小姐，然后各自有自己的孩子。您说，是不是？现在您想要孙子，但您应该想过，他大了问为什么没有妈妈，你们也不好回答，这也会是施家最大的一个污点。何况，您也是养儿的人，如果施南笙是女孩，她怀了一个男人的孩子，男方要她生下孩子，但他们一家却不喜欢她，身为母亲，你会怎么样？

"为了人母，我才明白，要么我不生，生下了孩子，我就想给他能力内最好的东西，看不得他受到一点委屈。对吗？施夫人，施先生，我不望你们能像我的父母那样疼惜我，但请你们能将我当成一个独立的人来尊重，不要这个孩子，是我这个母亲的选择。"

看看身边的几个人，裴衿衿将目光落到施南笙的眼中，"请你，别再为难我！拜托了！"

她承认这个世界一直都是不公平的，有钱有权的能改变事态，她也知道施家真要强行用手段控制她保住孩子，不是不可能，但她希望自己和施南笙之间还能留下最基本的尊重。

对于施晋恒他们来说，或许他们真的有优越感，相比太多的人，他们真的过得非常好。但同时，他们也是受过高等教育的人，活了几十年，不是不能理解，只是常常不会设身处地地去换位思考。现在裴衿衿将话挑明了说，他们也不好再说什么，只是看着裴衿衿，默默地坐到了沙发上。

福澜懂施晋恒的眼神，人家姑娘说得没错，他们不想接纳她做施家的儿媳妇，既然不给人家名分，就没理由要求人家给施家生子，将孩子剥离亲生母亲的事情，太不积德了。

福澜沉默是因为她自己也是母亲，裴衿衿的话不是没道理，她也不是不知道这样不厚道，但她又是真的非常想要这个孩子，从基因上说，这个孩子肯定差不到哪儿去，只要放在施家培养，不愁他不成才。而且，她还有一个担心。自己的儿子本就对裴衿衿是真情，现在有孩子了，肯定会对孩子负责。现在他死活不肯结婚，如果不留下这个孩子，保不定哪年他才会让她当奶奶，万一他被这事打击了，颓废个几年，施家的孙子哪年哪月才能出世啊。这个孩子，留着总没坏处，施家不差养一个两个人，孙子多，她不嫌弃。

见自己的父母安静了，施南笙也一下没辙了，现在的裴衿衿根本不想见到他，他说什么她都不会听，就算他表明自己的心意，她现在也不会相信了。在她的心中，现在的自己就是为了她肚子里的孩子才来找她，她不稀罕这样的靠近。不是不知道这样的举动多伤害一个女人的自尊心，也不是看不到她对自己的失望，只是现在时机还没到，有些事情他不想她知道，最好能瞒她一辈子。可是，可能吗？这样的局面，他能放任下去吗？现在只要他们家松口，她会立即奔医院拿掉他们的孩子。

施南笙长长地叹了一口气："唉……"

衿衿，可不可以不要放弃我们的孩子？

面对沉默不语的施家人，裴衿衿转身走进自己的房间，关上门，背靠在门板上，长叹。如果怀孕的不是她，是孙一萌或者凌西雅，又或者是Abby，恐怕施家现在正欢喜地准备一场豪华婚礼吧。

客厅里。

施晋恒看着施南笙，主动问："你怎么打算的？"

施南笙走到沙发前，坐下，态度很明确："我不可能让她离开，她和孩子，我都要。"

施晋恒将目光投向对面的福澜，施南笙的决定在他意料之中。

过了一会儿，福澜说话了。

"孩子我是肯定要的。至于她，还要想想。"

让她接受裴衿衿成为自己的儿媳妇，她真的心有不甘。且不说别的，她希望她的儿媳妇是处女，为的什么？还不就是想让那群太太们看看自己施家的儿媳妇是绝对保险干净的闺女么，这下倒好，直接来一个未婚先孕，虽说在现代社会这不是什么丢脸的事情，但对于她这个一心想找完美儿媳妇的婆婆来说，无异于在她的脸上扇了一巴掌啊，让她怎么甘心啊。她的家庭，她的儿子，都值得最好的来相配，接受意外的孙子已经很不容易了，还要接纳一个怎么都看不顺眼的儿媳妇，太难了。

施晋恒皱眉，看着自己的老婆："人家姑娘刚才那番话你没认真听吗？"

"我听到了。"

"听到了就好。姑娘没说错什么，咱们家不接受她，没资格要求她生下孩子。人姑娘还得嫁人，总不能让她失去一个儿子后再搭进她一辈子吧。"

福澜拧紧眉头："咱们给她钱，足够她三辈子不愁的钱，这样她嫁不嫁人不就没事了吗。而且，有那么多钱，不愁找不到男人，现在这个社会开放得很，有些男人不嫌……"

"妈！"

施南笙听不下去了，这算什么？

"妈，你也是受过教育的人，你怎么能说出这样的话？！"

福澜自知自己理亏，没有反驳。但她是真心不想裴衿衿打掉这个孩子，至于她坚持了一辈子的儿媳妇标准，她不可能就此放弃。

"爸，妈，不管你们怎么想，他们母子，我一个都不放弃。"

施晋恒不知道该说什么。

"南南啊，你以为妈妈想让孙子没母亲吗？可她……"

福澜叹息，说道："我单要孩子，你们不满意。但我告诉你，你想要他们母子，这可能性也不大。我看啊，就一个法子。"

施南笙和施晋恒都看着福澜。

"南南你赶紧选个女孩，结婚，然后生个名正言顺的孩子。而裴衿衿，我们就如她说的，不再为难她，放她走，让她拿掉孩子。而且，小产到底是伤身的，咱们对她的父母和她都必须做出赔偿，他们只要不是太离谱，要什么我们就给什么。"

施南笙脸色十分的不好看："妈，是不是在你眼中，任何事情都是靠钱就能解决的？事到如今，我不妨把话给你说明了吧。这辈子，除了裴衿衿，你的儿媳妇不可能是别人。如果你非要我娶别人，那么我可以清清楚楚地告诉您，我终身不娶！"

施晋恒忽然喝道："瞎闹！这话你怎么能说出来。"

福澜看着一贯优雅的施南笙，这还是她的儿子吗？

施南笙站起来，看着自己的父母："我不知道为什么你们那么看重女方家的社会地位，你们很缺钱吗？很缺名吗？如果你们还不满意现在的成就，那么我可以承担你们的希望，你们想施家变成什么样？想施氏集团达到什么程度？告诉我，我一定在你们的有生之年让你们看到你们想看到的。我不需要靠女方的帮助或者关系，就凭自己的本事做到。条件只有一个，我的妻子，请让我自己选择。"

施晋恒和福澜无言以对，他们根本不是图女方家什么，只不过觉得门当户对看上去和谐一点，差距太大，生活在一起，终究是很累的事情。难道又让自己的儿子走施家老爷子的路吗？娶一个什么都不会的女人，然后一辈子一个人操劳。

之后三天，沁春园施南笙的房子里一直上演着让人匪夷所思的生活剧。

施晋恒和福澜住在别墅里，没回自己的家。施南笙也连着三天没有去公司上班，让秘书把重要的工作直接送到了沁春园。而裴衿衿，也没再说让他们放她走的话，她知道他们一家人在慢慢权衡对她是放还是留，给他们几天时间好好想想是她最大的让步，时间太长则不可能。于是，四个人，居然诡异地生活在了一起，而且看上去一点都不矛盾。福澜对裴衿衿的细心和照顾活像是一个真正的婆婆，特别注意她的饮食和休息，连她穿的衣服都是她亲自挑选的。

躺在床上睡觉的裴衿衿想，不是福澜不是一个好婆婆，她会是一个非常好的婆婆，只不过她只会是她满意的儿媳妇的好婆婆。

第四天，裴衿衿刚起来走进客厅，施南笙走到她面前。

"赶紧吃早饭吧，等下去奶奶家，奶奶几天没睡好了。"

裴衿衿咬了下嘴角，能够想到自己怀孕对奶奶的冲击，老人家经不起折腾，确实应该去看看她，面对面将自己的想法告诉老人家，或许在那里，有成功离开的机会。

"好。"裴衿衿应下。

去施老太太那儿的时候，施晋恒和福澜也跟着去了，老太太对孙子从来都极好，这次肯定也会站在孙子那边，他们得跟去看看。

此时的裴衿衿和施晋恒夫妇并不知道，施南笙究竟冒着多大的风险将裴衿衿带去施家老宅，他们三人不知道他内心背负的压力，可他却没法，这几天来，他无时无刻不在想怎么说服裴衿衿留在他的身边一起抚养他们的孩子长大，他现在说什么她都听不进去，可他们又没有共同的朋友，他的朋友圈她从来都没融入，她的朋友圈他也没有接触，想找第三方来帮忙的人都没有，他是没法了才将她带往奶奶那儿，或许奶奶能挽留住她。

*

施家老宅。

施老太太见到裴衿衿之后就拉着她不放，两人一直在房间里聊着。

施晋恒和福澜到了老宅后向老太太打完招呼就各自找自己的事情做了，施晋恒到处走走看看，福澜则忙着应付各种亲戚和朋友打来的询问电话。施南笙被施家老太太轰出房间，让他一边待着反省去。

"小玉，怎么不见于玲？"施南笙在屋里转了一圈儿，问经过身边的女孩。

"于玲姐啊，她三天前请假回 NM 老家了，听说她妈妈做手术，回去照顾一阵子。"

施南笙点点头："嗯。知道了。"

小玉走后，施南笙拨出一个电话，交代了一件事。

*

施老太太房间。

"衿衿啊，跟你说了这么多，你现在明白了吗？"

裴衿衿看着已经和她说了两个小时的施家老太太，老人家的目的就一个，她不是不知道，只是她真的没法再接受施南笙了。

见裴衿衿不回答，施老太太叹气，看了看外面的太阳，提议道："陪我到迷宫花园里走走吧。"

裴衿衿点头。

"好。"

在迷宫花园里，施奶奶拉着裴衿衿的手慢慢地走。

"衿衿啊，奶奶老了，很多知识不知道，奶奶也笨，很多时候分不清好人还是坏人。所幸，我运气不错，遇到的丈夫不坏。人一辈子啊，很多时候都不知道自己该怎么走，就像我们眼前的迷宫，好像哪里都是出口又好像哪里都是死胡同，这个时候我们多么希望有人能指引我们，可是，没有。所有的选择，都在我们自己脚下。奶奶没读过书，不识字，

也不懂大道理，我只知道，当我们面对事情时，如果已经乱到分析不出输赢成败了，那就听心的。结局我们无法掌握，那就选一个不至于让人太后悔的。"

如果她真的喜欢孙儿，不可能一个多月就对他没感情了，现在不过是被对他的失望掩盖了她的感情，让她真的慎重选择，未必不会给彼此机会。

裴衿衿慢慢地走了一段路，抿着嘴唇，深呼吸一下，终于把心中的话说了出来。

"奶奶，您说得对。人的结局，没法掌握，我们能做的，就是选一个不至于让自己太后悔的选项。我不是没有给我和施南笙机会，可惜，第一次是我浪费了，第二次是他浪费了，我和他，扯平了。"裴衿衿长长地呼出一口气。

扯平的，不单单是他们彼此间五年来的怨恨，还有他们之间的感情。这一次，她想得很清楚，不选他，她或许会后悔，但一定不会后悔得痛彻心扉。有些痛，两次之后，人就麻木了。哀，莫大于心死。

施家老太太拉着裴衿衿站在迷宫花园的中心，心疼地看着她，老人家知道，这次的迷宫，她们是走不出去了，只能等人来找她们了。

"姑娘啊，你真的想好了吗？"

裴衿衿点头："这几天，我和他的爸妈生活在一起，他们其实是一家家教非常好的人，每个人的脾气都很好，尤其施夫人，我以前对她有偏见，其实生活起来，她很讲道理，也很知道照顾人，只不过她心中有她坚持一辈子的规矩，我理解她。"

"姑娘啊，奶奶希……"

忽然之间，施家老太太的话没有说完，眼前一黑。而她拉着的裴衿衿，也同时失去了知觉。

*

屋里。

施南笙从楼上走下来，见到客厅里的施晋恒，父子俩刚准备说话，施南笙裤兜里的手机响了。

"喂，施南笙。"

"南少，查到了，她没有回老家，老家的母亲在去年就搬家了。"

听到电话那端这样说，连着几天没有睡好的施南笙疲惫的脸色瞬间大骇："糟了！"说完两字就朝门外跑。

施晋恒纳闷："哎，什么糟了？你去哪儿？"

施南笙快速地跑进迷宫花园，一边大声喊裴衿衿和施家老太太的名字，一边找她们。

"衿衿！"

"奶奶！"

"奶奶!"

"衿衿!"

"衿衿!"

……

结果,在迷宫花园的中心,施南笙在椅子上找到了昏迷的施家老太太,却不见了裴衿衿的踪影。

"奶奶!"

施南笙跑到施家老太太的身边,抱起她朝迷宫出口走,人一急,怎么都找不到出口,好在施晋恒跟了出来,见他进了迷宫派了很多人进来找,半个小时后将施南笙和施家老太太找了出来。

将施家老太太放到床上,施南笙转身对着施晋恒和福澜交代。

"爸,妈,你们在家好好照顾奶奶,我去找衿衿。"

施晋恒点头:"快去。"

福澜拉住要跑出去的施南笙:"千万找到她,保护好孩子。"

"知道了。"

　*

裴衿衿醒来的时候,发现自己在施南笙的房间,刚坐起来,门开了。看清进来的人,她纳闷了。怎么上次在C市绑架她的人会出现在施南笙的房间?难道上次是施南笙安排人绑架她的?

跟在四名黑衣人身后的,是一个裴衿衿认识的人。

——于玲。

看到于玲,裴衿衿更加不明白,她和施奶奶在迷宫花园里聊天,忽然就失去了知觉,这到底是怎么一回事?

于玲看着床上一脸莫名其妙的裴衿衿,笑了,笑容邪邪的,完全不复当初的清秀温婉。

门外走进一个黑衣人,拿着手机给于玲。

"玲姐,他来电话了。"

于玲笑得更邪了,说道:"这次倒是原形毕露啊。"说着,看向床上的裴衿衿,接过手机:"喂?"

"他们母子是无辜的!"

于玲笑了:"无辜?噢……你说得不对。"

边说话,于玲边走近裴衿衿,坐到她面前离她两步远的椅子上,看着裴衿衿:"她认

识了你，就不是无辜了，何况她还怀了你的孩子，就更加不是无辜的了，他们是你的女人和孩子，怎么能算无辜呢。所谓无辜，就是那些马路上的甲乙丙丁，和你没有半分关系的人。"

裴衿衿皱眉，施南笙打来的？而且，听于玲的口气，他们两人似乎是对立的状态，可他们现在在施南笙的房间，于玲怎么可能在施家老宅这样放肆呢？施家其他人去哪儿了？

"于玲，有什么事，和我谈，放她回来。"

"哈哈……"于玲大笑，"施大少爷，你觉得我们现在还需要见面好好谈吗，我已经知道希典计划在哪儿了。对了，我劝你什么都不要做，因为你若是做了什么让我们不高兴的事，我可就不能保证你老婆和孩子的安全了。你知道，我并不想出人命，拿到东西，我自然就还你老婆和孩子。"

于玲笑着提醒施南笙："这几天，手机别关机，等我归还人的电话。哈哈，好了，你老婆醒了，我不和你多说了，找她聊聊天去，你老婆啊，现在可还什么都不知道呢，我想，她肯定十分好奇到底发生了什么事。不用谢我，我会把我知道的都告诉她。再见！"

施南笙大吼："于玲！"

挂掉电话的于玲把手机给黑衣人，看着裴衿衿，笑了笑。

"裴衿衿，好久不见了。"

裴衿衿冷静地看着于玲，问道："你刚才不是说要告诉我发生了什么事吗？说吧。"

"呵呵，还真是冷静得好。行，你想知道什么。"

"你是谁？"

"我是于玲。"

"上次在C市绑架我的人就是你？"

"是。"

"希典计划是什么？"

"一个能让人的基因按操控人意愿发生改变的研究。"于玲笑着，"再细说点的话就是，七年前，施南笙刚进研一，他特爱天文学研究，他在研究星体的时候无意中发现了几种微能量，经过他的仔细分析，研究程度越来越深，后面的研究发展到和国外几个研究所一起钻研，扯得多了，研究的面自然就更广，慢慢形成了希典计划。当然，对于他们正儿八经做研究的人来说，这东西不过是爱好，带来的也不过就是名声罢了。而如果给我们，情况就大不同了。"

裴衿衿冷冷地笑了下："你直接说自己不是好人就行了。"

于玲也不恼："好人坏人没界定的。"

"你们抓我没用，我根本不知道希典计划。你们拿我威胁他更没用，我们分手了。"

"哈哈……"于玲开心得很,"你们分不分手对我没什么影响,我知道你不知道希典计划。"

"既然我什么都不知道,就放了我吧。"

于玲走到裴衿衿的面前,弯腰凑近她的脸,用手掐着她的下巴,说道:"你是不知道希典计划,但是我告诉你,希典计划就在你的身上!"

什么?!

裴衿衿惊讶地看着于玲,希典计划怎么可能就在她的身上?

"你胡说。"

于玲直起腰身,坐回到自己的椅子上:"裴衿衿,我现在无聊,就陪你多说会话吧。"

交叠起腿,于玲继续道:"六年前,我们去偷希典计划,失败了。第一次没有成功,第二次就非常难了。我们查不到希典计划到底藏在了哪儿,于是在找了一年无果后,派了各路人监视参加了希典计划的研究员。而你,就是我们安插在施南笙身边的人。"

于玲停顿了一下,"所有的研究员都因为希典计划差点失窃而提高了警惕,以施南笙的本事,我们不敢派组织里的人,怕他查出蛛丝马迹,只能找毫不相干的人,你就是被我选中最合适的人选。当初我看中你是心理学专业的人,觉得你能帮上大忙,没想到,你们居然发生了感情,真是让我非常失望。为了给你制造机会,我把孙一萌都给你弄走了,而你居然还没有成功。如果不是因为你是个无辜的人,你以为你还能活到现在,五年前就被我们解决了。"

裴衿衿明白了五年前的原委了,难怪施南笙当时怎么都找不到孙一萌,原来背后是他们在作案。

"你失败之后,我们又找了很久,还是没有眉目,施南笙这个人则越发难对付,为了真正地找到他的软肋,我亲自出手,去照顾施家老太太,他和老太太很亲近,应该是个突破口。只是没想到,我在施家老宅几年,一点都没查出。就在我们都决定撤出施家老宅的时候,你居然又和施南笙搅和到了一起。根据我们的监视情况来看,他对你,旧情未了。这一次,我们决定任你们发展,等你们的感情足够深了,让你直接成为他的软肋。"

裴衿衿苦笑:"你们失策了,他根本不在乎我。"

"呵呵,不管他在不在乎你,我们都可以试试。于是,我们绑架了你,没想到,他真的对你一点都不在乎,我们绑了你半个月,他居然一个电话都没有打给你,回家也丝毫不见他有什么不开心,和 Abby 亲昵得很。那时候,我们都相信他不在乎你。"

"哈哈,可是裴衿衿,我们都被施南笙骗了。他真是个实力派的演员,连我都被他骗过去了。如果不是这次你怀孕,我们根本就不会再牵扯你进来,你和孩子,让他暴露了。他,就是在乎你们的!失策的不是我们,是他,他根本没想到你会怀上孩子,也深知你肯

定会打掉孩子，而他太想和你在一起了，太渴望你们未来的幸福了，哪怕是冒险他都得将你拉回身边。"

裴衿衿的心，颤动了，是这样吗？真的是为了她的安危才故意推开她的吗？

"裴衿衿，要说呢，你也真是好命，有施南笙这样的男人为你处处护着。"

于玲的眼中不无羡慕，看着裴衿衿，"余天阙，还记得吧。那小子被你甩了之后其实想过陷害你，他所有的动作都被施南笙处理了，施南笙怕吓到你，一件都没有告诉你。那次在Y市摩天轮遇到余天阙，他随后有强暴你的计划，被施南笙解决，你居然完全都不知道，还乐颠乐颠地生活着。"

"哎，裴衿衿，不是我说你，你选男人的眼光真的不怎么样。余天阙那个人，真的不怎么样。他上大学时让女友怀孕，结果直接转校，扔下女孩不管。那女孩跑去找他，在火车上遇到了坏人，被骗到叫天天不应叫地地不灵的地方，被欺负了。后面女孩没有拿掉孩子，直接跳河自杀了。可他余天阙呢，生活得好好的。"

裴衿衿惊讶地听着于玲说余天阙的事情，怎么会这样？施南笙曾一脸鄙视地看着她维护余天阙，难道他什么都知道？

"不过话又说回来，你胆子也够大的。那天从摩天轮玩了回去之后，我给你发了两条信息，居然没有吓到你。"

裴衿衿想了想，皱眉："你发了什么信息给我？"

她根本就没有看到。

"你不知道？"

裴衿衿摇头。她当时看到余天阙给自己发了太多的信息，看不完，索性就全部删除了。没想到，还删除了她发的信息。

"呵呵，那你运气可真够好的。"

裴衿衿始终想不明白她们为何紧抓施南笙不放："你们真是可笑，做希典计划的人那么多，只对付他又有什么用。"

"呵呵，我只负责他，其他人，我不管。"于玲神态轻松，"各个击破，不就齐了。"

"我根本没有拿什么希典计划，你关我真没用。"

"NO！"

这次，于玲笑得格外开心。

"希典计划就在你的身上！"于玲坐到裴衿衿的身边，笑得邪狂，"开始我也没反应过来。还记得吗？你回C市的前一晚，去看施家老太太，我跟你一起进去的。我们没去的时候，那台装在施家老太太床边的仪器一切正常，可当我们走近的时候，仪器全部失灵了。之前我一直都没有反应过来，直到四天前，我经过客厅，看到电视上正在放映一个科学技术的节目。上面提到,不同的仪器对磁场、信号的感应不同,越高级的仪器对磁场的感应越灵敏。比如,手机放在电脑边,有电话进来,电脑会受到干扰。我当时灵光一想,当时施家老太太的仪器失灵,是不是也受到了什么干扰。其他人在仪器边没问题,就我们两个接近有事,那肯定问题就在你和我身上,之后的日子我按那天的穿戴照顾施老夫人,没任何问题。唯一的解释就是,你干扰了仪器。"

裴衿衿皱眉,怎么可能?

"绑架的时候尽关注施南笙的反应了,以为他会着急,没想到他不闻不问,那时我还没想到仪器问题,而施南笙,恐怕就是从那里看到了大隐患,下决心要疏远你,以达到保护你的目的。"

"如果你说的,我能对仪器起到干扰作用,为什么过安检,接近其他的仪器没事?"

于玲笑:"这就更好解释了。安检和其他仪器的灵敏度还不够,感应不到。施家老太太的那台仪器可非同一般,自然能感应到。别急,姑娘,三天后,我就能用目前最先进的身体扫描仪将你仔仔细细地扫一遍,那时,我就会知道,希典计划的芯片到底藏在你的哪儿了。"

"你们这……"

裴衿衿的话还没有说完,门被推开,一个穿深蓝色衣服的男人走了进来。

"玲姐,董爷找你。"

"好。"

于玲站起来,拍了下裴衿衿的肩膀,"陪你说了这么多,你什么事情都知道了,现在,就算死,估计也死得瞑目了。姑娘,不过你别怕,你应该不会死。呵呵,被我们拿来当小白鼠的可能性接近99%,要知道,实验对象是你的话,有任何问题我们都能问施南笙,呵呵,他不可能放任你们母子不管的。"

于玲走出去,裴衿衿的心被狠狠地揪成了一团儿。

真相,这就是真相,这就是她的南笙对她不理不睬的原因,因为不敢接近,因为不能接近,他看到了所有的危险,却无力改变。可是,希典计划怎么可能在她的身上呢?他就算知道危险,可以对她说啊,让她在他的身边啊。

于玲站在门口,回头看裴衿衿。

"裴衿衿,施南笙真的是一个奇才。"

他对你的心,真得让女人嫉妒到要抓狂。

后面一句话,于玲忍住了,没有说出来。

裴衿衿一个人坐在床上,忽然之间不知道该说什么了,事情怎么会是这样子?原来在她看似幸福平淡的生活背后,全都是施南笙的小心翼翼,他看到了所有的事情,他却一件

事都没有让她知道,全都一个人扛着。他,其实一直用他的方式在爱着她。

这一刻,裴袗袗想见施南笙,非常想。

可当她在房间里转了十来分钟后,门被人大力推开,于玲走了进来,招呼人绑她。

"你们?"

"裴袗袗,看来你要吃点苦头了。"于玲拉着反绑手腕的裴袗袗朝外面走,"施南笙那个家伙看来是真发狠了,居然这么快就发现了我们的位置,小子平时做的工作看来够强啊。"

裴袗袗被带到外面才发现,他们根本不是在施家老宅的施南笙房间,而是一间摆设用具和施南笙房间一模一样的房间,如果她猜得不错,是于玲为了诱她说出点什么来故意布置的,只是他们没想到,施南笙会这么快就朝这里追来了。

被塞进黑色汽车里的裴袗袗看了看车外,到处都是山,极为偏僻的一个地方,属不属于Y市地界都不知道了。

三辆黑色汽车行驶到一处山坳五连弯的时候,忽然停下了。

因为裴袗袗和于玲坐在中间的车里,看不清到底发生了什么事,直到裴袗袗被先下车的于玲拽出车,才明白,他们被堵在了第三个弯道的位置,前后都有人截堵。那个下车后风度翩翩朝她走来的男人,不是她的南笙还能是谁呢!

随着施南笙来的,还有世瑾琰,另外还有两个裴袗袗不认识的男人,让人惊奇的是,另外两个男人长相几乎一模一样,四个男人,两前两后,而他们身后的人,足以掐灭被围在中间的人的希望。

于玲狠狠地抓着裴袗袗,看着施南笙:"想不到啊,施南笙,能力果然非同小可,以前那些无能的表现都是做给我看蒙蔽我眼睛的吧。你果然是在乎裴袗袗的,如果不是这次我发现了希典计划在她身上,恐怕你还会继续装无能吧。"

"放了她,你走。"

施南笙看着于玲,他不想出现伤亡。

"呵呵,施南笙,我费了这么大的劲找到芯片,可能吗?对你来说,要活的。但是对我来说,她是死是活都没关系,我只要芯片,她是死是活不影响芯片的使用。"

于玲对着裴袗袗冷笑,"我把她肢解了,我这里的人,一人带一块都可以。"扫了一眼围堵他们的人,"你们来的人不少,但我们的人,单兵作战能力虽说不上登峰造极,不过保命从你们这里逃走应该也没大问题。"

"是吗?"

叶銎(做人名的时候读:jun)宝忽然在于玲的身后搭腔,趁她回头的一刹那,指间飞出十张飞速的特制卡片,直接射入于玲的四肢和另一个抓着裴袗袗的黑衣人,在他们因为疼痛松开裴衿衿的时候，施南笙和世瑾琰等人迅速出手。

"衿衿趴下！"

施南笙对着毫无自我防御能力的裴衿衿大喊，那些熬夜伤神的日子里所做的一切安排为的就是应对意外情况，他既来了，便是舍命也要将她活着带回去。

事实上，施南笙是这样想的，也是这样做的，只是他想带活的裴衿衿回去，却没想过自己是不是会活着回去。

两边的人斗在一起，施南笙怕伤到裴衿衿，不顾一切地冲到她身边，将她护在身边，他安排的人确实不少，胜败显而易见，大约半小时之后于玲就带着人丢下汽车逃进了树林里。

施南笙这边的人本也就只是为了救回裴衿衿，见她没事，收手准备回家。

施南笙将裴衿衿认真查看了一遍，确定她没事，笑了。

"回家吧。"

裴衿衿咬着嘴角，好多话想说，却都不知道从哪儿说起，抬起手捶着他，眼泪扑簌簌地掉。

叶鋆宝、顾旸贝和世瑾琰相视一笑。

世瑾琰道："哎，有什么话，回去找个地儿好好说说，这前不着村后不着店的鬼地方，赶紧走吧。"

"好。"

回去的车里，裴衿衿还不知道要说什么，看着长长的黑色车队，才惊讶，施南笙这次到底用了多少人啊。

"你怎么会这么快就找到我的？"

上次她被绑架，他可是十五天都没有找到他。哦，不对，是他根本就没有找。

施南笙伸手将裴衿衿揽过靠在他的肩膀上："回去，我慢慢跟你说。"

"好。"

可是，让所有人都没有想到的是，于玲他们杀了个回马枪。

在一个下坡的山路上，在前面一辆车里的世瑾琰大喊了一句，"跳车！"

施南笙迅速反应过来，打开车门，抱着裴衿衿从车里跳了出来。

"啊！"

裴衿衿尖叫一声，尚且来不及明白到底发生了什么，只知道前后几辆车里的人都跳车了，跟着是汽车爆炸起火的声音。

有着非常好防身本领的男人们自然没什么大问题，但施南笙就不同了，他整个心思都在护着裴衿衿保她不受伤，处处顾及着她，等他抱着她站起来的时候，世瑾琰直接笑话他

了。

"我靠。练习的时候都不见你受伤，这次，都赶上你二十八年受伤总和了。好看，哈哈……"

顾旸贝也笑："标准的英雄救美啊。"

"小心！"叶鋆宝忽然大喊。

原来他们站在路边的洼地，上头一辆侧翻的汽车因为截住车身的石头滑动，整车开始朝他们翻滚而来。

裴衿衿行动不如有身手的男人利索，眼看要被压，施南笙用力一拉，将她拉到了身前，在千钧一发之际将她扑倒，自己成了她的肉盾。

失去意识前，裴衿衿只听见世瑾琰的声音大喊："施南笙！"

裴衿衿闭上眼睛的一刻想问一句，南笙，你还好吗？

*

再醒来，裴衿衿看到的，就是病房。

"医生，她醒了。"

没一会儿，医生护士外加施家、裴家的人就把病房挤满了。

福澜对着检查完的医生问："怎么样啊？"

"人醒了，没大碍。"

"那孩子呢？"

"小心养着，应该也没问题的。"

病房里的人都舒了一口气。

裴衿衿总算将事情在脑子里过了一遍，眼睛在人群里找，没有想见的身影，挣扎着坐起，"南笙呢？"

裴妈妈拉住女儿，眼睛发红。

"女儿啊，你刚醒，先休息。"

裴衿衿不笨，施南笙如果没事，必然是要来看她的，他不在，肯定受了不轻的伤。

"我去看看南笙。他在哪个病房？"

听到她这样问，福澜眼泪直接掉了下来。

见福澜哭，裴衿衿的心，忽地直落。

"南笙是不是出事了？"

施晋恒的眼睛也红了。

*

在裴衿衿昏迷三天醒来又过了两天后，她偷偷溜出自己的病房，趴在施南笙的重症病房玻璃墙外。

施南笙，脑死。

从世瑾琰的口中她知道了，施南笙拿自己的身体护住了她，后脑却被砸中了，那个她埋怨恨了近两个月的男人，在危险降临的一刻，用自己的命换了她的命。

裴衿衿不知道自己在施南笙的房间外站了多久，她甚至不知道这两天自己可以流那么多的泪水出来。

"也许有奇迹。"一道声音出现在裴衿衿的身后。

裴衿衿看着施南笙，不肯移开眼睛，她肚子里有孩子，所有人的都不让她哭，也不许她到处乱走，施晋恒和福澜甚至比她的亲爸妈都照顾她，她知道，他们是想她留下孩子，他们怕施南笙……

华昕走到裴衿衿旁边，看着施南笙，叹气："你们啊……"

真是五年前就结下了孽缘啊。

*

裴衿衿在医院住了一个月后出院，搬进了施家别墅，和施晋恒福澜住在了一起。

每天，司机都开车载着裴衿衿去医院看施南笙，尽管只能在病房外看着，她每天也必定要争取和他多待会儿。一个半月之后，施南笙从重症监护室出来，依旧呈脑死亡状态。

这天，裴衿衿在病床边握着施南笙的手说话。病房的门，开了。

华昕和段誉走了进来。

"衿衿姐。"

"嗯。"

裴衿衿看了看段誉，又看看华昕，"华医师，你医术高明，能不能让他醒来？"

"裴小姐，南笙是我的弟弟，如果有办法让他醒来，就是让我搭条命进去我都不会皱眉。唉……"

华昕看着施南笙，这小子一直撑着，应该就是担心她和肚子里的孩子。

"裴小姐，脑死病人醒来的成功案例不少，南笙从来没有失败过，这次，我们肯定能看到奇迹的，他不会丢下你和孩子的。"

是的，不用任何人劝说，裴衿衿丝毫没犹豫地留下了孩子。

段誉看了下华昕，走到裴衿衿身边："衿衿姐，我有个东西要交给你。"

"什么？"

"南少让我交给你的。"

"嗯？"裴衿衿不解。

段誉从包里拿出一个信封，递给裴衿衿。

"衿衿,对不起,我欺骗了你。我其实不是什么C大的大学生,我是南少安排在你身边的人。"

裴衿衿接过信封,诧异地看着段誉。

"衿衿姐,何文其实也不是什么你的好姐妹。"段誉开始坦白,"五年前,你回到C市,有人把何文安排在你的身边监视你,南少怕何文伤害你,安排我用大学实习生的身份到你的工作室,你每天的情况都向他汇报。其实我和他,很早就认识,发生火灾后见到他的表现,都是故意的。火灾后,何文伤得很重,她不在你的身边,南少才稍稍放了点心。"

五年,她每天的情况,他其实都知道……

原来,他从来都知道她在哪儿,她从来就没有走出他的视线。

到现在她才明白,有种爱,叫视而不见。

裴衿衿的眼眶,红了。

华昕拍拍段誉的肩膀,对着裴衿衿说道:"我们看你的情况还不错才把真相告诉你,过几天,我给你做个手术,你就真的安全了。"

裴衿衿不明白:"什么意思?"

"裴小姐,这一个月,我们在你周围布下的保护人员非常多,如果不毁掉你身上的芯片,我们难保你不会被第三次挟持,所以请你一定要配合我。"

"我身上有芯片?"

华昕指指裴衿衿手里的信封:"看完它。"

慢慢地,裴衿衿拆开了信封:

衿衿:

如果你看到了这封信,那一定是我出了意外。不然,我一定会站在你面前亲口对你说。

请原谅我的自私,你一定不知道我现在多么后悔将你扯进我的世界。

屡次让你遭受到生命的威胁,我只能看在眼中,再急,也不能对你坦白。

对不起!

让你一起陪我经受危险,关于希典计划,我想我有必要把你该知道的部分告诉你。

希典计划装在一个极小的芯片里,那块芯片,我把它装在了你身上。你还记得彭云琪几人在大学里绑架你的事情吗?那次你崴了脚,其实带你去医院后,给你实施过全身深度麻醉,那次,我请华昕把芯片放进了你受伤脚踝处的肌肤里。因为是特制芯片,一般的扫描仪根本无法从你身上感觉到它的存在,我曾一度庆幸自己的聪明,放在你的身上,希典计划我负责的部分安全地度过了这几年,可我的自私却让你从此陷入了危险。为了不让他们怀疑你，当出现你欺骗我的事情，我看到了绝佳的机会，于是借那次机会将你清除出了我的世界，再往后的日子里，芯片能让我对你进行精准度极高的定位，可我不能见你。

衿衿，对你，我除了抱歉，不知道还能说什么。

其实，我们之间，我对你的欺骗远远严重过你对我的欺骗，你是被动的，而我是主动的。那些对你的愤怒里，更大一部分是我对自己的羞愧。

五年后，意外地和你相遇。我大喜地以为是老天爷把你送回我的身边，是它给我的又一次机会，我必须抓住。可是我远远没有想到，就是这次的相遇，竟给你带来了好几次险些丧命于我眼前的灾难。

因为没有十分把握把所有的危险都铲除，我不敢娶你过门，甚至不敢让你看到我真实的感情，但我还是情不自禁地被失而复得的你打动了，看到你爱我如初，内心一次次想推开你都放弃了，看着你热烈地靠近我，而我却只能故作冷淡地回应你，没人知道我对自己的恨。整个故事里，我是唯一一个知晓所有真相的人，却只能做一个不能说出秘密的哑巴，我所有的隐忍，只为守护你。

衿衿，对不起，我不是不能输，而是输不起你的命，在我们的爱情和你的命之间，我只能选择你的命！

裴衿衿，请相信我，我的爱情，从未离开过你半步。

我的天涯里，除你之外再没人出现过，而你的海角，我一直都未曾放弃过地想进入。

我以前的梦想是将希典计划研究出来，后来遇到了你，我的梦想就成了——

娶你为妻！

写这封信的时候，你正睡在沁春园我房间的隔壁，肚子里有我们的孩子。如果没有小家伙的意外到来，我不知道自己还要冷落你多久，现在它来了，应该是想告诉我，不想我这样对他的妈妈吧。所以，这一次，我定要让你做我的新娘，不管代价有多大。

孩子他妈，当你看这封信的时候，如果我们的孩子还在，我想，你肯定跨进了施家的大门。施晋恒和福澜的儿媳妇，非你莫属了。

裴衿衿，我这辈子最后悔的事情就是遇到了你！我这辈子最不后悔的事情就是爱上了你！

你的，南笙。

*

看完最后一句话，裴衿衿手不停地抖，眼泪滑落到纸上，裴衿衿，你看到了吗？你口口声声说施南笙不懂珍惜你们的感情，你口口声声讨伐他，事实上，你才是那个不懂你们爱情的人。你觉得他不了解你，你觉得自己委屈，而那个承受你所有指责和埋怨的男人，才是真的委屈，他了解你。是你，不了解真正的他！

他，用他的命将她彻底地拉进了他的世界。给了她一个她其实很想要的身份——施南笙的太太。他懂，他其实一直都懂她想要什么，他其实一直都在为给她这个名分而小心翼翼地努力着。

南笙，对不起！

施南笙，我这辈子最后悔的事情就是爱上了你！我这辈子最不后悔的事情就是遇到了你！

*

他说：裴衿衿，不遇，你便不伤亦不泪。

她说：施南笙，不爱，你便不为我舍命。

*

华昕看着哭得不能自已的裴衿衿，默默无言，他想，最好的爱情，往往都深埋在人的心底，不懂的人看到的是薄情寡性，懂的人看到的是倾心万年。

"衿衿，我尽快安排手术，取出你身体里的芯片，然后销毁。"华昕看了一眼双眼紧闭的施南笙，"这是南笙亲口交代给我的事情。"

他的世界，从来就没有什么东西能比过她！

*

第二天。

华昕给裴衿衿做完手术后，她回到施家别墅养身体。

行走复原后，一日晚上，裴衿衿在房间里待得无聊，走进施南笙的书房，不经意地拉开了他的书桌抽屉。

五个大红色的锦盒呈一字排列着，裴衿衿好奇，打开。

戒指！

五个都是戒指！

裴衿衿拿起抽屉里的一张卡片，只看第一张，她的眼睛就模糊了。

"衿衿，生日快乐！"

一年一份，每年都是一个婚戒，他想送她的生日礼物，只要唯一的一样！

裴衿衿趴在书桌上，泪如雨下，施南笙，有句话，我从来没有告诉你。

我爱你！

番外

五个多月后。

施南笙的病房。

穿着病员服的施南笙，清瘦不少，却一点不影响他的帅气和好气质。

裴衿衿坐在施南笙的床边，一只手被他紧紧抓着，看到床前面的一群人，一一看过，发现出现两个自己不认识的女孩子，却是长得一模一样，笑了。

世瑾琰和施南笙的感情最深，走到床边忽然将他抱住，沉声压住自己的激动，说道："好家伙，总算醒了。我们等你，好久！"

施南笙笑，拍拍世瑾琰的背："再不醒，就赶不及你们的婚礼了。"

裴衿衿笑着，眼睛红红的，看来是哭过了。不过，肯定是激动高兴得哭了，多不容易啊，那么多个日子守在床边呼唤他，总算将他们孩子的爸爸叫过来了。

世瑾琰笑："是啊，你睡的这几个月，我们可是将各自的日子过得风生水起啊。"说着，放开施南笙，嘚瑟道，"这个是我老婆，宠儿。这个是顾旸贝的老婆，鲍贝尔。这个是叶鋆宝的老婆，辛绀。那个呢，就是我的妹夫，桑将之。小子，羡慕吧。"

施南笙看着自己握着手的裴衿衿，笑了："你们四个还是当老公的阶段，本少爷可是升级当爹了。"

一群人齐刷刷地看向裴衿衿的肚子。

啊，怎么把这个给忘记了！

世瑾琰想：他爷爷的，今晚回去造人。

顾旸贝想：他爷爷的，今晚回去造人。

叶鋆宝：他爷爷的，今晚回去造人。

桑将之：他爷爷的，今晚回去造人。

施南笙看着病床周围的四个帅男，问："你们不介意我加入你们的结婚大军吧？"

什么?!

裴衿衿笑得脸颊绯红，他是在求婚吗？

世瑾琰笑："欢迎至极！"

施南笙从病床上下来，裴衿衿连忙出声提醒："你要做什么？你说，我来帮你。"

施南笙轻声地道："这件事，恐怕全世界任何人都帮不了我，必须我自己亲自来。"

裴衿衿纳闷什么事情非要施南笙亲自做？正紧张着他的身体，只见他忽然单膝跪在她面前，一只手拿着她的手，仰头看着她。

"衿衿。我有很多很多的话想对你说，多到我都不知道从哪里开始，但此刻，我特别想问你一句话。"施南笙握紧裴衿衿的手，"你愿意嫁给我吗？"

施南笙觉得自己睁着眼睛十天不睡觉都不见得能把想对裴衿衿说的话和事情说完，可看着世瑾琰几人都抱得美人归，他觉得自己如果再不娶裴衿衿，那一定是在浪费时间，所有的话，他都能等到他们结婚之后再说。现在，他必须娶她。

裴衿衿一只手放在肚子上，低头看着施南笙，他没醒来的时候，她百万个希望他醒来，觉得只要他醒来就什么事情都没有了。可现在他醒了，脑子还如此的清醒，她忽然不知道该怎么办了。是的，她爱他，真心地爱，爱到她宁愿当日被撞得昏迷的是自己。可是，再爱他，她还是知道他家并不喜欢她，虽然施晋恒和福澜现在对她不错，可他们都是看上了她肚子里的孩子，她不想以孩子为砝码成为施家的人。她要的，是对等的婚姻。可她和施南笙之间，根本不可能对等，这是改变不了事实。

她，其实没有做好为了爱他而放弃自己坚持的骄傲的准备。

房间里静悄悄的，所有人都看着裴衿衿，在经历这么多的情况下，她不该犹豫这么久啊，当然应该是马上就答应施南笙啊。连一旁的施晋恒和福澜都替裴衿衿着急，他们的儿子都当着这么多人求婚了，她怎么还在犹豫？

"衿衿，嫁给我好吗？"施南笙的目光很真诚，"虽然我现在没有鲜花没有钻戒，但是我保证，我马上就去给你买。答应我，好吗？"

裴衿衿摇头："南笙，不是鲜花钻石的事情，你知道，我和你在一起，从来不是看中那些东西。再说，你给我的钻戒，已经有了。"

那每年生日他送的礼物都没有别的，全部是钻戒，他唯一的愿望就是娶她为妻，她不是不知道他的深情，可她真的觉得这样嫁给他，有辱他们的爱情，这样不是在逼他们的父母接受她吗？如果没有孩子，她还可能是他的老婆吗？或许，她纠结的问题在别人看来很莫名其妙，可她真的想获得真正的认同，不是被人觉得没办法之下才接受的。

"衿衿。"

裴衿衿咬了下嘴唇："南笙，给我一点时间考虑。"

所有人都难以置信，裴衿衿居然到现在都不愿意嫁给施南笙，这怎么可能呢？两人的感情，大家都看在眼底，孩子还有几个月就要出生，她难道还以为自己这辈子还能嫁给别人？

福澜想说什么的时候，被施晋恒拉住了，对着她摇头。

福澜心疼儿子，他醒来了，他们全家都高兴，想着这下好了，财团能正常了，家庭能正常了，儿媳妇有了，孙子也有了，她偷偷问了给裴衿衿做检查的医生，是个男孩子，她非常满意，第一个是孙子很得她的意，之后再生几个，是男是女就无所谓了，施家财团家业太大，总归是需要一个男孩子来继承的，长孙来继承自然是最好的。

还有人想说什么，被施南笙制止了，他拉着裴衿衿的手没有起来："衿衿，我知道，我知道你有心结，也知道你的骄傲，我不催你，等你什么时候愿意了，我再娶你。"

裴衿衿笑着点头："南笙，谢谢你。"

施南笙站起来，说不失望肯定是假，但裴衿衿没有将自己的手从他的手里抽出去，他就知道自己能娶到她，只是她现在的心理肯定有障碍过不去，没关系，他会好好地表现。何况，他还有最后的砝码，他们可是领过证的夫妻，法律认同他们的夫妻关系。

世瑾琰笑着："婚礼在两个月后，加油。"

施南笙点头："放心，会的。"

叶鋆宝好奇："哎，怎么忽然就醒了，有没有八卦？"

裴衿衿噗嗤笑出来，那她那模样，还真是有。

"还真有啊？"叶鋆宝来了兴趣。

裴衿衿道："我跟他说，你们四个要结婚了，结婚证都拿了，婚礼就在年底，问他要不要参加你们的婚礼，还是想躲过这次送礼。你们肯定想不到我听到了什么。"

"什么？"

裴衿衿看着施南笙，两个梨涡笑得可爱极了。

"他说，结婚不等他的人结了也得离！"

世瑾琰："靠！"

顾旸贝："靠！"

叶鋆宝："靠！"

桑将之："靠！"

*

施南笙醒了，不单单是施家人开心，他的朋友们都高兴得不得了，在昏迷的时候他的身体就养好了。世瑾琰一群人看过他之后他在医院又住了两天，做完全身检查，结果让施晋恒和福澜以及裴衿衿都十分高兴，一切正常，他完全恢复了。

出院之后，施南笙回施园住，一则福澜不放心他住在外面，怕他照顾自己不周到，再则裴衿衿怀着七个月的孩子也不适合跟着他一起住在外面，他一个刚醒的人照顾自己都不见得周全，再给一个孕妇给他，那真是让他们两口子分分钟都不放心了。由于裴衿衿也希望施南笙能在施园里住着，这么多人陪着他，万一有点儿什么不舒服大家也能及时将他送到医院里去，当然她是希望他健康的，可对于一个昏迷几个月刚醒的病人，她不得不多一分心思。

施南笙出院之后一直都走在裴衿衿的身边，一只手臂一直搂在她的腰身上，下楼梯的时候更是非常小心，就怕她出现闪失，看着她圆鼓鼓的肚子，嘴角的笑容就没散去过。

到了施园里，看施南笙的人多得他们家像是开什么重大的集团会议，人来人往络绎不绝。开始施晋恒和福澜还会礼貌接待，到后面实在心疼自己的儿子，便谢绝了一切来访的人，哪怕是亲戚朋友都不见了，表着歉意，说了一堆客气话。

大意就是谢谢大家对施南笙的关心，他刚出院，需要多加休息，而且家里还有一个孕妇，就更不适合操劳太多了，大家的心意他们知道了。

施南笙看着总算清净的家，立即转身上楼，去裴衿衿的房间找她。

"衿衿。"

见裴衿衿站在窗下，施南笙走过去，从后面拥着她，看向窗外，想看看她到底在看什么，发现什么都没有，只是他看了多年的花园。

"在想什么吗？"施南笙问。

裴衿衿将头靠在施南笙的肩窝里，过了许久之后又抬头看了他一眼，他真的……醒了吗？总觉得像是在做梦一样，自己每天在他的耳边说话，他听见了所以醒来了？

"南笙，真的是你吗？"裴衿衿问。

施南笙笑着，亲了裴衿衿的脸颊一下："感觉到了吗。是我，我真的回来了，从此之后，不会再离开你和我们的孩子，会把你们都保护好，让你们开开心心地生活下去。我要和你一起看着我们的孩子健康成长。"

裴衿衿不得不承认，其实自己早已被施南笙打动，他昏迷的时候，她觉得自己真不在乎他是不是大少爷，就算是一个普通人家的男孩子，如果用生命来保护她，她也会喜欢上他的。如果那个人刚好是自己孩子的父亲，那爱上他就更显得顺理成章了。现实社会，不是每一个女孩都能遇到能用生命来保护自己的男人，太多的男人太渣了，连基本的男人水平都达不到。何况，施南笙还是一个大少爷，无可改变的身份。她自然希望自己的孩子是在健康的双亲家庭出生长大，她爱南笙，南笙也爱他，她不想纠结于心理的障碍，她真的不想。可是，她没办法，骨子里那个坎儿怎么都过不去，她觉得自己像个神经病。

"南笙，我觉得……"

施南笙有些紧张了，下意识里觉得裴衿衿说出来的话不会是自己想听到的。跟一个人很亲密的时候，有时候她说话的口气稍稍有变化都能感觉出来。

"衿衿，我们的孩子七个月了，再过两个多月就出生了，你一直要让我醒来看着我们的孩子降生，我醒了，你难道想食言？"施南笙想分散裴衿衿的注意力，他只想听到她愿意和他举办婚礼的话，想听到她说他们要一直在一起的话，别的，他不想听。

"我不会食言的。"

裴衿衿看着施南笙："你是宝宝的爸爸，你有权利的。"

"我在是我们宝宝的爸爸之前，首先是你的丈夫，懂吗？"施南笙加重自己的语气，"我能这么快醒来，就是因为我想见你，如果你不在我的身边，我可能会再度昏迷过去。"

裴衿衿被吓到了："怎么可能，你醒了，就不能再……"只是想想施南笙睡在病床上人事不省裴衿衿就有些心疼，"你不能那样扔下我们母子，你不能。"

施南笙抱紧裴衿衿："嗯。只要你和宝宝跟我在一起，我就不会发生那样的事情，再不会，我要当你的好老公，宝宝的好爸爸，我要照顾好你们两个。你跟我在一起，好不好？"

裴衿衿伤心害怕之余点点头："好。"

"答应了？"

裴衿衿抱住施南笙，肚子顶在他的肚子上，不大方便，却让她忽然就意识到，自己抱着的是自己的男人，肚子里的是自己的孩子，是她和她抱着的男人的孩子，他们是幸福的一家人，他为了她命都不要了，她怎么就不能忍住内心的纠结呢，也许几年过去，她的结就消失了。

"嗯。"

施南笙有些激动，但又怕吓得裴衿衿反悔，于是再问她一遍，"衿衿，你确定你答应了我，要跟我一直在一起吗？"

"嗯。"

"你知道我的意思是什么吗？"

既然在一起，他们就要结婚，他要公开地给她名分，要让她和孩子都进施家。他想和世瑾琰几个人一起举办婚礼，当然，如果她愿意，他们提前也行。推迟就不行了，他最迟能忍受今年年底结婚。

裴衿衿抬起头看着施南笙："钻戒呢？鲜花呢？说好都会给我的。"

施南笙愣了愣，大喜。

"衿衿，你考虑好了？"

"难道我刚才嗯了那么多次你都以为我是在梦游吗？"

她是裴衿衿不是裴傻傻。

施南笙抱起裴衿衿转了两圈,听到门口传来福澜惊恐的声音。

"呀!放下,快放下!"

施南笙放下裴衿衿,看着从门口快步走到他们身边的福澜,笑道:"妈,衿衿答应嫁我了,我们得赶紧准备婚礼,和世瑾琰一起的婚礼,他们都准备不少的事宜了,我们可别拖后腿。"

福澜轻轻地拍了一下施南笙的手臂,"激动归激动,你怎么能抱着衿衿乱转呢,万一动到胎气,看你怎么办。"

裴衿衿觉得施南笙从醒来之后就像变了一个人,话语比以前多了很多,他以前的话很少,更是少说那种大段大段的句子,醒来之后跟她说了很多的话,才知道,他的口才其实很好,以前是很多的话都放在心里。

福澜想到世瑾琰几人的婚礼都准备了一个月了,他们会不会太迟?后一想,没关系,施家难道还办不好一个独子的婚礼吗,虽然觉得以南南的身份不该办那种几个人一起办的婚礼,但想到世瑾琰顾旸贝叶鋬宝桑将之的身份那都是扎扎实实不输他们家的各家少爷,又觉得一起办不掉份儿,还能是一项荣光,显得他们家南南交的好兄弟好朋友都是数一数二的好角色。

在裴衿衿还沉浸在施南笙醒来的高兴里时,她和施南笙的婚礼就在施家俩老人的筹办下轰轰烈烈地开始准备了。